# パズルの迷宮

フアン・ボニージャ

碇 順治〔監訳〕

沢村 凜、ITT〔訳〕

朝日出版社

NADIE CONOCE A NADIE
by
Juan Bonilla

# パズルの迷宮

## 聖週間

聖週間とは、カトリック教会暦で復活祭前の1週間をいい、キリストの受難と死、そして復活を記念する行事が催される。多くの国では1週間まるまるが休日となり、通常スペインでは10日間、聖母マリア像やキリスト像をのせた神輿の行進が各地で行なわれる。特にセビリアのものは盛大で、57の教会から信徒会の人々に担がれて出発した神輿は、楽隊にリードされながら決められたルートを行進し、後ろに三角頭巾をかぶった悔悟者たちがつづく。

キリストが磔刑にされた聖金曜日の早朝には、未明から多くの聖像神輿の行列が教会を出発して街を練り歩き、聖週間のイベントは最高潮を迎える。

復活祭は、春分後の最初の満月の直後の日曜日に行なわれるため、年によって聖週間の時期には1ヵ月近い変動があり、日の呼び名にも地域により多少の異同があるが、この物語の舞台となる1997年の聖週間は以下のような日程となっている。

| | | |
|---|---|---|
| 3月21日(金) | 悲しみの金曜日(四旬節第5金曜日) | |
| 3月22日(土) | (四旬節第5土曜日) | |
| 3月23日(日) | 枝の主日(復活祭直前の日曜日)<br>キリストがエルサレムに入った日。聖週間、始まる | |
| 3月24日(月) | 聖月曜日 | |
| 3月25日(火) | 聖火曜日 | |
| 3月26日(水) | 聖水曜日 | |
| 3月27日(木) | 聖木曜日 | 最後の晩餐の日 |
| 3月28日(金) | 聖金曜日 | キリストが磔刑により死んだ日 |
| 3月29日(土) | 聖土曜日 | 復活祭前夜 |
| 3月30日(日) | 復活祭 | |

背を向けてあとにしたばかりの地点に戻るには、ふたつの方法がある。ひとつは、その場で半回転するやり方。もうひとつは、地球を一回転するやり方。

普通の人は、このうちの前者をとる。その場で半回転して、後ろで閉められた扉をノックするだけのこと。そして魔法の呪文を唱えるが、その効能は、わざとらしさを避けられるほど絶大ではない。とはいえ、このようにして出発地点に戻るのだ。ふたつの方法のうち、後者を選ぶ人間はごく少ない。〈カエル〉はそのうちの一人だった。

僕は時々、なかなか明けない長い夜、眠りの海に滑り込むスライダーが見つけられずにいるときに、彼の姿を想像する。地球の表面で歩みを進め、かつて住んでいた家から遠ざかりながら、同時に近づいてきている姿を。彼が眠っているところを想像する。一夜の宿の薄汚れたホテルで眠る彼——そこで話されているのは知らない言葉で、彼には従業員の卑猥《ひわい》な冗談が理解できない。田舎町に眠る彼——金切り声をあげているような寂寥《せきりょう》とした山野の中に、巨大な野ウサギみたいにうずくまっている町だ。廃車となった列車の中で眠る彼——車両を連結しているのは、鉄のアコーディオンみたいな音をたてる大きな蛇腹だ。彼のパスポートを想像することもある。何十も押されたスタンプが、逃避行の道行きを物語っている。逃避行でありながら、同時に帰還の旅となる道行きを。彼のわずかな荷物を想像する。移りゆく景色を眺めて恍惚《こうこつ》とする彼を想像する。その景色は彼に、自分自身のことを少しでも忘れるという贅沢を許してくれているのだ。

セントルイスを横切りながら僕を思い出す彼を想像する。また、彼の唯一の夢、子どものころから繰り返し見ている夢を追いかけているところを想像する。その夢のことを彼が僕に語ったのは、雨の午後のことだった。

「ある夜、家のバスルームの蛇口を開ける夢をみた。家は無人で、どうやら無人なだけでなく、空き家になっているようだった。それでも自分の家だとわかった。親たちがどこにいるのかはっきりしなかったが、捨てられたのかと不安になったおぼえはない。覚えているのは、バスタブに栓をして蛇口を開き、水をためはじめたこと。それから、そこを出た。どの部屋に向かったのかはわからないが、たぶん、捨てていかれたのかもしれないから、この廃墟に何が置いてあるのか一通り調べてみることにしたんだと思う。確かなことは、バスタブに水がたまったか確認して蛇口を閉めようと、バスルームに戻ることにしたとき、ベルの音に注意を引かれて足を止めたことだ。一瞬、玄関の呼び鈴かと思ったが、執拗な一定のリズムから、電話のベルだという確信が勝ちをおさめた。受話器を取りに行くと、突然、目が覚めた。なぜなら、気がついてみるとそのベルは、夢の中だけでなく現実にも鳴っていたのだ。目覚めたとたん、あの家のバスルームの蛇口が開けっぱなしなのを思い出して、つぶやいた。閉めに戻らないと。だって、そうしないと、家の中が洪水になって、僕はあの夢の中で溺れ死んでしまう。どうしてもあの夢をもう一度見ないと――。以来、夢を見ると必ず、あの蛇口を――もう何年間も水を流しつづけている蛇口を、捜しているような感覚がつきまとうんだ。どこにいようと、水の音が聞こえるんだ。いくつもの部屋を沈めようとしている水音。もしかしたら、いくつもの村をまるごと沈めようとしているのかもしれない水音。そして、俺の中で何かがこう告げるんだ。蛇口が見つかったなら、そこにたどり着いて閉めることができたなら、それは、俺が死ぬべき時がすぐそこに来ていることを意味するのかもしれないぞと」

僕は立ち上がり、地球儀のところに行く。〈カエル〉が進んでいる道を想像して指でたどる。何秒もしないうちに、山脈を横切り、〈カエル〉が逃げながら通過したとおぼしき地域や国々を行き過ぎてしまう。なぜなら、ひょっとしたら彼はもう、夢の中で屋敷を沈めていっていた蛇口を閉める夢をみて、自分の存在に終止符を打ったのかもしれない。あるいはこの街を出てさえおらず、そこの角のあたりの賃貸アパートで、時が過ぎるに任せているのかもしれない。ホーソーンの小説に出てくるウェイクフィールドのように。この男はおとなしいエゴイストで、秘密主義で隠し事をする傾向があり（〈カエル〉も実はこうだった）、ある日の午後、妻に、仕事の問題を解決するため数日のあいだ町を離れると告げて家を出た。日々が積もって月となり、月が集まって年になり、年が長引いて不在が二十年に及んだ。ウェイクフィールドの当初の目的は妻を心配させることだった。だから、自宅近くのアパートに部屋を借り、時が過ぎるに任せていた。その生活に馴染《なじ》むあまり、惰性から、帰ることができなくなった。妻が住みつづけている町内の隣町にある彼の塒《ねぐら》と、家族の住処《すみか》との隔たりはあまりに大きく、道を一本渡って、階段を上り、もう誰も自分を待っていない家の呼び鈴を押すには、地球を一回りするのに要する以上の努力と気力が必要になっていたのだ。もしかしたら〈カエル〉は、ウェイクフィールドのようにこの近くに潜んでいて、生活の再開に踏み切れないでいるのかもしれない。あるいはひょっとすると、宗教蔑視が一番ひどかったときに熱望していたように、インドの中に入り込み、聖なる牛を殺してカルマのつまったカルビを食べ、その乳を飲むということを、やりとげたのかもしれない。ありえないことじゃない。

# 1

　鏡が割れると悪いことが起こるという。僕の体験に限っていえば、この言い伝えは当たっている。部屋の鏡が割れた日に、あの電話がかかってきたのだから。

　鏡は壁にもたせかけ、下のところをとりあえず足乗せ台で押さえてあったのだが、その台はがたついていた。巨大な鏡で、祖父母から、罪業のごとく受け継いだものだった。表面は歳月の経過のために汚れ傷ついていて、のぞきこんでも、そのままゆっくりと消えていってしまいそうなぼやけた像しか浮かんでこない。

　毎朝、鏡を使うたびに、ちゃんと固定しなくてはと思いながら、いつも翌日延ばしにしていた。まるで、いつやるかは僕が決めることではなく、契機となる何かが起こるのを待っているとでもいうように。例えば、ある日、足乗せ台がすべって鏡が倒れるが、割れも傷つきもしない。ただそうやって、危険が近づいていることを僕に知らせてくれる——といったことを。

　歯を磨いていると、ふたつの音が同時に聞こえた。鏡が床にぶつかって割れる音と、リビングの電話が鳴る音。寝室にとびこんで壊れた鏡を立て直していると、僕の声が聞こえてきた。電話の相手に、留守にしているので発信音のあとにメッセージを残してほしいと告げている。実のところ、電話に出るのは気がすすまなかった。新聞社がクロスワード・パズルを早くよこせとかけてきたのだろうから。締め切りはもう三十分以上過ぎていた。きっと、しびれをきらしたのだ。

信号音のあと、聞き覚えのない威圧的な女性の声が、家の中の静寂を破った。

「これはシモン・カルデナスへのメッセージである。よく聞け。明後日のクロスワード・パズル、すなわち、明日おまえが新聞社に提出するクロスワードのヨコ六段目の答えを、ARLEQUINES《アルレキネス》（道化師たち）にすること。十文字なので、一段が余さずこの単語で埋まるはずだ。間違いは許されない。六段目。ARLEQUINES。明後日の十四日。もし従わなければ、後悔することになるだろう。我々は、おまえが大学で文献学の最終課程を履修していることを知っている。メリダに母親と二人の妹がいることも知っている。赤のルノー・ファイブに乗っていること、マラガ通りの四番地のアパートに同居人と住んでおり、その同居人は通信教育で日本語を学習していること、英語を教えて生計を立てていることも。だから、おかしな真似はしないように。でないと後悔することになる。他言は無用。ARLEQUINES。六段目。十四日」

僕は動揺した。出だしを聞いてすぐ、寝室を出てリビングに入った。電話の声は力強い演説口調で、確証はないが、原稿を読み上げているように聞こえた。少なくとも、途中で中断されたら続けることができなくなって最初から言い直さなければならないほどに、丸暗記しているような感じだった。胸の中で心臓が、穴でもあけようとしているみたいに飛び跳ねていた。

知らない動物の死骸を呆然《ぼうぜん》と見つめる人のように、僕は電話を凝視した。受話器をとって演説に割り込み質問を発することはできなかった。聞きたいことは山ほどあり、そのどれもが後《のち》に僕を悶々《もんもん》とさせることになったのに。誰が、何の目的でかけてきたのか。どうして僕のことだけでなく、同居人のハイメのことまで知っているのか——。

寝室に戻ってみると、鏡の枠の中にナイフの形をした大小さまざまな破片が残っていて、僕の顔が無数に映し出された。残りは粉々になって床にちらばっている。こんなことを考えた。おかしな話だ。来る日も来る日も同じ場所をのぞきこんで自分の顔を見つめていたのに、割れてしまうまで、それがナイフでできていたと気づかなかったなんて。「鏡はナイフでできている」とつぶやくと、なかなかいいフレーズに思えた。まるで詩の一節みたいだ。床にちらばるナイフから、ひとつを拾いあげた。そこにはシールが貼られていて、日本語で自己紹介していた。

ベランダに出て煙草に火をつけた。あたりの空気が紫色に染まりはじめた。腐敗しながらついには夜と化す、あの紫色だ。近くの公園の街灯がともりだし、居残って遊んでいる子どもたちの姿がすっかり見えなくなるのを防いでいた。もう一度リビングに入って留守番電話のテープを巻きもどし、メッセージを聞きなおした。

女のせりふで一番驚かされたのは、ハイメの日本語学習について触れていることだった。ハイメが熱心に続けていた通信教育は端迷惑なもので、家をシールやカードの類で埋めつくしていた。その講座の基本メソッドが、生徒の日常生活に学習言語をあふれさせることであり、そのため、日本語の文字と、その正確な発音と、スペイン語訳とが印刷されたシールのセットを使うことになっていたのだ。

「机」と表示されたシールは机に貼り、ハイメは前を通るたびに日本語を発音しながら奇妙な形の表記を頭に入れ、その言葉に慣れるべく努める。かくして、家中のドアというドアには日本語でドアに該当する単語が書かれたシールが付され、椅子という椅子には日本語で椅子にあたる言葉のシールがくっつき、どの鏡にも日本語で鏡に相当する文字の記されたシールが場所をとっていた。人体の部分を示す言葉を勉強するときには、僕が標本になるしかなかった。でないとハイメは一日じゅう鏡の前にいなければならず、自然な生活の一環として学習すべしという講座の方針に背くことになるからだ。からだじゅうに日本語のシールを貼り付けた同居人を見ることが、自然なことだといわんばかりの方針だが。そういうわけで僕は、おでこと、両腕と、両脚と、頬と、社会の窓にまでシールを貼るはめになった。時々ハイメが視線を上げ、僕のからだのどこかをじっと見つめながらわけのわからない言葉をつぶやき、視線を下げてさっきまでやっていたことに戻る。その間《かん》ハイメは、僕の標本としての務めに敬意を払って、吹き出したりせずまじめな顔を保っていた。

シールはいたる所に貼られていた。テレビ、ラジオ、オーディオ、戸棚、くし、歯ブラシ、シャツ。僕は、ハイメがはがし忘れたシールを付けたまま外出してしまったこともあった。けれども考えてみると誰も――講座の教材を毎月送ってくる会社を除いては、絶対に誰一人として、ハイメが日本語を猛勉強していることを知らないはずだ。僕とハイメ以外のいかなる人物も。二人のうちのどちらが、あの女を知っているのか。

電話のベルが救ってくれなければ、僕はそこで一晩じゅう疑問の山を築いていただろう。

受話器を取る間際、あの知らない威圧的な声がもう一度メッセージを語るのであってほしいと切望した。けれども電話は新聞社からだった。どうしたんだ、早く原稿を持ってこいと言われた。三十分後に行くと約束した。

新聞社に向かう途中、このことを社の誰かに話そうか、それとも黙っていようか思い悩んだ。電話が何者の仕業かについては、山ほどの可能性を思いついたが、どれも当たっていそうでいて、同時に難なく落選候補でもあった。悪い冗談が好きな喧嘩っ早い暇人のいたずら。クーデターを企む軍人一味が、決行の日取りを暗号で伝え合うのに僕を利用しようとしている。強盗団が、襲撃の日を仲間の警備員に教えるのに「ARLEQUINES」を合い言葉に使うつもり。テロリストや誘拐団ということだって、ありえないわけじゃない。

最悪の事態を想定する必要なんて、もちろんない。けれども、容疑者の範囲が極端から極端へと大きく広がってしまったので、まず僕は不安になり、そして、もっとも無難な対応を選ぶことになった。この件を深刻に受けとめず、言うとおりにしてもしなくても同じことだと考えるなら、身内《みうち》に降りかかるかもしれない危険を回避するために要求に従って、どうしていけない。つまるところ、単語ひとつのことじゃないか。十文字のただの単語。それがあとでどう使われようと、僕には関係ない。僕の知らない目的をもった誰かの道具になるというだけのことだ。この言葉をたまたま思いついたことにしてもいいかもしれない。僕は一日じゅう何かの単語を思いついているのだから。きっと、これまでに作った何百ものクロスワードのどれかでも「ARLEQUINES」を使ったことはあるはずだ。でもそれによって僕は、誰の協力者にもなりはしなかった。

一連のこうした言い訳は、僕をいっそう惨めにするだけだった。夜明け前の時間は、犬の遠吠えや、救急車のサイレンや、ラジオからかすかに聞こえてくる音楽によって、ゴムのように伸びてしまうのだと、僕は知っていた。ともかく僕にはハイメに話すという選択肢があった。彼なら何か思いつくことだろうし、何も思いつかなくても、メッセージが要求した秘密の保持をやめてしまえば、苦しさや孤立感はやわらぐだろう。

編集室でクロスワードを渡すとき、僕は誘惑に負けず、女からの電話のことを誰にも話さなかった。帰りに〈チューリッヒ〉に立ち寄った。エステルと少しおしゃべりがしたかったんだ。エステルはその店のウエートレスで、彼女の胸を僕は、マスターベーションする夜に、記憶の黒い紙の上に描いていた。もしかしたらエステルが、例の電話の仕掛人《しかけにん》かもしれない。そう考えていけない理由はない。たぶん、僕をからかおうとしているんだ。エステルなら僕の仕事も、乗っている車も、どこに何人家族がいるかも知っているし、電話番号ももちろん渡してある。僕の知るかぎり一度もかけてきたことはないけれど。

カウンターに寄りかかってエステルに、ARLEQUIN《アルレキン》（道化師）を頼むと注文した。客のいない時間だったのでエステルは、〝本日のクロスワード〟を解いていた。彼女は僕のクロスワードのファンだと言っている。簡単に解けてしまったときには僕に、落ち込んでいるのかと尋ねた。僕の精神状態をクロスワードの設問で分析しているのだ。

　エステルは僕の注文にきょとんとした。

「なに、その ARLEQUIN って。新しいビールの名前？」

「違うよ。それに、僕がビールを飲まないことは知ってるじゃないか」

「じゃあ、ウオッカ？」

「いや。ただの冗談さ」と言いつくろった。

　あらためて、ジンをロックで注文した。エステルは、あとはお願いと、やりかけのクロスワードを僕の前に置いた。僕は笑って、同じページに掲載されている星占いに目をやった。背筋に悪寒がはしった。僕の星座である獅子座の欄にはこう書かれていた。《この星の下に生まれた人にとって、今日は驚きの一日となるでしょう。思いがけない電話が、あなたに問題を引き起こします。心配事やイライラがつのる一日にもなるでしょう。平常心を保つよう心がけてください。ハーブティー以外を飲んではいけません。コーヒーや神経をたかぶらせるアルコールはもっての他です》。

　三杯目のジンを飲むころには、居酒屋《バル》が混みあってきた。なんだか客たちは実物じゃなくて、楽しく意識を薄れさせていっている僕の酔い心地が映し出した幻灯の、本物そっくりの映像のようだった。

　エステルは客の応対にいそがしく、僕のおしゃべりに付き合えなくなった。僕はクロスワードのマス目を埋め、四杯目のジンを半ばに、脳に居座ったアルコールの心地よさが境界線を飛び越して分別を失わせてしまわないうちに、店を出た。

どんなに哲学者が「私とは、私とそれを包囲する状況である」〔哲学者のオルテガ・イ・ガセットが提唱している自我論〕と断言したところで、現実はその言葉の意味を転じて、私とは、それを包囲する環境がこうあるようにと定めたものでしかありえなくなってしまう。そのとき僕は、無性に逃げ出したいのだと自覚した。母のいる故郷に帰りたい。隠れてしまいたい。ハードな現実に立ち向かいたくないのだと。つまるところこれは、昔持っていた、他人になりたいという願望だ。誰でもいい。今すれ違った、判で押したような一日の仕事を終えて帰宅するあの男性になるのでもいいし、僕がこれから追い越そうとしている少年でもいい。無敵なまでに融通のきかない凡庸な現実が待つ家に帰る時を、少しでも遅らせたいとでもいうような重い足取りの、この少年でも。

窓にまったく明かりの灯っていないふたつのビルの間で、静止した大きな雲と雲の狭間《はざま》に座礁している月の舟を見た。しばらく動けなかった。それからまた、歩きはじめた。自分の不運だか臆病さだかを嘆きながら。

留守番電話の点滅が、二件の着信があったことを告げていた。一件目にはメッセージが入っていなかった。二件目、ハイメの声がアパートいっぱいに響いた。今夜は戻らないと言う。挙げ句の果てがこれだ。疑問と不安に取り囲まれた静寂の夜。しかし、ハイメが外泊だなんて珍しい。同居を始めてから今日まで、夜通し帰らなかったことは一度もなかったのに。どうしたんだろう。

# 2

《ナボコフが、晩年の著作のひとつで見るように勧めている人々》。

これが、六段目のヒントの決定版だ。答えは、ARLEQUINES《アルレキネス》(道化師たち)〔ナボコフの作品に『道化師をごらん!』がある〕。ナボコフを、軍事的な陰謀だかテロリストの襲撃だかといった無気味な一件と取り合わせるのも一興じゃないか。

クロスワードを作るとき、僕はたいてい答えを先に決めた。なりゆきにまかせてマス目を埋めていくのだが、まず単語をひとつ選び、それによって残りが決まっていく。その最初の言葉がARLEQUINESであって、どうしていけない? それに、位置は六段目でも、もちろんかまわないはずだ。

その一語から、残りの言葉が浮かび上がっていく。そのあとカギの文句を考えるのだが、答えを書くと同時にぴったりのヒントを思いついて、マス目を単語で埋める作業を中断してあわてて書き留めることもあった。さて、

| | a | b | c | d | e | f | g | h | i | j |
|---|---|---|---|---|---|---|---|---|---|---|
| 1 | | | | | | | | | | |
| 2 | | | | | | | | | | |
| 3 | | | | | | | | | | |
| 4 | | | | | | | | | | |
| 5 | | | | | | | | | | |
| 6 | A | R | L | E | Q | U | I | N | E | S |
| 7 | | | | | | | | | | |
| 8 | | | | | | | | | | |
| 9 | | | | | | | | | | |
| 10 | | | | | | | | | | |

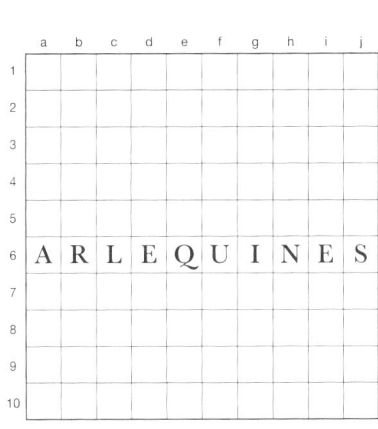

ARLEQUINES の次は、タテのeに、六番目にQがくる単語を入れなくてはならない。QUERO・QUISO・QUESO のたぐいで終わる十文字の言葉が出てこなかったので、この列は二分するしかなくなった。すると下の部分は五文字だから、QUEST〔「探索」の意味の英語〕がちょうどいい。これならヒントは簡単だ。《アーサー・シモンズが行なったこれに、コルボ男爵は苦しんだ》〔アーサー・シモンズの小説に『コルボ男爵を探索（The Quest for Corvo）』がある〕。

僕のクロスワードは、どれも文学趣味が濃厚だ。我が多読の成果だと思うが、作家になれなかった挫折感の反映かもしれない。子どものころ、大きくなったら何になるのかと尋ねられると、こう答えたものだった――背の高い作家になる。だから、身長の伸びが百七十センチで止まったとき、文学をあきらめた。

作家からクロスワード制作者への進路変更は、どうひいき目に見ても一種の挫折だろう。それは認める。しかし、人は自己防衛のためにも、いずれは自分の挫折を受け入れるようになるものだ。最初はそれらに仮面をかぶせたり、本人にしか通用しない言い訳の防壁の中に無邪気に閉じこもったりして。それから、かつての挫折は他のメリットや収入などで立派に埋め合わされたのだと自分に言い聞かせるようになる。その手の虚構を支える根拠を積み上げて、自己憐憫《れんびん》を励ましに転じているうちに、ついには傲慢に囚われることになり、あのありがたい挫折こそが、困窮と受難に満ちた不幸な人生から自分を救ってくれたのだと、天に向かって感謝するようになる。というわけで僕は、何年か前に職業上の野心を方向転換させ、チェーホフを剽窃《ひょうせつ》していないときはそれを贋作風《がんさくふう》にパロディーにした物語を書き散らす――といった真似をやめていた。パソコンの前に座って、わずかな言葉を介して永遠の存在になりたいという熱望に身を焦がすことも、もうない。

それをまったく潔しとしていたわけではない。せめてもの抵抗として僕は、クロスワードで文学批評をしていた。《このミダス王は触れるものすべてをモーロ人〔北西アフリカのイスラム教徒〕に変えてしまう》（答え…ゴイティソーロ）〔ファン・ゴイティソーロ。代表的現代スペイン作家の一人。あだ名が「モーロ」〕。《この詩人は海を燃やすGINEBRA（ジン）の名前を持つ》（答え…ジン・フェレール）。《まるでコットンのように小さくて毛深くてふわふわ》（答え…アラバール）〔フェルナンド・アラバール。スペインの劇作家。小柄でテディベアのような外見〕。《その人物の回顧録にはこんなタイトルがつくだろう。『僕のものだったから、ミア・ファーローを殺した』》（答え…ウッディー・アレン）〔スペイン語で「ミア」は「私の」という意味〕。《とりわけ好戦的《マーシャル》な芸術《アート》》（答え…風刺詩）。

クロスワード用紙の中に、使うことに決めたふたつの単語を書き込んだ。ヨコの六段目にARLEQUINES、タテeの6からQUEST。すると、タテeの1から四文字の単語を入れなければならないことになる。最初に思いついた言葉、ORÁN（オラン）にした。ヒントもすぐにできた。《後《のち》にノーベル文学賞を受賞することになる若者が活躍したサッカーチームを持つ都市の名前》〔アルジェリアのオランは、カミュが青年期の一時期を過ごした都市〕。

いつも出だしは難なく単語が浮かぶ。ヨコの四段目に、一段まるまるを占める十文字の単語、PALINDROMO（回文）を入れることにした。カギは実際の回文のみ。《Sé verla, allí ves Sevilla, al revés.（僕には見える。あそこに君も見えるだろう。裏返しのセビリアが）》。だが、あとでもっとすごい回文《Anita la gorda lagartona no traga la droga latina.（性悪デブのアニータは、ラテンのドラッグはやらないのさ）》を思いついて、こちらにした。

ヨコの一段目には HOENONA（オイノネ）がいいだろう。ヘレネを奪った Paris（パリス）の妻の名だ。夫が、自ら引き起こした戦争（後《のち》にホメロスが詩《うた》うことになる戦争）から重傷を負って戻ったとき、オイノネは彼を迎え入れて最期の日々を温かく支えた。さて、そのヒントでは、『カサブランカ』でハンフリー・ボガートとイングリッド・バーグマンを永遠の存在にしたあのせりふ、《君と幸せだった Paris（パリ）の思い出があるさ》を料理することにした。i か í かだけの違い。これがミソだ。ヒントの文は、《彼女は夫の亡骸を前にして、トロイのヘレネにささやいた。「幸せだった Paris（パリス）の思い出がある」。しかし二人は、カサブランカにはいなかった》。これはクロスワードの出だしとして上々に思えた。解き始めから不可解なカギでは敬遠されてしまうものだが、このカギが難解で見た目以上にペダンチックなことは承知のうえだった。あの頃の僕は、「批判を受けるあらゆることに熱心に打ち込め。それが己のアイデンティティを形成するのだから」というフランスの格言を信条としていたのだ。

さて、ここで僕は、クロスワード作家の使い古された手口、あらゆるクロスワードを堕落させる小ずるい手段に手を出すことになった。単音節単語の埋め草。余った二つか三つのマス目に入れる SÍ（はい）、NO（いいえ）、MÁS（さらに）、TAN（それほど）といった小銭の群れだ。例えばヨコ一段目の i から NO を入れ、何度も使い回したヒント、《三島はこの様式の戯曲を六作品書き上げた》にご登場願うのだ。

このあたりから苦しくなってくる。すでに決まっている単語が他の単語を規定するようになるからだ。ａの列には三つの文字が入っている。ａの１にＨ、ａの４にＰ、ａの６にＡ。そろそろ辞書のお世話になる段階だが、見たところ、まだ空《そら》で何語か入れられそうだった。

例えば、ｃの列には、パズル全体が放ちはじめていたトーンを損なわない言葉が使えそうだ。カギは《キリストが止《とど》まった場所とその小説家の名前。二語連結》。答えはEBOLILEVI〔カルロ・レーヴィの映画化もされた小説に『キリストはエボリに止りぬ』がある〕。唯一の欠点は、ｃの10が余ってしまい、ヨコ10の段にまたも単音節語を使わなければならないことだ。今度はSÍの出番とした。この言葉にもお決まりのヒントがいくつかある。《キプリングのもっとも有名な詩》とか、《ジョイスの『ユリシーズ』の幕切れのせりふ》とか。

百科事典で、タテａの列の答えを発見できた。HIRPNAGROS。同時に、タテｄに詩的な言葉が見つかった。NÍNIVE〔ニネヴェ。粘土板文書を収めた大図書館で有名なメソポタミアの古代都市〕だ。ヨコ５の段には、組み合わせの偶然から、逆さ読みでVIAN〔ボリス・ヴィアン。フランスの作家・ジャズ演奏家〕という、なかなかの答えを入れることができた。７の段には、思いついた適当な言葉を、不本意ながら入れることにした。もちろん、あとでもっとちゃんとしたものを練り上げることができたら置き換えるつもりだ。その言葉とは、逆読みのEGG。カギは、《H・G・ウェルズは、彼のもっとも知られた作品のひとつを命名するのに水晶製のこれを使った》。

これが、作りはじめて三十分後のクロスワードの姿だ。

| | a | b | c | d | e | f | g | h | i | j |
|---|---|---|---|---|---|---|---|---|---|---|
| 1 | H | O | E | N | O | N | A | ■ | N | O |
| 2 | I | | B | I | R | | | | | |
| 3 | R | | O | N | A | | | | | |
| 4 | P | A | L | I | N | D | R | O | M | O |
| 5 | N | A | I | V | ■ | | | | | |
| 6 | A | R | L | E | Q | U | I | N | E | S |
| 7 | G | G | E | ■ | U | | | | | |
| 8 | R | | V | | E | | | | | |
| 9 | O | | I | | S | | | | | |
| 10 | S | I | ■ | | T | | | | | |

そのとき、何かが僕にブレーキをかけた。疲れていた。ひどく疲れていた。あたりがかすんで見え、氷の短剣が頭を切り刻んでいた。仕事用の机を離れて、リビングのソファに寝転がった。たちまち夢に捕まり、秩序も脈絡もないさまざまなシーンに取り囲まれた。指が二本欠けたふっくらとした手。ビデオテープのラベル。誰かが指輪を溶かし込もうとしているコーヒーカップ。妹の耳を飾るイヤリングになっているサクランボ。砂漠の真ん中に降る凍りついた石の雨。ハイメの部屋の大理石の床にプリントされた恐竜の足跡――。

すっかり眠り込んでしまったようだ。寝具は月の光だけ。間もなく（と思っていたが、実際には何時間か経っていた）寒さに目が覚めた。からだが始動させたばかりの古いエンジンみたいに、がたがた震えていた。熱っぽい眠気で視界がかすむ。くしゃみが二、三回出たので、立ち上がることにした。毛布を取ってくるか、ベッドに移動するかはまだ決めていなかったが。その時、強烈な異臭を感じた。アパートの入り口の方から――たぶん、玄関そのものから、臭《にお》っていた。あらゆる悪魔の魂がそこで腐っていっているような臭気だった。灯りを点けた。床の上に、ずたずたに切り刻まれたネコの死骸が現れた。内臓の間で、蛍光紙のメッセージカードが光っていた。吐き気をこらえ、恐怖を抑えて、しゃがみこんで、指先を血で汚しながらカードを拾った。《ARLEQUINES、ヨコの六段目、十四日》。

それだけだった。

台所に飛び込み、どうやって知らないうちに侵入できたのかと自問自答して手を止めたりすることなく、袋をつかみ、急いで死体を入れ、ゴミ置き場に捨てるために下に向かった。

階段を四段飛ばしで降りているとき、この件すべてにハイメが関係しているのだという確信が宿った。

見えない手が執拗に胸を締め付けていた。不安感だ。奇妙な疲労に襲われて、目を開けていられなくなり、立っているためには壁にもたれなければならなくなった。僕はつぶやいた。幾度も繰り返していればその人が必要とする心の平安と調和が得られるというマントラのように、「明けない夜はない。明けない夜はない」と。

疲労感に追いつめられ、熱に焼かれながら、しばらくその場にじっとしていた。部屋に戻るための最低限の体力を回復したと感じてから、壁の支えを離れ、やっとのことで数メートルを進んだ。歩きはじめた赤ん坊か、長いこと寝たきりだったあとで歩行を再開しようとしている人みたいに、よちよちと。

何者かが木々の枝から霧をぶらさげていた。何百年も昔の伝説の幽霊がまとう、ぼろぼろのシーツみたいな霧だ。霧の中で街灯の光は、待ち伏せする動物の目のようだった。ゴミ収集車が近づく音が聞こえた。通りの反対側で収集車の緑がかった輝きが霧に一瞬裂け目を入れ、すぐにその傷口が閉ざされるのを見た。聖エロイ教会の鐘が五回、響きわたった。物乞いや不眠症者らに、もうすぐ太陽が、生まれたばかりの血で地平線をぐっしょり濡らして新たな休戦を宣言すると知らせる鐘だ。

眠れる状態でないのは明らかだった。寝《やす》むのはあきらめて、何枚もの毛布にくるまりハーブティで気を鎮《しず》めて、クロスワードの仕事を再開した。ラジオをつけた。仕事をするときはいつも、ラジオのお世話になるのが好きだったから。アイデアが枯渇したときの頼もしい助っ人で、何気なく耳に入ってきた単語が不思議にも、なかなか埋まらなかったマス目にぴったりと当てはまることが時々あるのだ。なぜだかわからないけれど、僕はラジオから日本語のシールをはがした。本当に、理由はわからない。ハイメのことも、ネコのことも考えてはいなかったのだから。玄関の血はきれいに掃除してあった。掃除しながら僕は、三つの規範《おしえ》を自分に叩き込んだ。このことについて考えない、出された条件を受け入れる、使途不明の情報を含んだクロスワードを新聞に載せる。

誰かが数少ないリスナーに質問を出した。「五番街にサイを一頭隠したい。さて、どうすればいいでしょう」。最初に正解を電話してきた人に、ジャズのＣＤをプレゼントするという。ラジオからはがしたシールを丸めながら、このいまいましいなぞなぞを考えてみた。けれども謎解きは僕の得意分野でない。クロスワードを作っているというのに、この手のクイズに滅法弱いとは、不思議なものだ。

答えが気になって、クロスワードは一字も進まなくなった。五番街にサイをどうやって隠す？「トラックの中に」とつぶやいてみたが、これはあまりに間抜けな回答だ。一人目のリスナーが電話してきて、「切り身にして肉屋に隠す」と答えた。不正解。生きたまま、まるごとのサイを隠すこと。当然、頓智《とんち》が必要だ。次のリスナーが謎を解消してくれた。ずばり正解を答えてジャズのCDを手に入れたのだ。「五番街にサイを隠すには、五番街をサイでいっぱいにすればよい」。正解者は、これは政治家がよく使う手だと、言わずもがなの解説をした。収賄でもなんでも、連中がノックアウトされそうな問題が処置なしになってくると、別の問題を盾のごとくいくつも並べたてて人々の目を奪い、注目してほしくない問題を隠してしまうのだ。まったく、うまいやり方だ。ジャズのCDのセットが一人の不眠症者に贈られた。五番街にサイを隠すには、五番街をサイでいっぱいにする。そのとおり。

　トム・ウェイツが『ケンタッキー・アベニュー』で苦しみを吐露する声が流れるなか、僕はクロスワードについて検討した。サイの文句を何度も繰り返してみる。ここまで埋めてきたクロスワード用紙をどけて新しい用紙を出し、サイを隠すためのサイでいっぱいにした。つまり、ARLEQUIN《アルレキン》(道化師)を紛れ込ませるARLEQUINES《アルレキネス》(道化師たち)でいっぱいにしたのだ。

　この方法であの威圧的な声の女の裏をかくことができるだろうか。難しいが、可能性はある。危険な可能性だが、それでも可能性は可能性だ。命令に背くことにはならず、一方でクロスワードは意味をなさなくなる。

　解けないクロスワードを作るという、かなり以前から強迫観念のようになっていたアイデアが突然、頭をもたげた。すべてのカギが、我が国の言語には存在しない言葉を示し、最終結果が真っ白以外のなにものでもなくなるクロスワード・パズル。誰にも——世界一広大な図書館に立てこもった碩学《せきがく》たちのチームのうちの最優秀チームにも、正解を出すことのできないクロスワード・パズル。

僕の考えたさまざまな企画のひとつに、存在しない言葉辞典の編纂《へんさん》がある。他の言語にあってスペイン語には存在しない言葉がある（言うまでもなく、意味を持った自立語についての話だ）。例えば、Deasful。これはウェールズ語で「時計の針の進む向きに」という意味だ。二音節のウェールズ語が、スペイン語では十二音節の文になる。どうしてウェールズの人々はこの表現をたった一語に凝縮する必要があり、スペイン人はそうでなかったのか。僕に答えはわからない。それを見つけるには、歴史や社会学、民族学、形而上学《けいじじょうがく》などの膨大な集積の深奥を探索しなければならないだろう。どうして子を持つ男性を示す言葉（父親という単語）があるのに、持たない男性を示す単語がないのだろう。どうして爪の汚れを一言で名指す言葉は存在しないのだろう。『スター・トレック』の主人公たちが話す人造語には、この汚れを表現できる一音節の言葉があるのに。一度もセックスをしたことのない男性を童貞と呼ぶなら、自転車に乗った経験のない男は何と呼べばいいのだろう。

この線でやれば多くの可能性が開けそうだ。読者は一マスだってクロスワードを埋められないだろう。あとは、「ARLEQUINES」のヒントを複雑怪奇にすればいいだけだ。でっち上げだが、誰も僕を責めることができないようなもの——例えば、《十四世紀の南フランスでは、戦うことを拒否する者を軽蔑的にこう呼んだ》といったものに。

もし、そんなクロスワードを出したりしたら（翌日の新聞には、明らかにカギとまったくかみあわない解答を載せなければならない。そもそも解答となる言葉は存在しないのだから）、僕を脅して利用しようとしている奴らはどう思うだろう。脅迫を実行に移して、母や妹たちに危害を加えるだろうか。

遺憾ながらうっかり間違えてしまって、と弁明することはできる。しかし、だめだ。うっかりミスの手は捨てなければならない。うっかり間違えるとは、シャツのボタンをかけ違えたり、コーヒーに塩を入れたりすることで、誰にも解けないクロスワードを編み出すことではない。

果たして、僕に危険が冒せるのか。五番街にサイを隠すことができるのか。やってみる価値はあるのだろうか。

疑問が僕を限界以上に弱らせてしまう前に眠って意識を消滅させようと、ソファに横になった。寝つけなかった。ネコのばらばら死体が僕の胸をざわつかせた。ハイメがネコを持ってうちに入り、玄関に投げ出し、こっそりと出ていくところを想像した。ハイメ以外の誰にそんなことができるだろう。でも、どうして？　奴はいったい、何に首を突っ込んでいるのか。

僕は眠ったが、すぐに、朝が伸びをするときのざわめきを聞くことになった。時計を見ると六時五十分だった。窓から外をのぞいた。天空が、インディゴブルーのマントの上で、夜の残り物の最終処分セールをやっていた。目玉商品は月の舟。模造ダイヤのつけ爪だ。百キロ先にある海が迫ってきていることを告げるような、懐かしのそよ風が吹いていた。僕は空想した。海が一波また一波と気づかれないうちに進んでいき、街や村を呑み込み、セビリアまでやってくる――。

　ベッドに戻り、僕をもう一度意識のない状態にかくまってくれるトンネルを発見すべく、まどろみの中を手探りした。だが、夢を見た。ブリタニカ百科事典をかたっぱしから盗んでコートの中に隠す夢で、その緑のコートは、良心の重しか古い罪業のように、父から受け継いだものだった。僕は事典をつかみ、コートを開き、その深淵のどこかの角に引っかかるとの確信をもって、中に落としていった。本はそこで一時ばらばらになり、僕がその場を離れるとまた元どおりになるはずだった。万引きした本の重さに足を引きずりながら店を離れようとしたとき、ガードマンが僕を制止し、コートの中を見せるよう勧告した。僕は素直に取り出しはじめた。コートはまるで手品師のシルクハットのように、ずっと以前になくしたものを次々に出現させた。カディスの浜辺で風にさらわれたビーチボール。僕の唇が女性のからだの味を初めて知ったときのペンションに置き忘れた時計（その娘《こ》の名前は、からだの曲線と裏腹に、記憶に残っていない）。初めて持った車のキー（車を手放してもあれだけは残しておこうと思っていたのに、バーのカウンターかどこかでなくしていた）。我が家の中庭でブランコに乗る妹たちの写真。学校の制服。そんなものが何十も出てきた。それから、突如としてブリタニカ百科事典がいっせいに傾《なだ》れ落ちた。

「ついて来なさい」と、ガードマンが命じた。

　別棟に連れていかれると、そこには制服にナチスの鉤十字《ハーケンクロイツ》を光らせた数人の兵士が待っていた。

僕は、死刑を宣告された。

現実の世界へ呼び戻してくれるはずの一斉射撃を受ける直前、指揮官が小声でつぶやくのが聞こえた——道化師たちに死を。そして銃声が轟いたけれど、弾丸が僕の身に達するより早くドアの呼び鈴が鳴って、僕の命を救ってくれた。

ハイメだった。鍵をなくしてしまっていた。

# 3

僕とハイメは、一緒に住んで十ヵ月になる。家賃を払うのに同居人が必要なアパートを借りてしまい、大学の掲示板に貼り紙して募集したのだ。それまでは学生ばかり四、五人で一軒家を借りていたが、賃料の高騰に立ち向かうべく集まったものの、二シーズン以上続けてお互いを辛抱することは難しいという状況だった。そこで、新聞社にクロスワード制作者として雇われたのを機に独立を決め、一人暮らしをすべくリスク覚悟で飛び出した。給料で賄《まかな》える安アパートはないかと探したが、僕の乏しい収入に許された物件など存在せず、理想的な住居を見つけたときには、貼り紙の手段に訴えざるをえなかったのだ。そのアパートは街の中心部にあって、陽当りが良く、ベランダからジャカランダの木がたくさん植わった静かな通りが眺められ、木々の向こうでは川が微睡《まどろ》んでいた。思いきって借りることに決めた。二ヵ月間は、食事代と映画代と新刊本の購入代を節約して家賃を払いぬいたが、三ヵ月目には拒食状態をそれ以上甘受するわけにいかなくなっていた。そんなとき、ハイメが現れたのだ。掲示板を見て来たのだが、学生ではなく、自分の生徒と一緒にそこを通りがかったのだという。ハイメは英語の個人レッスンをしていたから。その生徒は彼がアパートを探していることを知っていて、僕の貼り紙を指さした。ハイメは部屋を見てみることに決め、電話をかけてき、僕らは日時を取り決めた。

もしも第一印象を本気で心に留めていたら、彼とは絶対に同居しなかっただろう。いきなり三十分も遅刻してきて、弁解すらしなかった。一言の断わりもなく僕のアームチェアに座った——というより、顎にフックをくらってノックアウトされたボクサーのように倒れ込んだ。そして、しゃっくりと、階段への罵《のの》りを始めて、しばらくやめなかった。彼のしゃっくりは、このときだけのものではなかった。喉に何らかの異常——その専門用語を僕はどうしても覚えられなかった——があり、十五秒おきにゲコゲコやらないではいられないのだ。まるで、扁桃腺に蛙《カエル》が一匹棲《す》みついていて、常に自分の存在をアピールしているようだった。ハイメがその蛙を黙らせることができたのは、話をする意志のあるときだけだった。しゃべっているあいだは蛙に中断されることがなかったが、言いよどんだり黙ったりすると、不作法かつ不快な蛙の再来となるのだ。

ハイメが鼻を鳴らし、しゃっくりをし、ゲコゲコやり、階段を罵っているなか、僕はこの異様なセレモニーへの参加を避けて、コップに水を汲《く》みに行った。そうしながら、できるだけ早く水を飲ませて、何でもいいから理由をつくってすぐにお引き取り願うのだぞと、自分に命じた。口実はどんなに見えすいたものだっていい（昔の恋人がやってきて一緒に住むことになったので貼り紙は撤回するとか、子どもが生まれるとか、紛争中の国から三つ子を養子に迎えることにしたとか、母と妹たちを泊めるための部屋が必要だとか）。

ハイメは、死んだときに、哀悼の辞ではなく墓石に彫る警句《エピグラム》を書かれるタイプの人間だった。極度なまでの肥満の刑に処されていて、僕は彼を見たとき、若き日のチャールズ・ロートン〔イギリスの個性派俳優〕

を思い出した。赤みがかった口髭が唇を飾り、大きすぎる頭の上では、わずかばかりの毛髪ができるだけ広範囲を覆おうと奮闘していた。身なりの中では緑と黒のボーダーの靴下がけばけばしく注意をひいていた。コップを持つ手は震えていて、自分の胸にこぼすばかりか僕のソファのひじ置きまでびしょびしょにする始末だった。彼は、時おり蛙のコンサートに休憩を入れて階段への罵りを繰り返していたが、苦しげな呼吸がおさまると言った。

「当然ながら、あんたは、キリスト者の慈悲にかけて、俺を同居人として受け入れなくちゃならないな。だって、こんな階段を上らせたあとでまた下りろというのは、殺人行為だ。最低十五年の刑は喰らうぞ。下に俺の荷物があるんで、運び上げてくれないか」

この独創的な一撃に、僕はやられた。彼はあまりにも無防備に見えた。あまりにも寄るべなく、そのうえあまりにもばかげていたから、僕はただこう答えた。

「君を受け入れるしかなさそうだね。じゃ、条件について話し合おうか」

ハイメはすぐに引っ越してきた。もっとも、荷物の件は冗談だったが。こうして、決めていた同居人の条件からことごとくはずれていたのに、僕は彼を即座に受け入れた。この初対面の日、帰る前、アパートに越してくる日も決めないうちに、彼は玄関口で、どこか挑戦的な感じのする目つきで僕を見ながらこう言った。

「俺のことは〈カエル〉と呼んでくれ。子どもの頃からそう呼ばれているし、自分でも自分は〈カエル〉だと思っている。他の呼び方をしても、返事はしかねるぜ。実際のところ人は誰しも、誰かに言ってもらえるまで、自分の名前を知らないものなのさ」
〈カエル〉は強度の映画フリークで、毎日映画を見に行った。もうひとつの趣味はコンピュータゲームだった。何時間もパソコンにかじりついて、何千種類もの危険に立ち向かい、最高度に困難な冒険に身を投じていた。彼のゲームに対する執着は、『世界征服』というタイトルのゲームを創案してしまうほどだった。これは、領土全域をまるでおが屑《くず》のようにずたずたにするゲームで、ハイメがホロコーストだのジェノサイドだの大虐殺だのについて話すのを、僕はぞっとするのが半分、取ってつけたように感じるのが半分といった気持ちで聞いていた。彼はハエ一匹殺せそうにないタイプの人間だったから。

一度だけ、ハイメの行動に、戦慄《せんりつ》を覚えたというほどではないにしても、気をつけて悪趣味な冗談に転ずる愚行への衝動を抑えておかないと、病的なことをやらかしかねない奴だと直感させられたことがあった。母が病気になったので週末そばにいることにしてメリダ〔セビリアから北に約一〇〇㎞の古都〕に行った、その帰りの車中でのことで、ハイメが僕に、できれば一緒に行きたいと言い出し、僕は、それはとてもいい考えだと歓迎して僕らは同行していたのだ。

帰りの駅のホームで、一人の男が僕らに近づいてきて頼み事をした。黒いアタッシェケースを運んでもらいたい。列車が着いた先で受け取り人が待っているから、というのだ。男は、僕らが内容物について危惧しないですむよう、アタッシェケースを開けて中の書類を取り出し、見せてくれた。そして僕らに名前を尋ねた。受け取りに来る人物に、我々の名前と特徴を電話で伝えたいのだそうだ。

ハイメは一人でてきぱきと話を進め、喜んでアタッシェケースを届けるので心配いらないと請け負った。ところが、名前を告げる段になると嘘をついた。僕のことをイバン、自分はラファエルだと教えたのだ。

そして、煙にまくようなおしゃべりを続けて、彼自身も場所こそバスターミナルだったが、同じようなことを人に頼む必要に迫られたことがあった、などと話しだした。けれども、ひどくがっかりさせられたことには、引き受けてもいいという人は一人も見つからなかった。皆、彼がテロリストか麻薬の運び屋ではないか、つまり、旅行者に持たせようとしている袋には爆弾かコカインでも隠されているのではないかと恐れて、警戒されてしまったのだと。

こうして僕たちはアタッシェケースを引き受けたが、僕は唖然《あぜん》とすることになった。メリダ－セビリア間の途中駅のひとつで五分間の停車時間があったときに、ハイメはアタッシェケースを開け、中の書類を全部取り出し、内容などには目もくれずに立ち上がると、ホームに降りて、ごみ箱を見つけ、書類を丸めて突っ込んだのだ。

僕は、あっけにとられて動けなかった。ふざけているのだろうと思ったが、まるでタイミングを正確に計ってこのいたずらを開始したかのように、〈カエル〉が戻ると同時に列車が動きはじめたので、電車を降りて書類を拾いアタッシェケースに詰め直すことができなかった。

列車は再びスピードに乗り、家への道程をどんどん縮めはじめた。それまで驚いて口もきけなかった僕だが、ひとまずその感情を追いやり、遠慮も捨てて、〈カエル〉に向かって言った。何てことをするんだ。何の害にもならない書類をなんだって捨てたんだ。セビリア駅でアタッシェケースを取りに来た人に、何と言えばいいんだ。

〈カエル〉は理屈をならべて、僕たちにカバンを預けた男をせっせと非難した。至るところで不信感が幅をきかせ、隣人も信用できないこのご時勢に、麻薬から発禁文書、やばい書類まで入っていかねないカバンを見知らぬ他人に運んでもらおうなどと考えるのがおかしいのだと。

「それにしても」と、激怒したまま僕は言いつのった。「預かるのを断ることもできたじゃないか。おまえがまだ手元においているそのカバンを」

すると〈カエル〉は、僕らの旅行カバンのひとつから自分の荷物をいくらか取り出して、アタッシェケースに詰めていき、返事の代わりにこう言って話をしめくくった。

「あのバカには当然の報い、正当な罰さ。これでもう二度と、こんな軽率な真似はしなくなるだろう。アタッシェケースのことなら、気に入ったんでもらっておくよ」

僕は、セビリア駅に着いて荷物の受取人に会ったとき、どう切り抜ければいいかと、気が気ではなかった。受取人には僕らの人相が伝わっているはずだ。名前こそ情報と実際が合致しないとはいえ、アタッシェケースはそのままだから、きっと気づかれるだろう。ハイメは「そんな細いことを気にするな」と言うだけだったので、僕の不安はしずまらなかった。

駅に着くと、一人の青年が僕らの前に立ち、笑顔を浮かべて——この笑顔はすぐに曇ることになる――言った。

「私に荷物を持ってきていただいた方ですよね」

すると〈カエル〉は、持ち前の演技力を発揮して言った。

「失礼ですが、どういうことでしょう。初めてお目にかかる気がするのですが」

「アタッシェケースを受け取りに来たんです」

「アタッシェケースとは？」

「そこにお持ちの、それのことですが」

「僕のアタッシェケース？　ひょっとして、何か勘違いなさっているんじゃないでしょうか。僕のアタッシェケースに、何かご用ですか」

若者は確信が持てなくなってきたようで、しどろもどろに説明を試みた。

「イバンさんとラファエルさん、ですよね？　そのアタッシェケースを、ここまで運ぶように、頼まれているんだと思うんですが」

「何か間違いが生じていますね。勘違いですよ。このアタッシェケースには僕の私物が入っているだけです。居眠りしているあいだに誰かが中味を入れ替えていないかぎりね。開けてご覧いただいても全然かまいませんよ。それで納得してもらえるのなら。ほら、本でしょ。このコクトーの本はかなりお薦めですよ。それから、おやおや、あとはがらくたばかりだ」

「でも……」

「ねえ、これってもしかして、テレビ番組の、よくある低俗なひっかけですか。我々市民の純朴さを試し、とんでもない状況に置かれた時にとっさにどう行動するか見てやろうという」

〈カエル〉は無作法なまでにわざとらしい言い方をした。

「いいえ。わずらわせて本当に申し訳ありませんでした。でも、つまりその、これは相当にやっかいなことなんです。非常に重要な書類が入っていたもので。それで、えーと……」

無益な言い訳をしながら若者は、きょろきょろとあたりを見回して、すでに散りはじめた人混みの中に同じようなアタッシェケースを持った二人連れがいないかと探した。〈カエル〉のほうは舌もなめらかに口撃《こうげき》を続けたので、もしこれほど悲愴な状況でなければ、僕は笑みを漏らしてしまっていたかもしれない。

「ところで、我々の名前は、あなたがお探しの方々のと違っているのですが。僕の名前はハイメですよ。このパスポートがはっきり証明しているようにね。僕の連れの名はシモンです。何か身分証明書を持っているかい？」と、僕に尋ねる。

若者は、僕が〈カエル〉の要請に応じてのどんな動きをとる間もなく、口をはさんだ。

「いいえ、やめてください。すみませんでした。そんな必要はまったくありません。勘違いだったことは明らかです。私の大変な思い違いでした。それがその、書類を受け取らなければならなくて、実は、非常に重要な試験用紙で、是が非でも私が審査しなければならないものなんです。でも、いったいどうしてしまったんだか、さっぱりわからない。実のところ、同僚が伝えてきた風貌があなた方にピッタリだったもので……」

「それで、僕たちのことをどんなふうに聞いているんですか。つまり、もちろん、その同僚の方が、荷物を預けた人物についていてどう言っていたかということですが」

「いや、どうでもいいことです。どうもすみませんでした。他を探してみます。ご迷惑をおかけしました」

どうしてだろう。僕は一瞬たりとも、ハイメを裏切ってその青年に我々こそが捜している相手なのだと認める義務を感じなかった。青年は、列車を降りる最後の人混みにあわてて分け入り、それから、アタッシェケースを求めて出口の方へと走っていった。

あれはきつい悪ふざけだったが、戦慄を覚えるほどではなかった。ただし、ぎょっとはしたことを告白しておく。なにしろ、僕はまだ同居人のことをよくわかっていない、少なくとも、自分で考えていたほどには理解していないようだと思い知らされたから。

いま思い返してみると、〈カエル〉の持っているあの手の悪ふざけへの衝動を見聞したのは、あの時だけではなかった。僕がどうしてだか遅く帰宅した夜のこと、彼が待っていて、ラジオ番組に割り込んできた男のことを話しだした。穏やかなトークと重病人に聞かせるような音楽とで構成される、よくある深夜放送のひとつに、その男は助けを求めて電話してきたらしい。脊髄移植を受けなければならないのだが、その手術は社会保険の対象になっていない。そのため、自費でアメリカの私立病院に入院するしかないが、天文学的数字にのぼる旅費、滞在費、手術費の総額は彼の負担能力を遥かに超えているので、善意の寄付を募るしかなくなった。カンパが集まれば望みが出てくるかもしれない——。僕には、〈カエル〉がどういうつもりでそうしたことを、問題の深刻さとは裏腹の陽気さで話すのか、よくわからなかった。その意図がすっかり理解できたのは、就寝前にトイレに向かおうとした僕に、〈カエル〉がちょっと待てという身振りをしたときだった。彼は受話器をとると、紙ナプキンに書き留めてあった番号に電話し、医師のラミーレス・ソウサと名乗って番組に参加したいと告げて数秒待たされ——その数秒間を利用して僕に「自分の部屋に行ってFMの109・4を聞け」と言った——、電話はついに番組のパーソナリティにつながった。自室で僕は、おそろしい会話を聞かされることになった。〈カエル〉はこんなことを言ったのだ。脊髄の移植が必要だという男の語ったことは誤りである。きっと無知ゆえだろうが、我が国でその種の手術が社会保険の対象でないことはない。だが、もしも社会保険が手術費の全額を保障してくれないとしても、医師である私、ソウサのクリニックのような私立医院で手術することができる。当院でこの患者を二ヵ月以内に無料で手術することを約束しよう。番組のパーソナリティがいくつか質問したが、〈カエル〉はまるで本物の医者のように応答した。このパーソナリティは、彼の親切に心からの感謝をおくって電話を切った。このパーソナリティはそのあと、〈カエル〉が僕の部屋にやってきて自らの演技に興奮して得意顔をみせていたとき、最高に大げさな声で、いま電話してきたような人こそが我が国に必要な人材なのだ、と感嘆の声をあげた。

「ゲス野郎め」。僕は吐き捨てるように言った。

「おやおや。何でも大げさにとるんだな。この手の番組はみんな嘘っぱちだって知らないのか。さっきの移植話みたいなつまらないことで、リスナーの感動をとろうとするんだよ。あの男はきっと役者さ。ばかばかしい」

その夜、僕は眠れなかった。

こうしたことを除くと、僕らの生活は、現代社会の有為転変とは無関係にルーティンに麻痺したように過ぎていった。世間ではそうした有為転変が、人々を汚染し、マスコミをいらだたせ、役人や経営者たちを汚職に走らせていた。ストライキは齧歯類《げっしるい》の貪欲さで拡大していた。政治家への不信が社会不安を増長して民主主義のシステムは正当性を失いつつあり、人々は懐疑的になる一方だった。絶望感がゆっくりと根差していくのを、旱魃《かんばつ》が後押しした。とどめに二件のテロ事件――うち一件では子どもの犠牲者も出た――が起こり、スペインを燃やしていた灼熱は、温度をさらに上昇させた。

けれども、こうしたことは何ひとつ、僕たちに関係なかった。僕らは現実を縁取りして、ただのカラーシールみたいに窓に貼りつけていた。僕らは同じ信念をもっていたと思う。現実は禁忌すべきものであり、可能な限り僕らの生活に侵入させないようにする、というのがそれだ。もっとも、〈カエル〉の対人恐怖は病的なほどで、外から戻ると通行人の視線に汚されたからだを洗うために、必ずシャワーを浴びていた。

自分の過去について、ハイメは断固として漏らさず、家族や友人について一言でも話すことを拒んでいた。初めて一緒に食事をした席で家族関係について尋ねると、こう宣言された。「もっと親しくなって、俺が話すことにおまえが驚いたり騒ぎ立てたりしないと確信が持ててから、話す」。それから十ヵ月たっても、ほとんど何も話してくれていなかった。

ハイメは起きるのが遅かった。リビングで朝食をとったが、その時間には僕はそこで、夕方に入稿するクロスワードをつつき直していた。彼は朝食をたっぷりとたいらげたあと、パソコンの画面にどっぷりとつかった。午後二時半に、ふたりでアニメを見ながら昼食をとった。二人ともその番組の大ファンで、欠かさず見ていたのだ。それから彼は、英語の個人レッスンのために大学近くのカフェに出かけ、そのまま夜まで戻らなかった。一日に二回も階段を上り下りするのは無理だというのがその理由だった。レッスンのあとは映画館に向かった。それでもまだ時間があくようなら、ゲームセンターに行ったり、新着ゲームやゲーム雑誌が手に入る専門店に足を運んだりしていた。文学は疲れると言っていた。読むのはイギリスの作家のものだけで、ディケンズやサッカレーが好みだった。その他、ユーモア作家にも興味を示した。ダール、ウォー、シャープ、カンバ。それくらいだ。詩は毛嫌いしていた。あれは宣教師のためのものだと言う。詩を読もうとするたびに引き付けが起きるので、大した未練もなく放棄できたそうだ。ある夜、こんな話をしてくれた。子どもの頃、寝る前にテディベアを数えるのがお楽しみの行事だった。たくさん持っていた。部屋じゅうがテディベアだらけだった。ある時、数えた結果が持っているはずの数よりひとつ多かったので、これはおかしいとやり直したところ、なぜ違ったかがわかった。テディベアが増えゆくなかで気づかないうちに、自分も数に入れてしまっていたのだ。また、彼は、一度しか恋に堕ちたことがないのを自慢していた。彼にとって恋に堕ちるとは、コンピュータを相手にした例のゲームのどれかで負けるのに似ていた。屈辱なのだ。その時の相手は英語の個人レッスンの仕事をしていた。彼の英語力からすればまったく必要がなかったのに、授業を申し込んだ。彼女と一緒にいたいがために、一言もわからないふりをした。それが、彼が恋愛感情からとった行動のすべてだった。あるとき彼はこう断言した——性交とは、複雑化した自慰行為《オナニー》にすぎない。

幼少時、〈カエル〉はマンガ中毒で、学校から帰るとドーナッツとコミックスをむさぼった。ある晩僕に、それを示す逸話を披露してくれた。『鉄人コマンダー』という何百回も続くマンガを、彼は飽くことなくせっせと読みつづけていたのだが、百七号だけ読み損ねてしまった。その号が発売される週に、祖父母の住むマンチェスターを初訪問したのだ。当然、イギリスでそのマンガは手に入らず、帰国した時にはもうどこのキオスクにも見つからなかった。話は百六号から百八号へと飛んでしまい、しかたなく、百八号の内容からその前に起こったことを推測した。けれども夜になると、その号を手に入れ損ねてコレクションに欠番ができたことが悔しくて、胸締めつけられることもあった。そんなある夜、出版社に手紙を書いてその号のバックナンバーを注文しようと決めた。当時彼は十一歳だった。返事は来なかった。このシリーズは毎月曜日に売り切れていて、ある号を読み損ねたという人に送れる在庫が出版社に残っていることなど、金輪際ありえなかったのだ。

何年もの後《のち》、イギリス文献学の最終課程で試験官という名の銃殺隊を前にして、彼は決意した。マドリードに行って定期刊行物図書館で『鉄人コマンダー』を探し、コレクションに加え損ねた号を、今度こそ読もうと。そして実際、彼はついに『鉄人コマンダー』の百七号を目にし、その絵の中に、いく夜となく彼の口にわいた苦い味を感じとった。その号で起こったことは、彼を驚かせはしなかった。次号での展開からこうだったはずと推測したとおりのことが起こっていたのだ。指の間でページが崩れ落ちそうなほどぼろぼろのマンガの本を前にして、幼年期が煙でできた像のように消え失せるのを感じた。後ろ髪ひかれることなく、空虚な気持ちで図書館を出た。子どもだった自分に何かをプレゼントしようとしてそこを訪れたことを、後悔していた。そのとき悟った。幼年期には死が存在しないので、我々は知らずして不死なのだ。そして、幼年期の喪失とは、死への自覚を得ることに他ならない。子どもだった自分を抹殺することによってのみ、我々は死すべき存在（＝人間）にと変わるのだ。

話しおえると、またゲコゲコとやりだした。僕は何を言えばいいかわからなかった。だから、何も言わなかった。

僕は笑ったと思う。けれどもそのあと、横になってから、図書館で『鉄人コマンダー』の百七号を前にしている〈カエル〉の姿が頭に浮かんでしょうがなかった。それをどう感じたかはよくわからない。感情を混同させてしまうような言葉は使わないほうがいい。たぶん、悲しみとほほえましさ、憂鬱と不安が入り混じったものだったと思う。僕も、子どものころ集めていたサッカー選手のカードに、何枚かの欠番があった。でも、そのせいで眠れなかったことなど一度もなかったし、当然ながら、いったん青年期への扉をくぐりぬけたら、あの、天井裏の奥かどこかになくしてしまったコレクションを完成させたいなどという切望が再燃することは、ついぞなかった。

ブリタニカ百科事典の全巻を盗んだ罪で銃殺される直前に〈カエル〉に夢から救い出された朝、僕は彼に挑んだ。言葉のニュアンスをいっさいやわらげず、彼を許容するようなちょっとした微笑みを浮かべることもせず、こう言ったのだ。

「おまえがネコが嫌いとは、知らなかった」

彼は返事の代わりに、階段を上がったあとでいつもやるようにソファにどさりと座った。しゃっくりと咳と罵りのコンサートとともに。顔は汗まみれで、シャツのボタンをへそまではずし、へこんだお腹を見せていた。

# 4

「何だ、こりゃ」。女からのメッセージを聞かせると、〈カエル〉は言った。「この電話がかかってきたのはいつだ？」

僕は答えた。婉曲な言い回しなどせずはっきりと、彼が家にいなかったその夜にこの電話があったのが、単なる偶然とは思えないと告げた。今日の未明に我が家に誰かがやってきたことも話した。その誰かは臓腑《はらわた》のはみ出たネコの死骸を忘れていったこと。ネコの内臓が僕に、女が留守電に残したメッセージを思い出させたこと。そして、すべてと符合するように、ハイメは朝になって戻り、呼び鈴を押さなければならなかった。鍵をなくしたからといって。こうしたことといっさいが関連していると思うことは、最低限の良識といえるのではないか？

「昨夜はどこにいたんだ」

ハイメは、思いもかけぬことを言われたという顔をした。驚いたように眉が上がり、口が半開きになった。

「わかってくれると思うけど」と僕は続けた。「僕にはおまえがどこにいたか教えてもらう権利があると思う。だって、昨夜おまえが家を空けたことと、誰かが僕にネコを置いていったことは、何か関係しているように思えるんだ。それに、おまえが鍵をなくしたことと、うちの玄関にネコを持ち込むのにドアをこじ開ける必要がなかったことも、きっと関係があるはずだ」

言いすぎた。口がすべって直接的な追及になってしまった。当然ながら、そこまで言う気はなかったのだが。

「シモン。その電話に俺が関係しているっていうのか？」

「おまえの悪ふざけのひとつかもしれない」

「俺がそんな手間をかけて悪ふざけをしたのを見たことあるか？　やれやれ、まったく、わかってないな。俺が悪ふざけをするのは、偶然お膳立てができていて、まったく努力のいらない場合だけさ」

「わかったよ。おまえの悪ふざけじゃないことは、よくわかった。でもさ、おまえが中国語を勉強していることを知っている人物がいて、おまえによるとそのことは絶対に、僕以外、誰も知らないってことは、昨夜おまえが家に帰らないことも知られていたかもしれないよね」

「意味がわからない。それに、俺が勉強しているのは中国語じゃない。日本語だ」

「僕だってわからない。混乱しているんだ。でも、何て言うか、どこに行っていたとか、誰と一緒だったとかを、率直に話してくれたら、少しは話が見えてくる。勘だけど。そう。でも、わからないことばかりが山のようになっているから」

〈カエル〉はゲコゲコやりはじめ、ぼんやりした目つきになった。

「本当に、何かがおまえのせいだって言っているわけじゃないんだ、ハイメ。だけど、夜中に玄関で臓腑が飛び出たネコと出くわすのは、決して楽しい経験じゃないだろ。しかも、ドアがこじ開けられた形跡もないんだぜ。どうすればいいか教えてくれよ。警察に知らせるべきかな」

「たぶん、こういう場合にはそれがいいだろう。物事は悪いほうに転がるものだ。電話の件だけなら単なるいたずらとも考えられる。だがネコのことは、本気だと示している。ただし、もし相手が本気で、俺やおまえのことをそこまで知っているなら、おまえの家族に危害を加えると脅迫しておいて、そのままということはないだろう。その場合、警察に知らせるかどうかはよく検討すべきだな」

僕はその時まで、警察について考えてもいなかった。正直、理由ははっきりしない。たぶん警察に対して、本や映画に影響されていつのまにか嫌悪感を持つようになっていたか、無条件の不信感があったかだろう。とにかく、この件を警察沙汰にするなど、考えてもいなかった。けれども、今のような事態を前にしては、悩みを分かつのに悪くない方法かもしれない。この方法をとる・とらないを秤《はかり》にかけて、「とる」に傾きはじめたとき、〈カエル〉がゲコゲコやるのをやめて口を開いた。

「妙な話なんだ。映画館から戻ろうとしたとき、若い女が俺に話しかけてきた。映画はどうだったかって。ずば抜けて美人というわけじゃないが、ある種の魅力だか、きらめきだか、気品だか何だかがあった。唇がぽってりしていて、もし俺がコマーシャルのプロデューサーだったら、すぐさま口紅のプロモーション・モデルにスカウトしてたな」

「知ってる娘《こ》？」

「何から何まで知らない」

「相手はおまえを知っていた？」

「何から何まで知ってた」

「どういうことさ」

「俺の生徒の友人なんだそうだ。俺に英語を習おうと考えているんだが、決心はついていない、まず、お金の目処を立てなきゃならないから、だってさ。なにせ、セビリアでは何人かの友達と一緒に住んでいて、奨学金頼りの生活なんだが、それがまだ届いていないそうだ」

「ここの生まれじゃないのか」

「ああ、ガリシアの人間だ。名前はドゥルセ。何か飲みに行こうと誘われた。〈カエル〉って呼んでくれ、みんなそう呼ぶからと言ったら、愉快そうだった唇の表情がちょっと厳しくなってさ、ハイメと呼ぶわと断言した」

〈カエル〉が話を進めるあいだ、僕は、どんな関係がその娘と電話のメッセージとの間に成立しうるか考えた。僕に「ARLEQUINES」という言葉をクロスワードに入れるよう押しつけたメッセージ。そのクロスワードは、数時間以内に入稿しなければならないのだが、まだ完成もしていなかった。関係は、明らかにある。なぜなら、まったくの偶然と考えるのは無理がある。〈カエル〉は、彼を一晩じゅう家から引き離しておくような女性からの誘いが、降るようにある男ではない。

彼がそうした誘いにあずかった唯一の機会に、誰かが玄関に、まず間違いなく当の〈カエル〉がなくした鍵を使ってはらわたの出たネコを置いていったなんて、偶然にしてはできすぎだ。

「僕らが行った居酒屋《バル》に、たまたま彼女の友達が何人かいたんだ。みんなでカウンターに座っていると、そこに女の子がやってきた。その娘も俺の生徒の知り合いで、同じく俺に教わって英語をマスターしたいと考えていたというんだ。ドゥルセと友達は、あとでどこか別の店で会う約束をした。この時に、鍵を盗まれた可能性があるな」

〈カエル〉がそれを言うとは驚いた。鍵を盗まれたのは確かかと尋ねたが、肩をすくめてゲコゲコやりだした。話を続けてくれと頼んだ。

「大した話はもう残っていない。三時まで居酒屋《バル》をはしごしただけだ。実につましい会話。安直なジョーク。個人的エピソードの交換」

「その娘と寝たのか」

「俺を誰だと思う。知り合ったその晩に女と寝たりできる男に見えるか？　その晩どころか、そのあとだって」

「その娘と電話のメッセージに、関係があると思うか？」

「あるはずだな」

「ということは、僕の妄想じゃないんだな。おまえもそう思うんだな。その淫売《インバイ》に気をとられているうちに、おまえは鍵をちょろまかされたかもしれない、ネコがずたずたにされたかもしれない、くそったれどもがそれを玄関に置いていったかもしれないって」

「そうだと思う。そんな汚い言葉を使う必要はないが。でも、そう。そのとおりだと思う。ただし、教えてくれ。何のために？　どういう目的で？」

「今度その娘に会うのはいつだ？」と、質問をかわすための質問をした。

「さあ。三時過ぎてから俺たちは、ちんけな店でもいいから開いてないかと探したんだが、どいつもこいつも厳しく通達されてびびっちまってるらしい。唇を湿らせてくれるところは、小汚いインチキ酒場一軒、町の中に残っていなかった」

「メリダでは、飲み屋がみんな閉まったあと、酒飲み連中がどこに行くか、知ってるか」

「家に寝に帰るんだろう？」

「いいや。その時間に酒を売っている唯一の場所へ。墓地の霊安所の酒場さ。あれは見ものだよ。あそこじゃ、その日の死者の遺族と、夜が明けるまで飲みつづけようという酒飲みが、入り混じっているんだ。従業員は、遺族にはコーヒーを、酔っぱらいには酒を運んでいる」

「すげえ」

「それから？」

「何も。彼女の家に行って、ずっとだべりながら飲んでいた。ちょっと前に別れたところだ。近いうちに、英語のレッスンの件で連絡すると言っていた。おかしいんだぜ。一晩じゅう俺を〈カエル〉と呼ばなかったのに、離れてからそうした。俺に向かって『〈カエル〉！』って叫んだんだ。『何だ』と身ぶりで尋ねると、『ありがとう』だって」

「つまり、おまえはその女がどこに住んでいるかを知っていて、居場所がわかるってことだな」

「でも、教えてくれよ」。〈カエル〉がふたたび尋ねた。「おまえはどういう企《たくら》みだと思うんだ？　そのキーワードは何に使われるんだ？　『ARLEQUINES』って、何を意味するんだ？」

「見当もつかない」と、正直に答えた。

「それで、どうするつもりだ？」

「とりあえず、午後に提出しなきゃいけないクロスワードを仕上げるよ。知りたいかもしれないから言っておくと、そうだよ。『ARLEQUINES』は入れてある。危険は冒せないだろ。単なるいたずらだろうと、もっと深刻な話だろうと、危険は冒せない。実のところ、この件にそんなジャリどもが関係していそうだとわかって、かなり安心したよ。だって、これでいろんな可能性が排除できる。これまでに思いついて、僕をじりじりとあぶっていた可能性がね」

「どんな？」

「さあ。クーデターのことがずいぶん噂されてるだろ。それに、ほら、この街は、文句も言わずにクーデターを受け入れる傾向がかなり強い」

〈カエル〉は笑いだした。発作にでも襲われたように、止まることなく笑いつづけた。僕はあっけにとられて彼を見た。いったい何を笑っているんだ。何がそんなにおかしいんだ。「クーデター」と、大笑いと大笑いの合間に声がした。「クーデター」。何度も、何度も。

「うん」。笑い声をバックに僕は言った。僕が話しはじめても彼の笑いは、やみもしずまりもしなかった。「今じゃ、ちょっとばかげてた、というか、かなり考えすぎだったたってわかるよ。それほど重要で、それほど重大な情報の伝達に、おまえを使おうとしたかもしれないと考えるなんて。でも、正直に言うと、それが僕の考えたことだ。クーデター。政権転覆の企みだと思った。僕に何がわかる？　おまえなら、こん畜生を説明するのに何を思いつくっていうんだ」

〈カエル〉の笑いがぴたりと止まった。まるで、それまでの大笑いが芝居だったとでもいうように。まるで、その笑いの発作を制御することはいつでもできたとでもいうように。そして、何度かゲコゲコやってから、言った。

「きっと、おまえを知っている誰かのいたずらさ。あるいは、学生の工作。奴らにとってすごく重要で、でもおまえにとっては何の意味もないことを、仲間に伝えようとしているんだ。例えば、テストに関連したこととかを。実際のところ、どんなことだってありえるさ。だが、俺がひとつ思いついたのは……」

「何？」

「さてね。思いついたには思いついたんだが、ただの思いつきだから、あまり気にする必要はないぜ。俺の思いついたのは、この企みは、新聞社そのものに対する嫌がらせかもしれないってことだ」

「どんな？」

「そうだな、情報システムにウイルスを感染させること。『ARLEQUINES』という言葉により活動を開始するウイルスをね」

びっくりした。僕が浚《さら》いあげていた可能性の中に、〈カエル〉が指摘していることにちらとでも近づいていたものは、当然ながら、ひとつとしてなかった。コンピュータウイルスとは。だが、依然として同じ疑問が残される。何のために？

「あるページが白紙で発行されるとか、突然すべての母音が——任意の子音でもいいが、出力されなくなるとか。考えてもみろよ。誰かがシステムにこんな奇抜な命令を組み込むことに成功した。もしもこれこれのページに『ARLEQUINES』という言葉が印刷されたら、十四日に印刷されるすべての『a』よ、消え失せよ」

「でもさ、『ARLEQUINES』は印刷されないよ。クロスワードの白マスを埋める解答だからね」

「だが、次の日には解答が発表されるんだろうが」

「そうなるけど」

「じゃあ、これで当たっているかもしれないし、違うかもしれない。同じことさ。俺が言いたいのは、こいつはかなりつじつまのあった動機のものでありえるってことだ。このやり方でおまえの会社に嫌がらせをするには、不可欠なものがいくつかある。社の情報システムに精通している人間。当然だろ。それから、脅迫して利用して、あとからすべての罪をかぶせてしまえるお人好し。該当者は、残念ながら、おまえのようだ」

「そんなやり方、凝《こ》りすぎだよ」

「疑問の余地なく。しかし、留守電にメッセージを残して、クロスワードに『ARLEQUINES』という言葉を入れろと伝えてきたのも、凝りすぎといえる。そのついでに、おまえについてはすべて——ほとんどすべて——知っていることを見せつけたのも、凝ったやり方だ。そうだろ。俺が心配なのは、俺たちはすごい凝り性を相手にしているようだってことだ」

「さあ。すっかり納得はできないな。たぶん、どうすればそんな破壊活動が実行できるのか、理解できないからかもしれない。新聞社に話すべきだと思うか？」

「はっきりしていることは、話せばクロスワードを掲載させてくれないし、掲載されなければ、おまえは危険を冒すことになるってことだ。俺たちの想像以上に深刻なことになって、おまえのお袋が恐ろしい思いをするという危険を」

「ああ。それじゃ、どうすれば？」

「もし何か危険を冒さなきゃいけないのなら、おまえのせいで情報システムが発病する危険を冒すべきだと思うな。そのほうが賢明さ。母親や妹を危険にさらすより、新聞にいくらか空白が出るほうが、絶対ましだろ」

「ところで、他に気になっていることがあるんで、教えてほしい。おまえが中国語を勉強していることを知っている可能性があるのは、誰だ」

「俺が勉強しているのは日本語だ。おまえしか知らないと思っていた。おまえがしゃべったに違いないな。誰かがアパートに来て、シールだらけなのを見て、何か尋ねたんじゃないか？」

「いいや」

「確かか？」

「絶対に間違いなく確かだ。おまえこそ、誰にも話していないというのは確かなのか。生徒にも話してない？」

「誰にも。俺にとっては恥ずかしいたぐいのことだからな」

「ゆうべ知り合った娘が友達だと言っていた生徒にも？」

「本当に間違いなく誰にも。おまえの腕を賭けてもだいじょうぶだ」

「それじゃあ？」

「さてね。知っているのは、俺とおまえと、教材を送ってくる奴らだけだ」

突然僕は、〈カエル〉が日本語を勉強していることを知っている——もしくは知りうる——人物が他にもいることに気がついた。それだけじゃない。その人物なら、僕に妹二人と母親がいてメリダに住んでいることも知っていておかしくない。それを〈カエル〉に話した。

「おまえが日本語を必死に勉強していることをよく知っているかもしれない人物が、僕ら以外にいるよ」

「誰だ？」

「郵便屋」

〈カエル〉の顔に驚きの表情はまったく表れなかった。僕を見つめたまま、何度かゲコゲコやった。僕が説明するのを待っているようだったが、僕はその必要を感じなかった。とうとう彼は質問した。いや、もしかしたらあれは質問でなく、僕の思いつきの単なる反復だったのかもしれない。

「郵便屋」

「僕らは仮説を立てているところなんだから、郵便屋が何かの謀略に加わっていると推測してみてもいいだろう。何の陰謀かはどうでもいい。どうでもいいのさ。テロリストだろうと、悪ふざけの仲間だろうと、同じことだからな。郵便屋は僕の職業を、みんなが知っているように、知ることができる。僕への手紙を開けることができたし、もちろん、おまえの通信教育の教材だってそうだ。この線でいけば、あの女が留守電に残した情報を集められる」

〈カエル〉は立ち上がり、あくびをした。そして言った。とても疲れている、眠る必要がある、もう少しあとでこの件に郵便屋が関与している可能性について検討するが、そんなふうに出し抜けに言われると非常に幼稚な考えに思える、と。けれども僕のほうはこの説に大乗り気だった。郵便屋が来るのを待って、方法はわからないが、探ってみることまで考えた。たぶん、いくつか質問して。だが、どんな質問なら怪しまれずにすんだのだろう。

「届いた中国語講座の教材が開封されていたことは、一度もなかったか？」

「包み紙でしっかりと何重にもくるまれて届くんだぜ。それに、中国語じゃない。日本語だ」

「僕の方も、今までに受け取った妹たちからの手紙に異状は見られなかった。もっとも、時には封筒なしで、ハガキを送ってきたけどね」

「アドバイスが欲しいなら、俺だったらこの件はしばらくほっておく。クロスワードを仕上げて、次に起こることを知らん顔して待つんだな。もしかしたら、クロスワードが出ても何も起こらず、それでおしまいかもしれない。ネコの一件は、ちんぴらのいたずらさ。忘れちまえ。たぶん、俺の鍵がちんぴらの仕事をやりやすくしたんだろうよ。今日の午後には、この件について何か手がかりがつかめないか極力調べてみる。もちろん、例の生徒にも聞いてみる。ドゥルセとどんな関係があるんだか。だけどな、今日の午後までは、俺は眠り、おまえは『ARLEQUINES』入りのクロスワードを完成させることが一番だよ。もしかしたら、すべては込み入った偶然の一致にすぎないかもしれないんだ」

偶然の一致なんてポール・オースターの小説の中だけのものだと反論することもできたのだが、〈カエル〉はポール・オースターが誰だか知らないに違いないので、やめておいた。それに、偶然という線に僕は大いに心をひかれ、同時に望みも抱いた。いくつかの偶然の出来事にもっともらしい理由を当てていれば、疑問の支配する影の部分をはっきりさせながら出来事がつながれていき、ついには偶然の一致を説明できる別の事実が姿を現し、すべてが解決するかもしれない。その例として僕が思い出したのは、二、三年前にニューヨークからマドリードに飛んだときのことだった（このことはまだ〈カエル〉に話していなかったが）。そのとき僕は旅の道連れとして、セントルイスから来たという感じのいい二十歳の女の子を引き当てた。僕は本を一冊携えていた。エリセオ・トーレスというスペイン人移民がブロンクスに建てたでっかい本屋（スラムのど真中にある書籍のつまった四階建て）で買ったばかりの、コロンビア発行のガルシア・マルケス『コレラの時代の愛』。彼女――タスリムという名前だった――は僕に、本をちょっと見せてほしいと言ってきた。ガルシア・マルケスが大好きなんだそうだ。英語版ですでに読んでおり、スペイン語で読むのは言葉をしっかりマスターしてからにすると決めていると言っていたが、じゅうぶん流暢にスペイン語を話した（動詞の活用のかわいいミス――「タバコを吸った」を「吸いた」と言い間違えるようなことがたまにあるのを除いては）。この本は大のお気に入りだという。偶然の一致だ、と僕は思った。マドリード行きの同じ飛行機に、同じ作家を敬愛する小説家志望の人物が二人、隣同士で座っている。そのうえ僕がいた席は、本当なら僕の場所ではなかった。チケットは五列後ろを指定していたのだ。僕は飛行機に乗り込むと、搭乗券に示された場所を目指した。ところがその席はすでに子どもに占領されていて、母親が、離れた席しかとれなかったという事情を説明し、もし迷惑でなければ席を替わってもらいたいと頼んできた。かまいません、と答えて新たに僕の席となった場所に赴《おもむ》いたら、タスリムとおしゃべりできることになったのだ。マドリードに着くと、僕はセビリアへ、彼女はマラガへと進路が分かれた。「奇遇だな」と僕は言った。「僕はセビリアのマラガ通りに住んでいるんだ」。すると彼女は言った。「ほんとに奇遇ね。私はマラガのセビリア・ホテルに泊まるのよ」。しかし、彼女がマラガに滞在するのは数日だけだった。最終的な行き先は母親の出身地のインド。マラガでは父親が、ボンベイ〔一九九五年ムンバイに改称〕では母親が、彼女を待っているというわけだ。彼女は、なんとか一日時間をつくってセビリアに遊びに来ると約束した。だがその日は、まだやってきていない。時々僕は考える。あの偶然の積み重ねには、結末がなければならない。あんなただの打ち上げ花火で終わるはずがない。どこかでまた出会うはずだ。まだ実を結んでいないあの偶然の意味を僕が理解できる時が、この先いつか、訪れるはずだと。

　やっと、クロスワードに中味を加える試みを開始したが、僕の努力は難破してしまった。胃の入り口に居座っている不安から逃れる方法が見つからなかったのだ。それで、家を出て外の風にあたることにした。

　春はすぐそこに来ていて、若い娘たちはすでに薄着になりつつあった。オレンジの木ではほころびかけた花が芳香を放ちはじめ、通りをいい匂いで満たしていた。高くてよく澄んだ空が僕らの上にぶら下がっていた。空気はまだ、去ったばかりの夜の名残でひんやりとしていた。こうしたことはどれも、違う状況でなら、僕にあり余るほどの喜びを植えつけていただろう。けれども人は人単独でありえず、本人にそのまわりの状況を含めたものなのだ。たくさんの、過剰なまでの状況を。僕はそのとき、そうした状況のひとつにがんじがらめにされていたのだと思う。そして、僕が誰であってどのように行動すべきかを決めるのが状況である以上、最善の策は、疑問にわずらわされるのをやめて、なりゆきにまかせることだ。

習慣に反して三種類の新聞を買った。たぶん、僕を疑問のぬかるみに沈み込ませた電話と結びつけられそうなニュースがないか、探したかったのだろう。歩きながら最初の数ページに目を通したが、すぐに後回しにするしかなくなった。人にぶつかってしまうのだ。あれほど素晴らしくて長い朝を、無駄にするのは罰あたりだった。それで、サンタクルス地区のカフェテラスで興奮と妄想に休みを与え、オレンジジュースと生ハムのトーストとブラックコーヒーを注文し、制服を着たかわいい子で、僕がまだ見かけたことのない少女でも通らないかと待ち焦がれた。

けれども、運は僕に味方しなかった。コーヒーは紛《まが》いもので、生ハムはまるでガム。ジュースは、砂糖三袋入れなければ口の中が苦みでひりひりする代物《しろもの》だった。そのうえ、苦悩を休めるカフェテラスの前をミッションスクールに向かう時代遅れのお姫様の列が通るのを期待していたのに、これについても運は僕に微笑まず、そこを通過した女性ときたら修道服に身を包んでいる人物ばかりだった。

新聞にじっくり目を通すことで気をまぎらわす以外なくなった。そこに何が見つかると、僕は思っていたのだろうか。電話と関係しそうな手がかり？　クーデターが企まれていてそれに何らかの形で巻き込まれているのではないかという僕の不安を単に増幅してしまうような情報？

最も派手なニュースは、なんと、テレビについてのページで見つかった。テレビ荒らしの一味の二名がマドリード警察に逮捕されたというものだ。この一味は奇妙な組織で、さまざまな方法を使って、テレビの前で映像に夢中になって何時間もを浪費することの危険性を人々に警告する活動をしていた。連中が得意とする蛮行のひとつに僕は興味をひかれ、そのやり方に感心してにやりとした。一般視聴者参加の悪趣味な番組をめちゃくちゃにするため、組織の何人かのメンバーがその番組に参加し、リーダーの合図と同時に野次ったりお互いのあいだで大声で話したりして、カメラの前で行なわれている生放送のトークを妨げる。時には立ち上がっての大騒ぎやその他のあらゆる策を弄《ろう》して、番組の責任者が警備員の一団を呼ばざるをえないようにし、セットに出てきた警備員に引き立てられるその瞬間、組織のメンバーは横断幕を広げる。そこには、このようなひどい番組を見て時間を無駄にするなと聴衆に警告する言葉が書かれていた。この他に、もっと破壊的な結果をもたらす活動もあった。テレビを売っている店のショーウインドーを壊す、スタジオ爆破を予告する、スター司会者に匿名の脅迫状を送るといった、より暴力的で、より機智の乏しい活動だ。

紛いもののコーヒーと砂糖入りジュースの混合物が胃の中で熱心に教鞭《きょうべん》をふるい、そのあまりの熱心さに、僕はめまいがして、力が急速に抜けていくのを感じた。新聞をテーブルに残し、紙幣を一枚置いて、そこを離れた。そのとき僕がしたかったことはひとつだけ。眠りたい。長い、長いこと、眠っていたい。

# 5

一人で昼食をとった。〈カエル〉は食事時になってもまだいびきをかいていたのだ。それからクロスワードの仕上げにとりかかったが、疲れのせいで意識がかすみ、うとうとしてきた。〈カエル〉が起き出してシャワーを浴び、何やら料理して、それをかきこもうとしてむせるのが聞こえた。英語のレッスンに遅れそうなのだろうと思ったが、僕は落ち着きはらっていた。本当はあせるべきだったのに。なにしろ、もう〈カエル〉が授業に出かける時間なのだとすれば、こちらも意識の糸をたぐりよせてクロスワードを完成させなければならない時間なわけだ。ところが僕は、倦怠にとらえられて身動きできず、そのまま眠りに逆戻りした。子どもが、仲間が騒いでいるプールに向かってウォータースライダーを滑っていくときに感じる幸福感、それに似た陶酔とともに。

目を覚ますと同時に、バイクの傍若無人な排気音を罵った。そいつはたった今、通りを抜けながら夢のカーテンを引き裂いていったのだ。夢の内容はまるで残っていなかったが。時計を見た。大遅刻だ。新聞社への到着が遅れる言い訳をでっちあげなくてはいけない。どんなに急いでも、締め切りまでにクロスワードを渡すのは無理な注文だから。編集室に電話して、一時間半の猶予を請《こ》うた。どんな口実を使ったかは覚えていないが、効果があったに違いない。だめだとは言われなかった。それで、クロスワードを仕上げにかかった。手の込んだことはやめて、単音節語と短い単語とありきたりな言葉を乱発した。二十分強でけりをつけた。記念すべき出来とはいえなかったが、でも、用は足りる。

いつの時点かわからない、つまり、クロスワードを大急ぎで仕上げていたときか、完成した瞬間かは特定できないのだが、〈カエル〉の部屋を調べてみることを思いついた。そこで何が見つかると思っていたのかも、今でははっきりしない。断言できるのは、彼が僕の不躾《ぶしつけ》な追及に対して自分の困惑と潔白を示そうと語った話は、僕の疑惑を晴らしてはいなかったということだ。すべては彼のアリバイと整合する——生徒の友人が彼の気をひこうとしたこと、なくした鍵——が、僕にはあまりに偶然が過ぎるように思えた。偶然とは、ありそうにない出来事を指すのに使って差し支えないもののはずだが、しかしそうだとしても、僕の中で、同居人への疑惑を払拭《ふっしょく》するには抵抗があった。この種の偶然は、現実の状況のものというより、三文小説やヒッチコックを猿真似したサスペンスのやり口のように思えたのだ。いずれにしても僕は、礼儀上のルールである、相手が家にいない時にその部屋に足を踏み入れないという相互条約を破り、彼の部屋の入口をくぐった。

キューバ人作家ファアン・ボニージャの短編小説に、ある精神科医が実に特異な方法を用いてクライアントの人格分析をする話がある。住居に侵入するのだ。この物語の精神科医は、こう信じていた。患者の留守に住処《すみか》を家探しすれば、その人間性をうまく探り出す手がかりとなる情報が入手でき、それにより彼らの抱える問題や妄想に、より確実な方法で接近することが可能となり、それゆえ患者を助けることができる。これは診察室での面談という通常の方法だけでは達成できないことだ、と。そこでこの精神科医――彼は、錠前破りの技術に密かに精通していた――は、患者の家に入り込み、観察するのだ。書棚にはどんな本が並んでいるか、どんな音楽を聞いているか、ナイトテーブルには何が置かれているか、ポルノ雑誌をどこに隠しているか、外聞をはばかる秘密の書類をどこに溜め込んでいるか、部屋の整理状態はどうか、どんな絵が壁に掛かっているか、どんな映画のビデオを集めているか、どんな衣服を揃えているか。それから、調書をしたためて、患者との面談での補助資料とするわけだ。ところが患者の一人が、この医者に家の中を嗅ぎ回られていることに気がつき、告発するか、待ち伏せするかで迷うことになった。患者は待ち伏せを選び、話を盛り上げてくれた。そして、精神科医が家の中を探っているところを録画すべくビデオカメラを設置した。撮影に成功したとき……、まあ、続きは作品を読んでもらうほうがいいだろう。

もしもこの精神科医が〈カエル〉を分析することになり、彼の部屋に入ったなら、どんな調書を作成しただろうか。最初に指摘するのは、この患者が清潔と整頓について過剰の気配りをしていることだろう。それから、瑣事《さじ》ながら意味深長な細部より、彼の偶像破壊性向を指摘しただろう。これは、次のような落書きから得られる結論だ。国王の写真にはサングラスとほくろが描き込まれており、テニスプレーヤー、アンナ・クルニコワの均整のとれた肢体の上の顔は、何本かの歯が黒く塗られて歯抜けのようになっており（このポスターは壁の中央に貼られていた）、キリスト像がまとう暗紫色の貫頭衣《チュニカ》にはレースとフリルが加えられて、派手な女性用の民族衣装に変貌していた。

また、我らが精神科医なら、〈カエル〉が物に埋《うず》もれる暮らしはしていないことに気づいただろう。部屋の中に数えられるくらいの品しかないことから判断するに、彼は必要最小限のものでよしとする生活をしているようだ。持ち物をどんどん処分し、持っていて面倒になりそうなものは何でも手放していくタイプの人間に違いない。ごくごくわずかな衣類。ほんの少数の記念品（思い出のよすがであり、時としてお守りになり、また別の時には折に触れ懐かしむ昔住んだ町での日々を心の中に蘇らせたりする類《たぐい》のもの）。わずか数冊の本。二冊の辞書（一冊は和英、もう一冊は英英）。CDがゼロ枚。内容を示す表示のないビデオテープが数本。それで全部だ。さらに、折り畳みベッド――このベッドを見れば精神科医は、彼の患者が眠れぬ夜に悶々として精神を害することはなかったと推論しただろう。この質素な調度の上で平気で夜を過ごせる人物が、不眠を克服できずに苦しむことは、まずありえないからだ――と堂々たるコンピュータで、彼の財産目録は完成する。好奇心の渇きを癒せそうな唯一の場所は（コンピュータ内の情報の森に入り込みたいという欲望は、そこを囲い込む秘密のパスワードに拒絶されたため）、机の引き出しのひとつに収容されていたファイルの小山だった。もうひとつの引き出しの中味は、錠前が接近を拒んでいた。

ボニージャの物語の精神科医（僕はその人物をまんまと憑依《ひょうい》させていた。我々は自分に都合のいいことは、大した苦労もなくまんまとこなせるものなのだ）は、ファイルの秘密を侵害するのに手を震わせたりしなかった。罪の意識も、犯罪行為だという感覚も持たずに、めくっていった。そして、一冊のノートを見つけた。表紙にはこう書かれていた――『私と私を包異する状況』。

精神科医は、ノートの中に身を投じた。スカイダイバーが空気の海の底に向かって、その高さからはただの染みのように見える光景が見慣れた風景なのだと察知しながら身を投じるように。そしてそこで、患者の過去に関する一連の情報に出くわした。それは、患者が開示することを繰り返し拒み、誰とも共有できないシンボルを持つ悪夢を追い払うかのように、冷淡なしぐさで会話のテーマから退《しりぞ》けてきたものだった。

文書は二十四枚にわたっており、右に傾いた文字で綴られていた。現状ほど整っていない下書きからの清書のように思えたが、線で消したり余白に修正を書き込んだりしている箇所もないではなかった。精神科医は数分間、そのノートを我がものとした。その数分で、外に出て文房具屋でまるまるコピーしたのだ。それから、元の場所に戻した。ファイルの残りに特筆すべきものはなかった。日本語講座の教材と、コンピュータの広告ばかりだったのだ。

ノートの文章は、次のような一連の哲学的考察で始まっていた。

空気も、太陽の熱も、木々のつくりだす涼しげな陰さえも、具体的な目的のための用具ではない。我々の用をなす道具ではないし、その他の人の用をなす道具でもない。それらは我々の兵糧《ひょうろう》にすぎない。命は具体的な目的を持たない。それは誰かの道具ではなく、全人の要素なのだ。例えば空気。あの絶え間ない発作、つまり胸で呼吸をすることによってのみ、生きることは可能だ。生きるとは、一分間に十二回、空気を匿《かくま》い風に住処《すみか》を与えることを、永遠に強いられること。生きるとはささいなこと。呼吸すること。だからこそ、鼓動、すなわち空気の流れに形式を与えるリズムを伴う。生きるとは空気を摂《と》ること。ささいなこと。

生をそれ以上のものにするには、ゲームに変容させねばならない。ただのゲームに。その他の存在はすべて幻影――我々の視界に居座り、我々の実存を流用している奇妙な投影なのだ。命の流れにおいては、二種類の動きが見られる。一つは否定的な動きだ。これは意識が生に対して行使する暴力で、生を引き留め、抑制し、停止させ、服従させ、操作しようとするものだ。この暴力は失敗に終わるがゆえに否定的だ。なぜなら、生あるものを留まらせようとしても、命のかけらを暗殺し、それを切り取り、流れから引き離すことしかできないからだ。保存できるようにするために、壊してしまうのだ。

二つ目の動きは肯定的なものだ。生が意識からあふれ出すとき、生の流出を経験したとき、その努力の無駄を悟って暴力をやめたときに、意識が感じる屈辱だ。そのとき、意識は負けを認め、知覚へと、自らの感受性の不能を感じ取る感覚へと変わる。この屈辱は肯定的だ。

理由は単純で、生を経験しようとする試みに成功したから。命が流れるに任せ、生を自分の内で解放した、生が自分から逃げていくのを感じた、すなわち、死ぬのを感じたから。

生き延びることは我々に、虚栄と退廃の狭間《はざま》を常に揺れ動くことを強いる。これは愚かさ（日常に呆《ほう》けて漂う人間の麻痺状態）と神秘（特別なもの、奇跡的なものの存在）のあいだの終わりなき戦いだ。しかし、神秘が愚かさの一種でないと誰に断言できる。また愚かさが神秘の一種でないと。生き延びることはこのうえなく大量の暴力を伴い、我々に、心臓が破裂するまで感受性の運動《エクササイズ》を行なうことを強要する。日常に甘んじるという愚かさに身を委ねる者が、突然、生きるとはこんなものではない、もっと別のところにあり、何か特別なものの上にしかないのだと気づくことがある。そして、執拗な探索、特別なものの探索を開始し、大博打に出て神秘に賭ける。しかしそのときにはすでに、生は再び居場所を変えていることを知るはめになる。愚かな神秘と神秘的な愚かさ。どちらを選んでも同じこと。絶頂期の問題なのだ。特別なものの中で、生はごく短い時間に、ただひとつの出来事に、集中している。偉大であると感じたり生きていると感じたりするには、数秒で十分なのだ。日常の中で生は空間に希釈されるが、この絶頂期は引き伸ばされ、長持ちし、失望をもたらすことはまれだ。

生は物質の中で最も脆《もろ》い。暴力的になってみよう。すると、殺すことほど簡単なことはないとわかる。優しくなってみよう。すると、水に沈めた手を握るときのように、生が指の間から逃げていくのがわかる。生きるということの本質として、生が絶えず我々から逃げ出しているという感覚、あるいは空気が足りなくて息が苦しいときのように生が足りないという感覚の、絶え間なく揺るぎない印象以上のものはない。それは、生が常に別の場所にあるからだ。生は誰にとっても余所事《よそごと》だと納得できさえすれば、生きるとは決して一人にならないこと、絶えず、何か、または誰かのために死につつあることだと理解できるはず。
日常・平凡とは、苦しみも、生への誘惑も感じず、生が絶えず抑えがたく逃げていくのも感じないことだ。平凡とは、生きることでも死んでいることでもなく、生きていることと、留まることと、感じることもせず生が失われていくことに気づきもしないうちに生に通り抜けられることとからなる、中間の月並みさなのだ。平凡とは、生から離れることなのだ。

この導入部のあと〈カエル〉は、父親および妹との複雑な関係や、幼年期の細々した思い出や逸話を綴っていた。文体は完全に変わっていた。持って回ったレトリックは捨てて、親しげな、ささやくような、悲しい打ち明け話をするときのような語り口になっていた。また、母方の祖父の思い出話にも数ページが割かれていた。この祖父はアナーキストで、『セビリアに必要なこと』という、すでに一冊も現存していない小冊子を書いていた。〈カエル〉は文中で、祖父の偉大な行為だとして、セビリアのある教会で起こった聖母像への発砲事件について、大いに筆をふるっていた。一九三四年の熱く燃えた聖週間《セマナサンタ》の期間のことで、この年、アナーキストの労働者たちは、聖像神輿《みこし》の行列はひとつたりとも町の中を通さないと決めていた。武器を持って聖母像に危害を加えようとしたそのアナーキストは、信徒会の熱心な会員たち（彼らとて負けず劣らずアナーキーだったのだが）からリンチを受けたらしい。もちろん、軍事蜂起の起こった三六年には銃殺刑になった〔スペインでは三一年に左派色の濃い共和制政府が樹立していたが、三六年に勃発した内戦により、フランコ独裁政権がセビリアの支配権を握った〕。

僕が押収した文書の中で〈カエル〉は、次のように書いていた。

聖週間《セマナサンタ》について聞かされた話の中で一番心をひかれたのは、あの〝勇敢なる聖母像〟と呼ばれる、共和制政府の禁令に負けなかった唯一の聖像の話だった。政府は聖像神輿の行列を禁止していたけれど、この聖母像は、まさしくカトリックの共産主義者たちに担がれて、政府の命令を無視し、とどめようとする軍隊に挑んだ。政府軍や禁止令擁護派の有志が、実際ピストルの安全装置をはずして聖母を撃ったかどうかは知らないけれど、父の話によると聖母像は、この威嚇《いかく》を前にしても止まることなく、進路も変えずに進みつづけたそうだ。額に汗し——この汗は神輿を担いでいた人たちのものだが——、その時から讃えて呼ばれることになる通り名を獲得しながら。この事件についての父の説明を、当時の新聞記者のもの（定期刊行物図書館で発掘した）と比較する機会があった。父の話には、聖母像とそれを担いで動かすのに肩をかした人たちの勇敢さに重きを置きすぎてはいたけれど、記事によると、実際にあったこととそれほどの差がなかった。いつだったか、その光景を夢に見たことがある。ピストルを持ちいきり立った路上の人物が、聖母像に向けて発砲し、セビリアの町をパニックにおとしいれる夢だ。考えごとをしながら町の中を一人で歩いていたとき、自分に尋ねた。果たして僕にあの人物と同じことができるだろうか。状況とマリア信仰が聖像の側に立ち、禁令時代を懐かしむ者には不利なこの時代に。面白いことに、父は我々に、母方の祖父の経験談を話すことを、断固として拒んだ。戦争のときに銃殺されたアナーキストにして、その数年前に聖母像に向かって発砲した祖父。三〇年代にはこの種の騒動が数限りなく起きていた。神輿を出すのを妨害する目的で、信徒会への襲撃が毎年のように企てられた。ついには毒舌家たちが、襲撃の首謀者は信徒会自身なのだ、そうやって、人々の反感や恨みを共産主義者やアナーキストに向けようとしているんだと言いはじめた。

胸を痛めながら夢中になって読んだ。これらのページは、それまでに僕が同居人について作り上げてきた概念を何ひとつ裏づけるものではなく（もっとも、哲学的な導入部にはまったく驚かされた。あれはなんだ。精神病患者を擁護する弁護士の立論か、それとも、無為に飽きた哲学者が、活動に移ろう、考えるのはやめてそれまでの思索の中で溜め込んだことを実行しようと決意して著した指導書か）、かといって、十ヵ月の同居生活の経験から抱くにいたった彼の性格や人となりについての印象を混乱させるものでもなかった。このノートは僕に、ある種の感情をもたらした。僕はそいつを軽蔑しているが、しかし自分の中から追いやってしまうのは忍びなかった。それは哀れみと呼ばれる感情で、おそらく〈カエル〉にはふさわしくないものだ。しかし、どうすれば自分を騙すことができる。そのノートを読んだあと、僕にしみわたっていたのは哀れみだった。すべては実に猥雑で幻想的、実に異様で愛おしかったので、そのどこまでが実際の思い出の記述で、どこからが文学的デフォルメの部分か判別できなかった。しかし、理由はわからないが、あのノートで〈カエル〉が語ったことはみんな実際に過去にあった出来事なのだという確信が大きくなっていった。なぜなら、私的な文書に嘘を書くなどという無駄を、どうして行なわなければならない。

作家でもなく作家になりたいとも思っていない人間がこうした自己分析を行なう場合、それは、この修辞学の実践を通して強くなりたいと思うからだ。自分を外傷から守り、強固にし、さらには記憶の部屋の予期せぬ片隅で待ち伏せする幽霊から自分自身を解放する、そんな強さを得ようと思うからだ。こうした実践によって、他の方法では思い切って踏み入ることができない薄闇の領域を、照らし出しながら我がものにすることができるようになる。つまり、その領域を自分自身に対して描写する——あらゆるものを奇跡的な言葉の連続で照射するのだ。すると、毒が取り去られると同時に、体内でその領域に対する解毒剤が分泌される。僕は、〈カエル〉がこの文章を書いているところを想像してみた。ただただ幼年期に起こったすべてのことから自由になるために。語られた事実と事実の語りとを隔てる年月のあいだ自分に沈黙を強いて仮面をかぶっていた、その仮面をついに捨て去るために。告白する。驚きと同情と愛おしさ。哀れみ。それが、『私と私を包巽する状況』を読んで僕が感じたことだった。この手記は彼の、実に嫌悪すべき残忍な父親の死で終わっていた。

かくして、キューバ人作家ファン・ボニージャの物語に登場する精神科医――僕に憑依《ひょうい》していた人物――は、患者に関する詳細な情報を収集することに成功しており、犯罪行為の甲斐があったことを喜んでいてしかるべきだった。しかし、時間が迫っていた。もうこの人物の役を捨てて、身仕度してクロスワードを渡しに行かなければならない。あの威圧的な声の女に命じられた「ARLEQUINES」入りのクロスワードを。依然としてあの女は誰でもありえた。クーデターの首謀者の秘書と同じくらい〈カエル〉の生徒の友達でありえた。思いもよらない出来事から僕のことを知ったいたずら好きの誰かさんかもしれないのと同様に、僕の大してありもしない忠誠心を試そうとして罠を用意した新聞社のどなたかに依頼された頭のいかれた女でありえた。

新聞社に行き、クロスワードを渡すと、解放された気分になった。前日の午後から僕を苛《さいな》んでいた圧迫感を、川底に投げ込んだような気分だった。なぜだか、壊れた鏡のことを考えた。〈カエル〉のことも考えた。それから、母と妹たちのことを。僕がちょっとした不服従や勇敢さを示しただけでさらされていたかもしれない危険から遠ざかることのできた母と妹たち。そして最後に、あのセントルイスの女の子のことも考えた。ニューヨークからマドリードまで、僕らの旅の疲れを運んだ飛行機の中で偶然知り合った女の子。僕が彼女と知り合ったこと、いくらか親しくなれたことに、何の意味もなかったはずがない。遅かれ早かれまた会える。それを思うと僕は嬉しくなった。ちゃんとした根拠などなかったのに、この喜びは揺るがなかった。

# 6

部屋にはすでに陽の光があふれていて、壁や、家具や、僕の顔を、ニスを塗ったようにてかてかにしていた。朝の八時半だった。胸騒ぎのせいでまどろみより深い眠りは得られず、疲労のせいで起き上がることもできなかった。前の晩にマティーニを飲み過ぎた。必要だったのだ。エステルが僕に話しかけてきた。テレビでマジシャンがエッフェル塔を消してみせたことに夢中になっていて、その熱狂を誰かと分け合いたくてしょうがなかったらしい。何時に家に戻ったのかはわからない。わかっているのは、〈カエル〉はもう帰宅していて、いつものように大いびきで寝ていたこと。

九時ごろに、抵抗をやめて起き上がった。新聞を買いに下り、釣り銭を待つあいだにクロスワードを捜した。普段なら気を引かれるような見出しに目もくれず、震える指先で新聞をめくっているうちに、ある確信に襲われた。僕のコーナーははずされたのだ。そう、すべては新聞社の誰かが僕を毛嫌いして企んだことで、そいつは電話の罠で、僕の無能さを証明し、臆病さを暴露しようとしたのだ。けれども、ついに娯楽面が姿を現し、そこに僕のクロスワードが載っていた。《ナボコフが、晩年の著作のひとつで見るように勧めている人々》。誰かの役に立つはずの謎の「道化師たち」は、すでに放たれていた。僕は自分に言い聞かせた。もう、この件のことは全部忘れろ。悲惨な事件が起こるたびに罪の意識を感じたりしないですむよう、新聞は見ないこと。何日か休暇をもらってお袋さんに会いに行ってこい。

　ムリーリョ庭園にあるカフェテラスのひとつに朝食をとりに行った。そこからは、アパートのベランダを見張ることができる。気温はもう、まぎれもなく春のものだった。セビリアの春は内気を気取ったりしない。セビリアの春は強烈で、ある日ほとんど突然にその印を押しつけ、季節の変わり目も経ずに急激に発生するのだ。寒さでまだコートが手放せなかったりストーブのお世話になったりした夜が明けると、オレンジの花が五感を刺激し、その匂いが感動を与える。空気が帯びる色——不適切な形容詞でその色を矮小化《わいしょうか》しないほうがいいだろう——まで変わっている。すると、町の通りからはコートが一掃され、居酒屋《バル》のテラスに喧噪が戻り、どの会話も同じせりふで開始される。「春が来たね」。セビリアの春は強烈で、短い。たちまち夏に変化《へんげ》する。暦が保証しているよりずっとずっと早くに。四月が終われば春も尽きる。時にはそれより早く消えてしまう。そして我々は、人をへとへとにさせる気怠《けだる》い夏の長丁場を前にすることになる。

　そう、もう春が来ていた。ということは、間もなくこの街に観光客の大軍がやってくる。彼らは近づいているあの一大ショーの欠くことのできない要素なのだ。僕らはみな、毎年の大舞台の上演のための、それぞれの場にふさわしいエキストラになり、多かれ少なかれ注目を浴びる。その一大ショー、大舞台とは、聖週間《セマナサンタ》だ。セビリアじゅうがステージと化し、古くからの悲喜劇〔キリストの受難と復活〕が上演され、そこに野外セックスやどんちゃん騒ぎや酔っ払いのお祭り騒ぎが組み合わさる。〈カエル〉がしょっちゅう言っていたように、セビリアの公用語は、毒々しいスペイン語からたどたどしい英語に変わる。毎朝のように観光客に呼び止められて、道や広場や教会の場所を尋ねられ、乏しい英語の知識と磨き込んだ身振り手振りの技能を駆使して説明しなければならなくなる。

なぜだかわからないが、すべては始まったばかりだという確信に取り憑かれた。僕の抵抗を受けずに僕を利用しおえた誰かは、ふたたび僕を利用して、新たな利益を得るとか、新たな犠牲者を作り出すとか、新たなメッセージを発信するとかしようとするに違いない。次は言いなりにならないぞと心に決めた。もしも家に帰ると翌日のクロスワードに特定の解を示すカギを載せろと要求する新たなメッセージが残されていたとしても、受け入れまい。脅迫は無視して、メッセージを聞かなかったことにするか、警察に通報しよう。わかっている。そう決心することで僕は、自分を勇気づけ、ふたたびのし掛かってきた重圧をやわらげ、恐怖を振り払おうとしていたのだ。過去の臆病さを取り繕えるような英雄的な行為を考えることで、自分を励ましていたのだ。そうさ、周りを見るがいい。道行く人たち、僕と一緒にムリーリョ庭園のカフェテラスで朝食をとっている人たち、ウエーターたち、そして〈カエル〉も、みんな同じじゃないか。基本的には彼らだって、意識していようといまいと、何らかの意味で誰かに利用されている。だとすれば、どうして気をもまなくちゃならない。

あの長い朝を味わえる幸せをかみしめながら、サンタクルス地区に向かって歩いた。その朝、春の兆候《しるし》はあまりに濃厚で、どんなに物静かな通行人をもはつらつとさせそうだった。三十分も歩くといらいらがおさまり、心のざわめきもしずまった。新刊本をチェックしようと本屋に入った。ショーウインドーには聖週間《セマナサンタ》向けの豪華ながらくた本がすでに鎮座していた。時代もののリトグラフの挿絵がふんだんに入り、文章を粘着質で混乱したものに変えてしまう例のバブル・レトリックのせいで本文の魅力に乏しい書物、すなわち、大言壮語のしろものだ。

セビリアについて書こうとするなら、絶対に、あの巨大な黒雲を避けて通らなければならない。これまでに何十人もの文筆家を迷い込ませた大言壮語の黒雲を。セビリアは、一都市というよりすでに文学上の一分野であり（これは地元の著述家を真似た大言壮語の言い回しだ）、この都市に関してはこれまでに数多くの書物が記《しる》されている。その量は、地面に敷けば全セビリアを二重三重に覆い、さらに、街のすべての建物を上から下まで包んでしまえるほどだ。セビリアについて書かれたものの多くは、詩の湯気のようなものか、文学負傷者が筋肉を見せつけようとして修辞学の運動を行ない、空虚な多弁の油で文章を光らせようと努めたものにすぎない。二つも例を挙げればじゅうぶんわかってもらえるだろう（高名な文筆家の言葉だが、武士の情けで名は伏せる）。最初の例は、アッパーカットを食らわせてくれる。「セビリアは、ウル〔紀元前三千年頃の古代バビロニアの都市〕やガデス〔古代フェニキア人がアンダルシアに建設した都市で、現カディス〕やバビロニアよりも古い。なぜならこの街は、神のミケランジェロばかりの指から直接生まれたのだから」。二番目は、こんな珠玉の言葉。「ベネチアは街ではなく、セビリアを見るひとつの方法にすぎない」。どうやらこの手の文筆家は、自分の街の美しさ強調するには、比較という他の街をおとしめるやり方に手を出すしかないと考えているようだ。また、この地の本屋では、いい大人が真顔で「セビリアの世界地図をくれ」と言うのを耳にするのも珍しいことではない。なぜならここらの家々では、そうと知らずにウナムーノ〔スペインの作家・思想家〕を剽窃《ひょうせつ》して、世界とは大きなセビリアなのだと思っているのだ。セビリア人には親密さに欠ける自負心があり、これは、誇示・修辞つきの大言壮語や誇張で表現するのでなければ、存在しえないものだ。このうわ言めいたせりふ（「世界で最も素晴らしい」「芸術のゆりかご」「聖なるマリアの地」「西のコンスタンチノープル」）で飾られた自負心は、こんな不必要で安っぽくて幼稚な表現に同調できない者にとっては、実際、好意のもてないものとなっている。しかし、これは土地の個性なのだから、眉をしかめるのでなく、目をつぶるのが得策だ。

聖週間《セマナサンタ》についての書物は、右に引用したような言葉であふれかえっている。一冊〈カエル〉に買って帰ろうかと考えた。僕のプレゼントにどう反応するだろう。だが、この思いつきは却下した。彼がアナーキストの祖父を崇拝していることを知っているのではと勘繰られるような真似は、好ましくない。

新刊用の平台に置かれた一冊の本の、光る表紙の上で目が留まった。書名が投げかける質問に虚をつかれた。『己の運命を知っているか？』十二子宮の神秘とやらを信じる人たち向けの分厚い本だった。自分の星座の性格を調べれば、それは間違いなくその人の特徴と一致しています。したがって、誕生日と星の位置によって未来の運命がわかります。愛情運、金運、健康運という永遠のテーマについてが——というものだった。それ以上読む気になれず、悪魔が運ぶ魂みたいな勢いで、急いで店を出た。どうして僕は、よりによってあの本を開いてみる気になったのだろう。どうして僕の視線は、新刊本が山のようにあるなかで、他の本の上で留まらなかったのだろう。知らないうちに誰かに行動を操られているのだろうか。僕は自分の運命を知っているのだろうか。

ばかげた疑問だと気づいて、もう少しで笑いだすところだった。けれども確かなことには、人生の出来事は前もって決められており我々の運命は修正不能なものかもしれないという考えは、僕をぞっとさせるもののひとつなのだ。ある時、家を出ると同時に電話が鳴った。その頃はまだ留守番電話はなかったので、もう一度ドアを開けて家に入り電話に出るか、電話のベルを聞かなかったことにするかを、選ばなければならなかった。戻って電話に出ることにした。受話器を置くまでに数分かかった。それから下に降りたところ、驚いたことに道に人だかりができていた。何かあったのだ。尋ねてみた。どうやらベランダから植木鉢が落ちてきて通行人の頭を直撃したらしい。すぐに僕は、その通行人は僕だったかもしれないということに気がついた。あの電話は、植木鉢に頭を割られて命を落とすところを救ってくれたのだ。僕は死を逃れて、どのくらいか寿命を伸ばすことができたのだ。おそらく、あの電話によって予定をはずされた僕の死は、別の時点でまた僕を待ち受けているのだろうが。

それからしばらくして、同級生のお姉さんの訃報を聞いたとき、この電話のことを思い出した。

ある晩そのお姉さんは、こんなものは見ないと公言していたテレビのクイズ番組を見ることになった。呼び物のひとつとして、時おり視聴者に、珍しくて人気のある外国への旅行をプレゼントするという番組だった。旅行獲得権が当たった視聴者は、電話に出て決められたせりふを言いさえすればいいのだが、そのせりふは、番組の司会者が（公正を期して生中継で）電話をかける直前に発表する。司会者がかける電話番号は公証人立ち会いのもと、くじで決められていた。選ばれた視聴者が旅行を獲得するための条件はもうひとつあり、四回目の呼び出し音が鳴り終わる前に電話に出なければならない。五回目のベルが鳴りだしてしまうと、司会者は電話を切って次の番号に移る。その夜に選ばれた視聴者が言わなければならないせりふは、「はい。こちら赤ずきん。あなたはオオカミ？」だった。同級生のお姉さんは、テレビを消すかチャンネルを変えるかしたかったが、たまたまリモコンの電池が切れていたうえ、あまりにも疲れていたので立ち上がって消しに行くこともできなかった。お姉さんは、司会者が輝くような作り笑いを浮かべて電話をかけるのを見た。とたん、家の電話が鳴りだした。テレビから聞こえる呼び出し音が、家の中で響く電話のベルとベルのあいだの静寂と一致していた。警戒心が先にたった。それから、興奮して立ち上がり、電話のそばに急いだ。三回目の呼び出し音を聞きながら、弟のいたずらに違いないと思ったが、すぐにその考えを打ち消した。弟は、彼女がその手の番組を嫌っていることを十二分に承知している。彼女がその夜その番組を見ることなど、どうやったってわかりっこないのだ。受話器をとったが、すぐには口をきかず、電話の相手が何か言うのを待った。同時に、横目でテレビの中の司会者の動きを窺《うかが》った。テレビの中で、電話の呼び出し音が止まっていた。それは、選ばれた視聴者が電話を取ったことを意味するが、その声はまだ聞こえてこない。こうしたことすべてから、彼女は自分が選ばれた視聴者なのだと得心して、ようやく口を開き、こんな低俗番組に加担することへの羞恥心《しゅうちしん》を払いのけようとしているような素《す》っ頓狂《とんきょう》な声で、番組の構成作家が要求するせりふを言った。旅行を獲得して、アジアの好きな国に行けることになった。信じられなかった。その時まで彼女は、こうしたことはすべてお膳立てされているもので、退屈した視聴者の注意をそらさせないためのペテンなのだと思っていた。ところが、今や自分自身がその贈り物を手にしていた。彼女はインド旅行を選んだ。出発の一週間前、友達みんなが集まって、羨《うらや》ましがったりびっくりしたりしながら（みんな、彼女がこの手のプレゼント番組を嫌っているのを知っていたのだ）祝福し、さまざまなジョークをとばした。旅行は二週間の予定で、ハンギング・ガーデンズや、ハゲタカがゾロアスター教徒をついばむ沈黙の塔や、レオポルド・カフェのある街を堪能するはずだった。費用はすべてその不快なテレビ番組の負担だ。ところが、二週間のはずの旅は四日に終わり、休暇は潰《つい》えて悲劇に変わった。マグニチュード六・三の地震がボンベイ〔ムンバイ〕を襲ったのだ。大地の振動が奪った多くの命のなかに、彼女のそれも含まれていた。彼女はすでに死に選ばれていたのだ。

　アルファルファ広場の方に向かって急ぎ足で歩いた。まるで、特定の場所を目指しているみたいに。まるで、誰かに後を付けられているかのように。どんどん大股になりながら、頭の中で、

「ARLEQUINES」という単語をばらばらにしてかきまぜた。そうやって組み直すことで、謎を解明してくれる文《アナグラム》を見つけようとしたのだ。「QUINES EL RA（キネス、ラー〔古代エジプトの太陽神〕）」「QUIÉN ES LAR（ラールは誰だ）」「QUÉ ES LA RIN（リンとは何だ）」「NULA ES REI（レイは無効）」「ENRIQUE SAL（エンリケ出発せよ）」。最後の組み合わせに、これだと思った。なぜかわからないが、これこそ僕のクロスワードから発信されたメッセージだという確信が湧いた。「エンリケ出発せよ」。でも、エンリケとは誰だ。それに、どこから発《た》つのだ。

　パズル全体におけるメッセージの位置にも、何か意味があるはずだ。横の六段目。エンリケ六時に出発せよ。どうして横向きなのだろう。死者は横になって出ていく。では、エンリケを六時に、あるいは六日に殺せという命令なのか――。ばかげている。ただのことば遊びからこんなことを推論するなんて、まったく常軌を逸している。だけど、こうしたアナグラムを英語でやってみたらどうだろう。僕の英語力では簡単にはいかないだろうが。メッセージが英語で発信されたかもしれないと考えることはそれだけで、この件を露骨に〈カエル〉やその生徒と結びつけた。英語でやってみるには、紙とボールペン、机と落ち着きが必要だった。だから、動揺して、あんなに急ぎ足で歩きながらでは、文字がもつれあうばかりで、「IS」以外には単音節語ひとつ紡ぎだすことができなかった。

　喫茶店に入り、ムリーリョ庭園のカフェテラスで歯をたてることができなかったあのクロワッサンのリベンジにと林檎のタルトを注文し、神経を鎮めるために二杯目のミントティーを頼んだ。

紙とボールペンを持ってきてもらい、「ARLEQUINES」と書いた。その下に、思いつく先からアナグラムを書き出す。「エンリケ出発せよ」を除いて、ろくなのがなかった。英語でもがんばってみたが、意味のある文字列を作り出すことはできなかった。もう一度、スペイン語で何とかならないか知恵を絞った。「QUIN SERA EL（キンは彼だろう）」「QUIN ES EL RA（キンはラーである）」。そしてついに、見つけた。意味のある単語にたどりついた。「ARLEQUINES（道化師たち）」だ。だが、これはまさしく、別の意味を見つけだすためにこねくり回す元になった言葉じゃないか。

両手で顔を覆って、満開の笑顔を隠した。自分の滑稽な真似がおかしくて、顔が笑ってしまったのだ。

元気を靴の裏に、馬の蹄鉄《ていてつ》みたいにくっつけて、家まで歩いた。メネンデス・ペラージョ通りでは巨大な街路樹が、影と木漏れ日の美しいモザイク模様を地面に描いていた。憂鬱に打ちのめされて、足を速めた。その近くにあるミッションスクールから女生徒たちが帰宅するのに遭遇して、いつものように、そのうちの何人かにうっとりと魅了されることになったら最悪だ。膨らみかけたボディーラインを隠すよう特にデザインされたあのグレーの制服を着た、すこぶる高慢な女たちに。

〈カエル〉はもう目を覚ましていた。僕の予定は次のようなものだった。彼と少し話をする。その日のクロスワードを制作する。新聞社に行って一週間の休暇を申請する（それまで一度も休んだことはなかったが、仕事を始めるときの約束では、年に二週間休みがもらえることになっていた。僕の休暇中も娯楽面からクロスワードが消えるわけではなく、単に昔のを再掲載するのだ)。ちょっと〈チューリッヒ〉に寄ってから家に戻る。このとおり、羨まれるようなものではない。

最初に〈カエル〉にかけた言葉は、「何かわかったか」という前置きなしの質問だった。

「何かって、何のことだ?」

こんな答えが返ってくるとは! 僕は、嫌みと信じられないという思い、両方をこめた視線で、彼を見た。

「そんなの、決まってるじゃないか。歯磨き粉の本当の発明者は誰かってことだよ」と、皮肉だということを示す表情をまったくみせずに言ってやった。

〈カエル〉は何度かゲコゲコやった。彼がそこまで鋭くなかったのか、それとも単に早い時間だったためかはわからないが、僕のせりふに怒りの味付けがされているのを察することができなかったようだ。

「この時間帯はまだ頭が回転していないんだ。何を調べることになっていたっけな?」

「この前の夜におまえに迫ってきた女は、どこのくそったれかってことさ。おまえが鍵を盗まれて、アパートにネコの死骸を持ち込まれた夜に会った女だよ」

「ああ、その件か。顔を合わさなかったんで話せなかったんだ。鍵は盗まれていなかった。昨日は、忘れただけだった」

この告白には当惑させられた。ちょうどあの感じ。落とそうとしている女の子――何もかも順調で、もうすぐ共に一夜を過ごせそうに思える相手――が、くるりと手の内を見せて（雑談の中で、例えばシムノンの小説が自分は好きじゃないのに、婚約者《カレ》はメグレ警視のシリーズを集めている、といった話で）、婚約していることを告げ、つまり僕はからかわれていただけで、夜を共にするなんてどんなにがんばっても手の届かない夢だったと知らされるときの感じ。

「居酒屋《バル》にでも置き忘れたのか」と、突っ込んで聞いた。〈カエル〉がごまかそうとしている気がしたので。

「いや、他のズボンに。はいていないズボンに入れたままにしていたんだ」

この言葉を聞いて、気が遠くなった。意識がどこまで飛んでいったのかはわからないが、そこには〈カエル〉が説明する言葉は（もしも彼が説明をしていたとしても）届いてこなかったし、（もしも彼が黙り込んでいたとしても）約十五秒おきに静寂を破るゲコゲコいう音も聞こえなかった。その場所は無音ではなく、ぶーんという低い音――空間に張りつめた音――が僕を守ってくれていた。こうして呆然自失していたあいだに何か考えたのかどうかもわからない。ただひとつわかっていることは、考えたとしても記憶に残っていなかったということだ。意識が避難所から戻ってくると、〈カエル〉は新聞を眺めていた。娯楽面ではなかった。肺の中の空気をすべて吐き出してから、尋ねた。

「それじゃあ、何も確かめていないんだな」

言いながら、この質問の鉤《かぎ》を〈カエル〉の沈黙に打ち込むことをはっきりと意図していた。

「ああ。忘れてた。ドゥルセという人物を知っているか、ベルタに尋ねるんだったな。だけど、よかったら、今日の午後には間違いなく聞いてみるよ。昨日は、テレビで見た番組があんまり面白かったんで、生徒との会話でも、他の話はしていないんだ」

僕は、当然ながら、彼の話は聞こえていたが反応を示さなかった。僕の無視は、彼がそのテレビ番組について話しつづけたことで無意味なものにされてしまったのを覚えている。『宇宙《コスモス》』というタイトルの番組で、そのものずばり、宇宙の神秘を扱ったものらしい。

僕はクロスワードの制作を始めた。自分の熱狂が僕をいらいらさせていること、約束を忘れたことに僕が腹を立てたことを悟ったようで、〈カエル〉は僕の気を引こうとした。

「すごい儲け話を思いついた」

会話を交わそうという彼の働きかけを無視するのも居心地が悪いので、型通りの質問を返した。

「どんな話？　どうやるんだ」

「これさ」と答えながら彼は、新聞の死亡広告ページを振ってみせた。

「死者を蘇らせるのか？」

「悪くないな。だけど、大変だぜ」

「だったら？」

「俺が考えたのは、映画からもらったアイデアを邪悪に改変して、実行に移すことだ。『ペーパー・ムーン』って映画だよ。ピーター・ボグダノビッチの」

「『おかしなおかしな大追跡』の監督の？」

「そうだ。この映画では、詐欺師と女の子が、死人が出たばかりの家を訪問するんだ。新聞の死亡欄をチェックしてね。家に行き、故人を訪ねてきたことを告げ、亡くなったばかりだと教えられると、お悔やみを言ってから、豪華版の聖書を届けにきたのだと説明をはじめる。それは故人が注文していたもので、表紙には、遺族のなかの一番の近親者――夫とか妻とか息子とか娘とか――に献呈するという文字が刻まれている。当然、遺族は感激し、故人に代わって聖書を購入する。こうして二人の詐欺師は稼ぎまくるって寸法だ」

「で、それの邪悪な改変って？」と、本当に興味をそそられて尋ねた。

「ひとつ例を示して説明しよう。このパトリシオ・サンチェスというお方でいこうか。昨日、五十五歳で死んで、妻と三人の子どもが残されている。いいか、まず最初に、この男がどこに住んでいるかを調べなきゃならない。そのためには、パソコンにインストールしてある電話帳ソフトを使うんだ。言ってること、わかるか？」

「今のところ、だいじょうぶだ」

「よし。それから、代引で小包を送るんだ。料金はあまり高すぎてはいけない。遺族に受け取り拒否されるといけないからな。もっとも、亡くなった人の最後の注文の品を受け取らないでいられる遺族なんていないだろうが。故人への一種の追悼になるだろ、最後の注文の品を受け取るのは。おっと、こいつは、この作戦の名前によさそうだな。うん、『最後の注文』でいこう」

「それで、何を送るんだ？」

「そこが邪悪な点なんだ。本や聖書、ＣＤやビデオテープを送るのは簡単だろうさ。でもそれじゃあ、この企みは、たかだか、ちんぴらどもの金儲けのうまい手にしかならない。だけど、もし、ミキサーとかトランジスタラジオとかカレンダーとか雑誌のバックナンバーとかの代わりに俺たちが送り付けるものが、故人について遺族が抱いているイメージを損なうようなもの、思い出を台無しにして粉々にするようなものだったら？」

「例えば？」

「ホモのポルノ雑誌」

「罰当たりめ」。僕は叫んだ。

「これで、何が達成できると思う？」

「何だ？」

「疑惑の熱い海に、泳ぐことすらできない人間を幾人も投げ込んでしまえるのさ。その連中は、次々と湧き出てくる疑問に耐えられないだろうな。なにしろ、それまで共に人生を送ってきた人のことを知ってはいなかったと、突然に気づかされたわけだから。一緒に暮らしていた人が、陰で、内緒で、まったく違った顔を持っていたんだから。そして、好むと好まざるとにかかわらず、故人を裁かないではいられなくなる。それまでのイメージを塗り替えざるをえなくなる。そしておそらく、故人を断罪することになるんだ」

「何の罪もない人が、おまえのおふざけのせいで断罪されるわけだ」

「そうとも。罪のない人を断罪する。ヒッチコックの『間違えられた男』のように」

「そんなことをして、面白いか？」

「楽しいね。他人の人生なんて、ただの虚構《フィクション》だ。このやり方で、俺の事業はある結論を提起するんだ。もちろん、金儲けもしたいが、本質的な目的は、みんなに教えることさ。俺たちは、お互いみんな知らない同士だってことを」

「ああ」

「例えば、自分自身のことで考えてみろよ。俺が死んだあと、ある日小包が届く。請求された金を払って包みを開ける。〈カエル〉の最後の注文の品だ、いったい何だろう、とおまえは考える。そして推理してみる。パソコンのソフトだろうか。もしかしたら、ロアルド・ダールの本かもしれない。そして、まったくそんなものではないことを知る。〈カエル〉の最後の注文の品は、初めて知るもう一人の〈カエル〉の姿を見せつける。おまえが知らない誰か。知っていると信じていた人間とはまったく違う人物の姿。ホモのポルノ雑誌を集める〈カエル〉。そして、おまえの中で、すべてが崩れ去る。おまえが持っていた〈カエル〉のイメージは、子どもが手ではらったトランプの城のように、崩壊する」

「だけど、おまえはそんな雑誌を注文していないわけだろ」

「それがどうした。注文してたかもしれないじゃないか」

「〈カエル〉、おまえ、どうかしてるよ」と言って、自分の部屋に戻った。戻ってから、頭の中で〈カエル〉の言葉がこだました。お互いみんな知らない同士。実際、僕は彼を知らなかったのだと思った。あんな、人生を独り善がりのルールで動くゲームだと考えている奴だとは。ひょっとしたら、ホモのポルノ雑誌だって収集していないとは限らないぞ。

# 7

セビリア新聞の編集室の面々はやけに疲れた顔をしていたが、金曜日の慌ただしさのせいだろうと僕は考えた。クロスワードを提出して休暇の交渉をしようと、娯楽面のデスクのところに行った。

「大惨事のこと、聞いたか？」

僕は最悪の事態を想像した。頭の中で、道路を占拠する戦車が隊列をつくり、戒厳令を告げるサイレンと、軍歌と、誰かが怒ったように激しく演説する声——その誰かは、自分自身を祖国の名誉の所有者だと主張しながら、国家の手綱《たづな》をその手に握り、民主主義を流産させようとしていて、こうしたことの口実は、法治国家とはまやかしで、許し難い汚職や、さまざまなテロ行為や、伝統的な価値観の破壊を許容してきたというものなのだ——が響いた。そうやって、恐れていたことを聞かされる心の準備を整えてから、質問した。

「何があったんですか」

デスクは僕に、通信社の入電のコピーを手渡した。下唇をかみ、その一方で気をしずめて手が震えないように努めながら読んだ。そこに書かれているニュースと、あの電話や〈カエル〉や「ARLEQUINES（道化師たち）」や僕のクロスワードや僕の眠れぬ夜とを、関連づけるんじゃないぞと自分に言い聞かせて。

**毒ガステロ、地下鉄のトルネオ駅をパニックに。セビリア**

神経ガスによる謎のテロにより、本日、六人が重体となった。地下鉄のトルネオ駅で、混雑時のことであった。さらに三十人が軽症、うち約十名が病院に収容された。この中の何人かはショック症状を示しているが、呼吸性というより精神的動揺のためのものである。いかなる組織もこの法外なテロについて犯行声明を出していない。この事件は、二年前に東京の地下鉄で実行され、オウム真理教という宗教セクトの犯行と判明した、約三十人の日本人の生命を奪ったテロに似通っている。今回の犯行は、警察の第一印象によると、少しでも多くの人を殺戮《さつりく》できるよう入念に計算、調整されたものであるようだ。普段でも交通量の多い中心部では、何時間もパニックと無秩序状態が続き、交通は完全に混乱した。テロリストらは神経ガスを、列車がひとつ前の駅に到着する直前に散布したと思われる。効力を発するまでにわずか数分しかかからないこのガスは、その駅とトルネオ駅との間で二両の車両を恐怖に陥れ、乗客は気絶したり、パニックの発作に襲われたりした。テロリストらは、カルメン駅からトルネオ駅の間が都市部の路線で最も長い区間であることを承知していたのであろう。警察はいまだいかなる容疑者も逮捕していないが、被害を免れた乗客の多くに事情聴取を行なっている。

驚きと悲しみで呆然となるのを抑えることができなかった。まるで、これを読んで、被害者の中に自分の家族がいると予測できてしまったみたいな気持ちだった。

「これで全部ですか」

「いや、ここにもある」

受け取った記事は、前記の内容を繰り返したあと、次のような詳細を伝えていた。


この犯行は周到に準備されたものだというのが第一印象だったが、死者が一人も出ていないことから、首謀者らの稚拙さや未熟さが指摘できよう。実行犯らは、最も乗客が多い時間帯を選び、致死ガスを手荷物に入れて持ち込み、列車がトルネオ駅に向かって出発する寸前に素早く降車したようだ。

使用されたガスはサリンの可能性があり、これは青酸カリの二十倍の致死力を有しているため、十分もしないうちにいかなる乗客の命をも奪いかねなかった。サリンガスはドイツの科学者によって、第二次世界大戦で使用するために開発されたものだが、ナチスはこれを使用するには至らなかった。これを実際に使用したのは、複数の証言によるとチリの独裁者アウグスト・ピノチェトが創設した弾圧的国家情報局（D－NA）であり、最近では日本のセクト、オウム真理教である。

トルネオ駅の混乱とパニックは全駅に及んだ。何十人もの乗客が、両手で目を覆ってプラットホームを逃げまどって気を失ったり、外に脱出しようとして階段で将棋倒しになったり、めまいに襲われたりした。このめまいは、神経ガスによるものとも、群集心理によるものとも考えられる。トルネオ駅構内はさながら戦場のようであった。

三つの医療センターに次々に被害者が運ばれ現場は混乱を極めたが、最新の情報によると、今回のテロの真の被害者と思われるのは七人のみであるらしい。このうち二名（七十歳の女性と九歳の男の子）が依然として重体である。車両交通は麻痺し、警察は捜査の糸口がまったくつかめず困惑を隠しきれない様子だ。

こうした詳しいニュースに続いて、サリンガスについての短い解説があった。それによると、サリンは中枢神経を直接攻撃して、視力に悲劇的な効果を及ぼし、瞬く間に筋肉を麻痺させる。解説には人体の輪郭のイラストが添えられていて、そこから引かれた何本もの線の端にも説明があり、このガスは無色無臭で、皮膚や肺を通して体内に入り込んで組織の防御機構を破壊し、神経系を攻撃し、肺鬱血《うっけつ》や多量の発汗、嘔吐、痙攣《けいれん》をもたらし、これらにより十分前後で死をもたらすと書いてあった。

僕の動揺は、傍目にはっきりとわかるものだったのだろう。デスクが言った。

「二年前の東京の地下鉄事件の模倣のようだが、愉快犯の仕業だな」

デスクが「東京」という言葉を口にしたとき、背筋に悪寒がはしり、からだがぞくりと震えた。この言葉は磁石のように僕を引き付け、僕に確信を——絶望的で悲愴な確信をもたらした。〈カエル〉はこのニュースと関わりを持っているのだ。僕の「ARLEQUINES（道化師たち）」はこのテロと関係があるのだ。つまり僕は、テロリストらの共犯者なのだ。

それまで僕は、〈カエル〉が「ARLEQUINES」の件に何らかの形で関わっているのではと疑っていたものの、編集室に来てこの惨劇の大きさを知らされたときには一瞬たりとも、自分の同居人がこの事件の犯人の一人であるとも、ありえるとも考えはしなかった。「東京」という言葉を聞き、背中に悪寒が走ったとき初めて、妻を疑う夫のように、そうなのかもしれない、ありえるかもしれないと、〈カエル〉がセビリア地下鉄の大殺戮未遂《だいさつりく》に関与していることについて懐疑した。そしてもしも、東京を震え上がらせたあの事件（これについて僕は、ほとんど知識を持たなかった。二年前から、世界の出来事に対する僕の無関心は、世界の出来事が僕に向ける無関心に匹敵していたから）を模倣した今回の事件に、〈カエル〉が本当に関与しているのだとしたら、もう疑いの余地も言い逃れの言葉もない。僕もその協力者なのだ。僕が合図を送る役を果たしたのだ。僕は片棒を担いだのだ。僕の臆病さが、犯行へのGOサインとなってしまったのだ。

「資料室で東京の事件を調べてきます」と、後ろで若い女性の声がした。これまで編集室で見かけたことがない人だった。そばに来たとき、目が合った。その女性は僕に向かって微笑んだ。

「あなた、クロスワード・パズルを作っている人でしょう？」

そうだと答えた。

「あなたのパズル、好きだわ」

「ありがとう。あの、東京の事件を調べるって聞いたけど、一緒に行っていいかな。変な意味にとらないでほしい。この件に、ちょっと興味があるんだ」

「変な意味になんかとらないわ。行きましょう」

資料室では、青味がかった強い光を放つ電灯の下で、数人が調べものをしていた。ほとんどが、レポートを書くために新聞社の資料を使っている学生だった。僕がついていった女性は、事件の記事に添えるために日本の先例の要約を作るよう指示されていた。それで、探りがいのありそうな資料をすでにすっかりかき集めていた。僕は、使わない資料を見せてほしいと頼んだ。彼女の瞳は底のない暗い穴のようだった。僕に机の上を占拠している三つの山のひとつを指さして言った。

「大したものはないと思うけど」

それ以上のコメントなしで、僕がその資料の調査に駆り立てられている理由に興味も示さずに、彼女はすぐにまた東京の事件が記された黄ばんだ紙に没頭した。間もなく僕は、様々なテロ行為（一件きりではなかった）の主犯である宗教セクトの性格や特徴についての知識を仕入れていた。このセクトの指導者——長い髪と髭で覆われた相撲レスラーのような顔をしている——は、世界の終焉《しゅうえん》がその年にやって来ると予言していた。警察は、日本国内の複数の教団所有地で大量のサリンガスを蓄えた武器庫を発見した。オウム真理教のメンバーは、東京で実行したのと同様の襲撃を一ダースも計画していたと思われ、自分たちの活動を全世界に拡大させると脅していた。ロシアには、教祖の命令で命を投げ出す用意のある信者が数多くいた。これらの記事の見出しとして、次のような叫びが並んでいた。

**日本の警察、セクトから殺人ガスの溶液を押収。麻原彰晃《あさはらしょうこう》、一九九七年に世界滅亡と説き、ヒトラーの美徳を称える。警察、オウム真理教に東京大殺戮実行犯の嫌疑を。オウム真理教、世界の大都市で襲撃を繰り返すと予告。**

女性編集者が日本のカルト集団に対する警察の追及を報じる記事をてきぱきと処理していくあいだに、僕は知識を得ていった。日本の当局は、カルト集団の指導者を捕まえることも、信者ら(なかには自殺する者もいた)を正式に逮捕できる決定的な証拠をつかむこともできずにいた(最終的に、指導者は逮捕された)。その後、ニュースはとぎれがちになっていく。初めの一週間は新しい記事が現れては新たな事実を提供していた。日曜日ごとに派手な要約記事が掲載された。しかし、最初の事件から一ヵ月もすると――それまでに小規模の模倣事件が次々に起こっていたが、サリンガスでの死者が出るには至っていなかった――この件についての報道は通信社の短信ばかりになった。例えばこんな記事だ。日本の医師たちは、サリンの及ぼす影響についての論文を発表した。研究によると有機リン酸の毒性に似ているらしい。両者の化学組成がかなり類似しているためである。どちらもコリンエステラーゼ酵素の機能を阻害し、そのため、神経伝達物質のアセチルコリンが過剰に生成され、神経細胞の死滅を引き起こす。治療では、アセチルコリンの生成を抑制すること、またはサリンガス成分とコリンエステラーゼの結合を解除することを基礎としなければならない。

別の通信社の記事は、各種致死ガスの作り方を詳述した化学の学生向けハンドブックが日本の科学出版市場から撤収されたと報じていた。中級程度の知識を持った学生なら誰でも、適切な原材料さえあれば毒ガスを作り出してしまえるわけで、この現実は、大人たちのあまり感心できない騒動を真似やすいという若者の傾向に鑑みると、危険を拡大させるというのだ。

もう一度あの娘のそばに行き、この全部の要約を作るつもりなのかと質問した。彼女は僕に、この世を明るくするたぐいの微笑みを見せて、そうだと答え、すぐに笑顔をしまって資料に視線を戻した。僕は重ねて聞いた。今日の午後の事件の犯人と、東京の地下鉄事件の犯人とのあいだに、何らかの共謀関係をたどれる可能性があると思うか。わからないという答えが返ってきた。要約の作成を始めたばかりなので、あの事件についてもこの事件についても結び付ける仮説を立てられるほどの情報はまだつかんでいない。けれども、資料室をあさってこいと指示があったからには、それなりの理由があるのだろう、と言う。僕は、両者の類似は一見して明らかだと指摘した。ふたつの事件を即座に結び付けてしまえるほど明らかだ。しかし僕には、このセクトのメンバーがスペインで行動しているのを想像するのは、どうにも骨が折れる。いくらこの教祖が、他の国の都市にもテロを拡大すると脅しているといっても。

「わかるもんですか」と彼女は言った。「世界の終焉の日付を予言している狂信者は、その日になれば嘘つきにされるわけでしょ。何をするか、わかったもんじゃないわ」

「それで、この教団の特徴や教義は？　つまり、他の宗教との違いは何なんだい」

「ここに書いてあるわ」と、一枚の紙を指差した。そこには、そうしたことが箇条書きになっていた。紙を見せてくれる前に彼女は、告発的せりふから失礼な感じをぬぐいさろうとしているような笑みを浮かべてから、僕が他社のスパイなのか、それとも単に、自分の資料集めの労を惜しんで他人の仕事の成果をかすめとって楽をする横取り屋のたぐいなのかと尋ねた。それから話題を転じて、ふたたび僕のクロスワードを誉めてくれた。

「寝る前にいつもやるのよ。本当に、すごく面白いわ。いくつか覚えているカギがあるくらいよ。空で言えるわ。例えば、あれはよかったな。《雨の降る場所》」

「ファンタジア」と、僕は答えた。

「そう、ファンタジア。でも、他の場所だっていいわけよね。ガリシアでもロンドンでも。あまりにも曖昧で、他を解いて文字を入れていかないと答えが出せない問題だわ。他のカギを解いて、交わっているマスにぽつんとFが現れる。それからA、そしてN。FANが入っても、まだ五文字も足りなくて、質問の場所がどこだかわからない。でも、他のクロスしている言葉から、SとI、またAが加わって、FAN―二マス空白―SIAとなると、もう他の言葉じゃありえなくなる。FANTASIA《ファンタジア》。雨の降る場所。素敵ね」

「実は、イタロ・カルヴィーノ〔戦後イタリア文学を代表する作家〕に出てくるんだ。〝ファンタジアは、雨の降る場所〟」

「素敵」とまた言った。「ほんとに素敵」。それからふたたび古新聞の黄ばんだ紙の海に潜り込んだので、その場に立っていた僕は、別の紙の山をつかんで調査を続行するしかなくなった。

東京の地下鉄毒ガス事件についてのあらましを調べているあいだじゅう、僕の頭から〈カエル〉のことが離れなかった。結局のところ、あいつも相撲レスラーみたいな外見だ。もっとも彼が、仏教徒の身なりをして、天啓へと導いてくれる聖なるマントラで心を満たし、野菜だけを食べ、すべてが生まれ変わるところまで全世界が凝縮するという大異変に備えているところを想像するのは、かなり難しかったが。けれども、あの日本語の教材というやっかいな符合があるうえ、「ARLEQUINES」という言葉を入れろと要求されたクロスワードが掲載されたその日に地下鉄テロが行なわれたとなると、どうしても両者の状況を関連づけないではいられなかった。まるで、入試の合格発表に自分の名前が見当たらず、合格者リストをじっくりと、上から下へ、下から上へと何度も何度も眺め、そうやってがんばっていれば自分の名前が浮かび上がる、そこにあるふたつの氏名の間に自分の名前が現れるとでもいうように見直すときみたいに、僕は集めた情報すべてを繰り返し検討した。しかし結論は同じ、何も変わりはしなかった。どうひいき目に見ても結局は、〈カエル〉と事件の関係が否応《いやおう》なく推測できることになってしまう。しかも、このとき僕はまだ、事の重大さをきちんと把握していなかったと思う。なぜならまだ、事件をテレビで見ていなかったから。負傷者や、ホームに倒れて助けを求める乗客の姿。呼吸困難から喘《あえ》ぐさまを恥じらいもなくカメラの前にさらす被害者たち。大きく広がったパニックによる混乱。待機している乗客の中にいるはずの身内を見つけられずに泣き叫ぶ家族たち。マスコミが躊躇《ためら》いもせずに提供する緊迫と動揺の光景を、僕はまだ目にしていなかった。また僕は、極右のリーダーが事件の関係者に死刑を要求したことについても、まったく知らなかった。確かに、セビリア新聞の知人らがひどく神経質になって憔悴《しょうすい》していた様子も、彼らが編集室で最新のニュースを送り出しながら浮かべていた、悲痛、もしくはそのニュースがかきたてる無力感を示す表情も、この目で見ていた。しかしそんなものは、テレビの衝撃的な映像とは比べものにならない。

日本に宗教団体が過密に存在することについて報じる記事を読もうとしていたとき、資料室に連れてきてくれた彼女が立ち上がり、新たな新聞の山を抱えて僕の方にやってきた。そしてその山を僕の机に置くと、尋ねた。

「で、あなたみたいな若者が、こんな所で何をしているわけ?」

その尋ね方は、くたびれて——たぶん、頼まれた資料の作成に消耗して——一息いれることにしたけれど、そのための口実として他にもっとましな方法を思いつかなかったので、僕と少しおしゃべりすることにしたという感じだった。しかし僕は、この機に乗じて彼女といろいろ話をしようと思った。

「さあ。金曜の午後だってのに、他にすることがなかったんだよ。クロスワードを持ってきたらニュースを知らされて、東京の事件を思い出した。それで、好奇心を満たすために、ここにいるというわけさ」

「信じがたいわね」

そう、もちろん、信じがたいだろう。説得力のある内容でないうえ、それらしい口調で話すこともしなかったのだから。僕の口調は、こちらの状況にまったく興味を持っていない人物から「どうしてる?」と聞かれて、適当にこう答えるときのようなものだった——元気さ。誰かを殺すことを考えているんで、かつてないほど、楽しくて幸せな気分さ。

「もう、終わりにしようと思っていたところなんだ」と僕は、彼女が差し出した新聞の束を断った。「結局、日曜日に君の記事を読めば、今ここで仕入れている知識はみんな得ることができるわけだからね」

「まあ、すばらしいこと。読者が一人」と彼女は応じた。顔も思い出せないような大臣が死亡したというニュースを聞いて、何も考えずに、「それは悲しいでしょうね。奥さんも、愛人も」と言うときのようなしゃべり方だった。彼女の言葉にも態度にも、乗り気薄で無関心なことが表れていたのに、話をしようという僕の意図も虚しく彼女が自分の席に戻ってしまうのを見たとき、何か飲みに行こうと誘いをかけたくなった。そうすれば「ARLEQUINES」の件を相談できるかもしれないと思うと、さらに気をそそられた。もちろん、そんな気持ちになった理由は他にもある。彼女の後ろ姿を見送った僕は、ぴったりしたパンツに包まれた素晴らしいヒップラインを観察することになったのだ。レナード・コーエンの歌詞を思い出した。

君がそんなに素敵なヒップをしていたなんて、僕は気がつかなかったよ。君が永遠の別れを告げて、背を向けるまで。

君の顔にも、君のおしゃべりにも、惚れなかったのは残念だ。

机の上にちらばっていた新聞をまとめて彼女のところに持って行った。ろくに考えもせずに、誘っていた。

「ビールでもおごるよ」

「ビールは好きじゃないの」と彼女は言った。けれども言いながら、例の微笑みで顔を輝かせていたので、僕は急いで言い直した。

「じゃあ、ジュースでも」

「ワイン」

「ＯＫ。ワイン」

「あと三十分かそこらかかるわ」

「編集室で待ってるよ」

「じゃあ、三十分後に」

四十五分後に、彼女は編集室に現れて、自分の机に向かい、コンピュータに何か文を打ち込み(たぶん、ただの手直しだろう)、それから僕のところに来て準備OKと告げた。その間、重症者の数は増えていなかったものの、事件の犯人に対する不安は増大していた。例の日本のカルト集団の支部がスペインに存在しないという短信が新聞社に届いていた。このニュースを聞いて、僕はなぜかほっとした。

外に出ると、空はすでに黒色をしていた。市の中心部の繁華街では、若者たちが大騒ぎを繰り広げていた。金曜の夜だ。人々は仕事という流刑地から祖国へと帰還しつつあった。警察は深夜三時以降も店を開けておこうとする飲み屋の営業許可を取り上げたりしないだろう。薄闇の中であの夜、自分のからだの開幕式をする若者もいるだろう。で、〈カエル〉は？　彼は何をしているのだろう。映画館を出て、若い女の子たちでいっぱいのハンバーガーショップの前を避け、憂鬱に押しつぶされ、孤独に打ちひしがれながら家路をたどっているのだろうか。いや、そうじゃないかもしれない。映画館に行ってさえいないかもしれない。あいつは僕が思っているほど頻繁に映画を見ていないのかもしれない。たぶん、地下鉄事件の実行犯たちと落ち合って、日本のカルト集団に連絡をとり、失敗の弁解をしているのだ。あるいは、いまごろ仲間たちと集会を開いているのかもしれないし、一人テレビの前で乾杯しているのかもしれない。彼の成功を裏づけてくれているテレビの前で。何しろマスコミは、口を開けば、新たな危険が街に迫っていると警告していたのだ。

僕は難問に悩まされていた。〈カエル〉への疑惑や彼が事件に関与しているかもしれないという疑いだけでなく、マリアに僕の悩みを打ち明けるか否かという問題があった。僕はその夜、彼女と一緒にワインを飲み、つまみを食べたが、事件のことは話題にしなかった。僕らは自分たちの生活について話したり、本や映画について意見交換したり、新聞社の同僚や執筆者の何人かをギャグのネタにしたりと、愉快な話題を選んでいた。会話がとぎれて沈黙の時間がぽっかりと――いや、たぶん本当はちょっぴりと――訪れると、そのたび僕は自分をうながした。さあ、今こそあれを言うんだ。彼女に聞くんだ。僕が資料室で東京の毒ガス事件を調べていた本当の理由を知りたいかと。しかし、今はやめておいてアルコールが力を貸してくれるのを待とうと後回しにしているうちに、とうとう打ち明けそびれてしまった。

別れ際、夜明けを告げる最初の光が街灯の白い瞳と競い合っている下で、彼女は僕にささやいた。

「近いうちに電話してね」

そして、僕の頬にキスをした。資料室で調べ物をしていた理由が知りたいかなどと質問してこんな場面を台無しにするのは、愚の骨頂だと思った。

# 8

午後、マリアに電話をした。もう退社したと言われた。きっと、東京の事件のまとめを終えて寝に帰ったのだろう。やっと「ARLEQUINES」のことを打ち明ける決心をつけて受話器をとったのに。

僕はその日、午後三時を過ぎてから起床した。〈カエル〉はいなかった。おそらく昨晩はアパートで眠ってもいないのだろう。犯行後に逃亡してしまったのかもしれないと思った。彼の部屋にふたたび足を踏み入れた。逃亡を匂わせる形跡は見当たらなかった。フロッピーディスクがしまってあるに違いない引き出しを、こじ開けることにした。フロッピーには今回の事件に関する情報が入っているかもしれない。もしも警察がこの引き出しからそんなものを発見したら、僕は完全に共犯者になってしまう。それを考えると、同居人のプライバシーを侵さねばという思いは強くなった。

フロッピーと、コンピュータゲームに関する切り抜きと、手紙の束が見つかった。手紙は僕を途方に暮れさせるもので、崖の上に立っているような気持ちになった。投函地はマンチェスターで、差出人は〈カエル〉の父親。けれども、長年保管している亡父からの書簡、などではない。一番最近の手紙はわずか一週間前のものだった。〈カエル〉は私書箱で郵便物を受け取っていたのだ。もちろん僕は中を読んだ。すると、血圧と怒りが上昇していった。内容は簡潔で、息子に向けて、万事順調だとか、お義母さんは徐々に良くなっているとか、妹は相変わらずの熱心さで勉強を続けているといったことを伝えるだけのものだった。

では、あの『私と私を包異する状況』というタイトルの、異様で残忍な父親が出てくる文章は、いったい何だったのだ。ただの創作《フィクション》？　どういうつもりであんなものを書いたんだ。ほんの気晴らしに？　語り手の人物像は〈カエル〉自身と完全に一致していたし、文章の語り口も、自伝特有の詭弁《きべん》で自己弁護している感じのものだったが。手紙によると、〈カエル〉の父親は亡くなってもいなければ、息子に向けた文章の優しい調子から判断するに、人からひどく恨まれるような人物でもなさそうだった。

他にも、僕の不安を増大させる手紙を見つけた。何通かは日本からのものだったのだ。日本語なので何が書いてあるかはわからない。しかし、いったい〈カエル〉は東京の誰と文通していたのだ。日付を調べると、一番古いものは一年五ヵ月前の消印だった。つまり、東京でオウム真理教の施設が解体された直後ということになる。

もしかしたら僕は、幻影を見ていたのかもしれない。煙草の煙を、山脈をすっぽり包む霧と間違えていたのかもしれない。確かなことは、不安に胃が締めつけられたことと、何かの感情――その感情を示すいい言葉が見つからないので「恐怖」と呼んでおくが、正確にはおそらく恐怖ではない――が喉元まで迫《せ》り上がってきたことだ。

〈カエル〉が鍵をかけて保管していた切り抜きについては、あまり目を通すことができなかった。切り抜きの間に灰色の薄い本が隠れていた。『ある死刑執行人の話』というタイトルで、裏表紙には、著者のアンリ・サンソンなる人物はマリー・アントワネットの死刑執行人であり、指導書として著されたこの本の内容からは当時の殺人術がどのようなものであったかを知ることができると記されていた。切り抜きのうちのいくつかは、ロールプレイング・ゲーム関連のものだった。ひとつは『十字軍ゲーム』という見出しで、ゲームの任務はテンプル騎士団を壊滅させた恐るべき悪魔崇拝者の異端審問官を倒すことであり、そのためにゲームの参加者は、冒険のパーティを組み、武器と魔法と食料を装備し、出発しなければならない、とある。

日本語の手紙全部と〈カエル〉の父親からの手紙の一部を持って、心臓をばくばくさせながら部屋を出た。大急ぎで下に降りて持ち出した手紙のコピーをとり、僕がいないあいだに〈カエル〉が帰ってきていませんようにと天に祈りながら階段を上った。手紙を元の場所に戻し、引き出しを閉めた。

八人がまだ入院中。老婆と男の子は依然として重体。これが、新聞の伝える現時点でのテロの決算報告だった。新聞は、これは愉快犯の仕業で、世間を驚かせるか警告を発するかしたかったのだろうと断定していた。テレビはつけなかった。悩みの種をほじくりかえしたくなかったし、疑念をこれ以上大きくしたくなかったから。先のことを考えると、一週間の休暇が控えていた。今日は土曜日で、何の予定もない。それはつまり、どんな計画でも立てられるということだ。車に乗ってメリダに行くことから、（なんだってそんなことを考えたのかわからないが、でも、実際こう考えたのだ）飛行機に乗ってマンチェスターに赴くことまで。

休暇の一週間を何に使うか検討していると、電話が鳴った。マリアからで、編集室に戻って僕から電話があったと知り、かけてきたのだった。聞いてほしい重要な話があると言って、十時に〈カフェ・エウロパ〉で会う約束を取りつけた。

六時半頃に〈カエル〉が帰ってきた。鍵が回る音が聞こえたとき、隠れようかと考えた。不安が喉につかえ、身がすくんだ。彼の挨拶に、かすれた細い声で答えるのがやっとだった。〈カエル〉の姿が廊下に消えるのを見て、引き出しをこじ開けたことにすぐに気づかれてしまうという最悪の事態を予測した。でも、違った。小便をする音が聞こえてきた。彼が出てくるのを見計らって廊下の入り口に立ち、事件のことを知っているかと尋ねた。

「ああ。昨日の夜、九時のニュースで聞いたよ。ところで、おまえ、何時に帰ってきたんだ？」

「えー、朝の七時くらいに」

「お楽しみかい」

「それなりにね。ただ、もっといい結果になる可能性もあったんだけど」

「気に病むな。もっといい結果になる可能性があるというのは、物事がまだ始まってさえいないということだ。なあ、おまえ、自分のクロスワードが事件に関係しているなんて、考えちゃいないよな」

「何を言わせたいんだ。疑問の海で溺れているところだよ。頭の中が支離滅裂さ。関係があるのは確実だと思えたり、そんなことはありえないと考えたり」

「そのとおり、ありえない。ああいうテロが、無関係な人間の勇気もしくは臆病さで出されるかどうかが決まる合図をあてにして、動いたりするものか」

この理屈には感心した。無論、安心するところまではいかなかったが。ただ、「臆病」というせりふは耳に残った。僕はリビングに戻り、〈カエル〉もそれに着いてきた。僕らは事件について語り合い、情報を交換した。僕は多くを知っていることを隠した。セビリアと東京のふたつの地下鉄テロのあいだに関係がありそうなこと、少なくとも間違いなく類似点があることなどを。〈カエル〉がこの類似を話題にしたとき、僕はそれまで思ってもいなかった質問を口にした。もしかしたら無意識に時間稼ぎをしようとしたのかもしれないし、少なくともそれを尋ねることで、僕が〈カエル〉につい知っていることと、彼が自分について話していることとの食い違いがさらに見つかるかもしれないと思ったのだろう。その質問とは、どうして日本語の勉強に熱心に取り組むようになったのか、よりによって日本語に、というものだった。

「どうしてもこうしても、理由なんて見当がつかないな。勉強してるからしてるんだよ。たぶん、たまたま日本語だったのさ。日本が前途有望な国だからかもしれないな」

「それで、かなり上達してるのか？　もう日本語は読める？　話せる？」

「とんでもない。単文に決まり文句。その程度だ。日本人の三歳児となら完璧に意思疎通できるが、せいぜいそこまで。もしも東京で迷子になったら、英語を使ってホテルはどこかと尋ねなきゃならないだろうな」

「読むほうは？」

「同じことだ。三島は読めない、今はまだ。すごく難しいんだ。もしかしたら、あと四年か五年したら読めるかもしれないが」

〈カエル〉が立ち上がった。僕は思った。今度こそ自分の部屋に行って、コンピュータの前に座り、引き出しがこじ開けられていることに気がつくぞ。正直言って、彼の部屋を探ったことを正当化する方法も、彼の怒りを理屈でなだめられそうなもっともらしい言い訳のひとつも、まったく思いついていなかった。

鏡の前に立って自問自答する彼の姿を想像した。引き出しがこじ開けられていることに気づき、中にしまっていたものをあわてて確認して、なくなっているものがないか調べ、そのあとでそこに立つのだ。僕の仕業だとは信じられず、他の可能性を考えてみるが、どれも説得力がなく空想的すぎて、却下しなければならなくなるだろう（僕の仕業だとこれ以上ないくらい明白な事態を僕のせいにしないためには、好奇心旺盛な幽霊にでも罪をかぶせなければならないだろう）。当然ながらこの一件は、僕たちの関係に影響を及ぼすだろう。僕は覚悟ができていた。この際、悩みの種にきっぱりけりをつけるべく、〈カエル〉に言ってしまおう。僕は一連の符合から、おまえと事件の関係を疑っているのだと。それに、疑いが嵩《こう》じて、警察に行き、わずかな偶然とあとは僕自身の慎ましくも小心な調査によって判明したことすべてを話してしまおうと考えたこともあったと言ってやってもいい。マリアの名前を出すのも辞さないつもりだった。〈カエル〉のテロへの関与や日本のカルト集団との関わりを疑っているのは僕一人ではない、とうそぶこう。そうすれば、身を守ることにもなるし、何らかのはっきりした反応を引き出すことができるかもしれない。告白とか、脅迫とかを。

きっと〈カエル〉はすべてを否定するだろう。僕の行ないに裏切られた気持ちだと言うかもしれない。一番ありそうなことは、あいつのことだ、僕の告発を大爆笑で吹き飛ばして、僕を縮こまらせ、間抜けな気分にさせることだろう。

確かなことは、〈カエル〉はけっこうな時間、部屋にこもっていて、出てくるといつものようにゲコゲコやりながら台所に向かったが、思いがけない不快な出来事に気分を害しているような様子は、まったく見られなかったということだ。

彼は、サクランボ・ジャム入りのマドレーヌで食料補給をしてリビングに来ると、ソファにひっくり返って天井を見つめた。まるで、そこで映画が上映されているか、それともその場所に聖母像が出現すると予告されてでもいるかのように。僕は彼の反応を窺うために沈黙を守った。さしあたって彼は、僕の意表をつくのに成功していた。僕はマッチを擦って煙草に火をつけた。ようやく〈カエル〉が口をきいた。

「車に斧を積んでいるか？」

ガシャンと、皿が落ちて割れる音が上の階から聞こえた。まるで、〈カエル〉の発した質問の効果音としてあらかじめ仕掛けられてでもいたかのように。

「何だって？」

「ふだん、車に斧を積んでいるかと聞いたんだ。斧を」

「斧？」と聞き返して僕は立ち上がり、灰皿をとって火を点けたばかりの煙草をもみ消した。

「そう、斧。二文字の言葉。樵《きこり》が丸太を割るのに使う道具だ。カタルーニャ語で destral、英語では axe」

「いや」。僕は微笑んだ。「車に斧は積んでないよ。考えたこともないな、車に斧を積むなんて」

「へえ。そりゃあ、妙な話だ。まったく、どうやって斧なしで車に乗っていられるのか、理解できないよ」

「だってさ、今までずっとそうしてきたし、納得できるような理由を教えてくれないかぎり、これからもそうするよ」

「ダニエルという俺の生徒は、トランクに二本積んでいる」

「ずいぶん危ない交友関係を持っているんだな。そいつは刺激の強い人生を楽しんでいて、軍人の奥さんたちと不倫中なのかな。それとも樵だったりして」

「いいや、そうじゃない。すごく穏和な奴だ。それに、不倫については、奴は、軍人の奥さんが旦那との関係を危うくしてまで付き合いたいようなタイプじゃない。奴が斧を積んでいるのは、昨今誰もが車に斧を積んでいるのと同じ理由からだ」

「万が一のため、だよね、もちろん」

「ああ、当たり前だろ。俺がおまえだったら、すぐにでも手に入れるんだがな」

「いや、僕もそうするよ。月曜には二本買ってこよう」

「まじめな話だ。斧を買え」

あれは忠告だったのだろうか。それとも警告？　冗談？　脅し？　〈カエル〉はマドレーヌを喉に詰まらせて、ソファに座り直してゴホゴホやり、喉に詰まったものをいったん口の中に戻して、それからもう一度飲み込むためにもぐもぐしはじめた。また台所へ行き、ミルクをコップに注ぎ、戸棚のマドレーヌの箱を空にした。それからリビングに戻ってきて、またもや寝転んで、天井で上映中の白い映画を見はじめた。

「それで、おまえの友達は斧を使うようなことがあったのかい」

「当然さ。あるとき犬を轢《ひ》いてしまって、苦しませないために首を切った」

「なるほど、それは便利そうだ。万が一匹のための斧。いいね」

「ただしなあ、値段がはるんだ。もちろん、武器携帯許可証はいらない。その点はまあ、基本的に、事をかなり安上がりにしてくれるが。それに、人を威嚇するための武器として、斧は最高の道具だろ」

「おまえは持っていたことがあるのか」

「俺は車を運転しない」

　彼の返答はまったくもって理にかなっていたので、僕は何も言い返せなかった。他にどうしようもないので、立ち上がって台所の戸棚のところに行き、ドーナツかチョコレートでも残っていないかさぐった。

「斧といえばなあ」と、僕が台所を出なくても聞こえるように声をはりあげて、〈カエル〉が話しかけてきた。僕は、古くなって臭いのするクラッカーを平らげるか、それとも何も食べないことにするか、葛藤に苦しんでいるところだった。

「ローマ人は、死刑の宣告を受けた処女を処刑できなかったって知ってるか。神々への不敬にあたるっていうんでな」

　僕は思わず吹き出した。〈カエル〉は、引き出しの件で僕を責める前に僕との会話を楽しもうと思っているのだろうか。それとも、コンピュータゲームのどれかから取ってきた蘊蓄《うんちく》のつまった冒険旅行で僕の目を回そうというのか。

「それで、処女を死刑にする前に――首を切り落とすだか絞めるだか、ローマ人が殺人者をこの世からおさらばさせていた方法がどっちだったか忘れたが――その役目を負った執行人は、腰の一突きでバージンを奪うことにしたわけだ。その女を少々楽しんで、他の処刑人にもまわすんだ。もし、そいつがよくって、まだもちそうならね。それから締めくくりに、頭を切り落とすだか首を絞めるだかしたわけだ。どうだい。この話からちょっとした物語が作れそうじゃないか」

僕はリビングに戻った。間食はあきらめて。

「どんな物語？」

「例えば、ある美しい処女が死刑を宣告された。で、当局からの最後のお慈悲として、死刑執行人を自分で選んでいいことになっていた、としよう。彼女は一番ハンサムな男を選ぶ。二人きりになると、乙女は処刑人を誘惑しにかかる」

「でも、なんだってその処刑人は誘惑を許しておくんだい。だってそいつは、ふつうは男が惚れることで女から奪おうとするものを、もう手に入れているという設定だろ」

「ああ、だけど、抵抗しがたいほどの魅力を持つ美女には、そういうことができるんだ」

「あんまりありそうにない状況に思えるね」

「おっと、お気に入りの形容詞が出たな」

「それに、おまえの話は見え見えだよ。乙女は処刑人を誘惑して二人で逃げる。女は命を守るために、男は罰から免れるために」

「いや、そうじゃない。女は、おまえの言うとおり、命からがら逃げ出す。だが、男は乙女の身代わりに別の死体を引き渡すことにするんだ。そのためには、誰かを殺さなきゃいけない。そして、道で最初にすれ違った十三歳の女の子を殺《あや》めることになる」

「悪くないね。でも、このローマの処女たちの話には違うストーリーも考えられるよ」

「話してみろよ」

「例えば、美人ではない処女。そしてもちろん、そいつは処女を死刑にする場合、前もって犯してバージンを奪わなければならないという規則を知っているんだ。この女は、ひどいブスなんだ。男を知らずに青春は行ってしまった。四十路《よそじ》を迎えても、夜は不毛に過ぎていく。男が彼女の渇きを潤すことなど、ただの一度もなく」

「渇きを潤すというのは、いいね」

「詩の一節なんだ。《君の唇の雨が、僕の渇きを潤しつつ》。キューバの詩人の言葉だ」

「ふむ。続きは？」

「えーと、続きは、死刑になるために罪を犯し、処女だと申告して、自分が選んだ死刑執行人と一夜を過ごす権利を得る。そして、その夜が明けると、心安らかに死んでいく」

「おっと、待った。ぞっとするようなラストにしようよ。こんなのはどうだ。死刑執行人は規則に背いて、そのみじめな女とセックスせずに殺してしまうんだ。いきなりね」

「だったら、殺す前に斧でもって処女じゃなくすってのはどうだ？」

「いやいや、斧はだめだ。それより、ドーベルマンがいい」

「ローマにドーベルマンはいなかったよ」

「それじゃ、ロバ。その手の動物でどうだ？」

時計を見た。この状況をそれ以上長引かせないほうが良さそうだった。マリアとの約束に出かけるにはまだ早かったが、少し歩くか居酒屋《バル》にでも入っているほうが、この男と一緒にいるよりずっと気が休まるだろうと思った。不信感だけでなく、恐怖まで僕に感じさせはじめたこの男といるよりは。

メネンデス・ペラージョ通りの居酒屋《バル》に入った。マリアと約束した時間までまだ一時間あった。この一時間を僕は、ある突拍子もない思いつきを実行するのに費やした。その考えが頭に浮かんだのは、注文したソフトドリンクの最初の一口が僕の渇きを潤して、気持ちを軽くしてくれたときだった。〈カエル〉の父親に手紙を書こう——そう思いついたのだ。

# 9

手紙を書き、推敲し、何度も読み直した（時に、文章の半ばシニカルで半ばばかげた調子が自分でも鼻についたが、なぜだかわからないがその調子を変えはしなかった）そのあとで、〈カフェ・エウロパ〉に向かって歩いた。そこでは、もう少し時間に正確に着きさえしていたら、マリアが待っていたのだが。彼女にすべてを話す決心はついていた。〈カエル〉の日本語学習のことから、書き終えたばかりのあいつの父親への手紙のことまで。実務的な感覚を持つ彼女なら、僕を悩ませている混沌を整理して（つまり、排除して）くれるかもしれないし、まだ僕の疑いにすぎないことを〈カエル〉の父親に知らせるという、実行に移しかけてしまっている突拍子もない思いつきを、手遅れになる前に止めてくれるかもしれない。

〈カフェ・エウロパ〉に着くと、マリアはすでにいなかった。僕あてにメモとＡ４数ページの書類がウエーターに預けてあった。メモには、待ち合わせの時間を二時間遅らせて〈デリシアス〉という店（僕が一度も行ったことのない居酒屋《バル》だ）で会おうとあった。すっぽかして申し訳ないが、女友達から恋愛問題の相談で急に呼び出されたのだという。Ａ４の書類は、二年前に東京で起こったことを伝える記事の原稿。翌日の新聞に掲載されるものだった。甘口のワインとライス料理を注文して、読みはじめた。カルト集団のリーダーの写真が絶えず、僕に〈カエル〉を思い出させたが、読む目を止めるには至らなかった。

一九九五年、春分の日の前日の三月二十日月曜日午前八時、一台の列車が定刻ちょうどに東京の中目黒駅を出発した。ラッシュアワーのピークが近く、車内は驚異的な様相を呈していた。ドアに殺到しつづける通勤客のために地下鉄職員が乗客を中に押し込んで場所を作らなければならないほどの満員ぶりだったのだ。発車間際、顔を手術用マスクで覆った男が先頭車両に座ったが、こうしたマスクはこの季節に風邪を患う何千人もの日本人が常用しているものである。暖かく心地よい気温だったにもかかわらず、男は毛の手袋の上にさらにゴム手袋をはめていた。列車が動きはじめると男は、両足の間に新聞紙でくるんだ小さな袋を置いた。そのビニールの物体を傘の先でつつきはじめた。次の停車駅の恵比寿に到着する直前、包みに穴が開いた。液体が床に流れ出した。駅での乗降の押し合いにまぎれて、マスクと、毛とゴムの二重手袋と、傘を身に付けた男は姿を消した。間もなくパニックの種をふくパニックの種をそこに残して。

この地下鉄の路線は、都の中心部を横断して、西から北東地域に向かっている。列車は八時十分に霞ヶ関駅に到着する予定だった。この駅及び駅名の由来となった同名の町は、世界第二位の国力を持つこの国の政権の象徴であり、官公庁や国会議事堂、首相官邸が建ち並んでいる。列車のドアが開くと地下鉄職員は、多数の乗客がふらつき、他の乗客らは息も絶え絶えに助けを求めるのを目の当たりにすることになった。絶望的な悲鳴が聞こえ、たちまちプラットホームは戦場さながらとなった。このような光景は、他の十六の駅で繰り広げられた。捜査員らが五つの車両で不審な液体が流れ出る包みを発見した。このテロは、同時刻に最大の被害を与えるために周到に準備されたものであると推測された。早々に、六名が死亡したというニュースが流れた。翌日にもさらなる死亡者が出たが、そのなかには霞ヶ関駅の駅長もいた。この駅長は、汚染された車両に入って不審な包みを自らの手で取り除いたのである。都心は混乱に包まれ、百万人の乗客が足止めされた。毒ガスの被害者を運ぶ救急車のサイレンは鳴りやまず、その日のうちに五千人以上が六十の病院に運び込まれた。

午後になると、各新聞社の号外に、あのおぞましい「サリン」という言葉が躍りはじめた。この名前を知っていた数少ない人物の中に麻原彰晃がいた。オウム真理教と呼ばれる謎の仏教系カルト集団の創始者である。この宗教は、チベット仏教とインド神話の特徴的な部分並びに山盛りの原始的な苦行の寄せ集めであった。麻原は事件の数ヵ月前に、信者に向けた説法の中でサリンについて言及しており、それ以前にも度々この毒ガスの優秀さを説いていたという。サリンの化学組成の残渣《ざんさ》が、教団が富士山麓に所有する施設で見つかったこともあった。これはオウム真理教の建造物から耐えがたい異臭が漂ってくると近隣住民が抗議したため判明したことである。警察の壮観なる捜索が、軍隊の特殊部隊と毒ガスを感知させるためのカナリアとに守られた三千人の警官により実行され、その結果、大量の化学物質が麻原の領地より押収された。千人もの弟子が（彼らは出家して指導者との共同生活を始めるとき、全財産を差し出さなければならなかった）

この導師《グル》の教えを受けていた。その他に一万人が、日本列島に点在する三十近い数の支部に分散していた。しかし、麻原が莫大な支援を得ていたのはロシアからで、そこでは二万人の弟子が彼を支持していた。

初期捜査により事件についての解明が進んだ。このテロは、イギリス人作家ゴードン・トマスの政治小説『聖戦への鍵』にヒントを得ているか、さもなくば少なくとも、そう錯覚させる類似性を有していた。この小説では、毒ガスのサリンを入手した近東のテロ集団がこれを使用すると脅迫し、香水の瓶に詰められ女たちに運ばれた毒ガスは、空港での警察のチェックをすり抜ける。著者によると小説のアイデアは、CIAが五十年代に行なった非合法な実験についての驚くべき話を耳にして浮かんだという。どうやらCIAは毒性のない塗料をニューヨークの地下鉄に送り込み、毒ガスがどのように拡散するかを突き止めようとしたらしい。この結果、換気装置を使っただけで、二分間で九つの駅が塗料に染まったという。この他ゴードン・トマスは、諜報の世界についての取材中、話を聞いた誰もが口をそろえて「地下鉄はこの種のテロに格好の場所だ」と指摘したと語っている。小説『聖戦への鍵』は日本でベストセラーになった。

読むのをやめても、紙面から目が離せなかった。活字が判読不能な落書きの行列に変わった。何もかもがあまりに途方もなく思えて混乱した僕は、自分がこうしたことすべてに関わりを持っっていると早急に結論づけることは、妄想症《パラノイア》の大発作でも起きないかぎりできるものではないと思った。とはいえ、落ち着いてよく考えてみれば、この問題にも興味深い点がある。現実の輪《リング》の間に文学世界の輪がはさみ込まれることで、驚くべき筋書きを描く一連の鎖《チェーン》ができあがっているのだ。ＣＩＡの実験（現実の輪）が一編の小説（虚構《フィクション》の輪）の生まれるきっかけを与え、その小説をヒントに東京のテロ（現実の輪）が起こされた。次の輪、すなわちセビリアの地下鉄テロもまた、現実世界に属するものだ。しかし、もしもこのふたつの事件の間に虚構の輪が割り込んだとしたら？　僕は、頭にまとわりついてやまないその考えを、あまりにも無理があると退けた。空想的な神業にべったりと寄りかかった仮説だからだ。まさかその考えが、僕がためらいながら直感していた以上に真実に近いものであったとは……。僕が考えていたことを、その後実際に起こったことに合わせた修正を施さずにあのとき思い浮かんだままの言葉にすると、次のようなものだった。現実と虚構が交互につながった鎖の輪と輪の間に、新たに虚構の輪――東京の事件を基にしていて、セビリアのテロを誘発することになった何らかの作品――を差し込んでみる。でも、どんな作品を？　当然、意図せずして、セビリア地下鉄テロ犯らに脚本としての用をなしえたものだ。これで輪の順番が整い、鎖の中で現実と虚構がきちんと交互にくるようになる。ＣＩＡ（現実）―『聖戦への鍵』（虚構）―東京のテロ（現実）―あると仮定した小説（虚構）―セビリアの事件（現実）。

マリアの原稿のページを一枚めくった。まるで本当に読んででもいるように。まるで、僕が目でたどっている行が僕にとって、中が空っぽの長い蛇以上のものであるかのように。僕は思った。「ARLEQUINES」という僕の知らない（興味さえ起こらない）使われ方をする合図を僕に発信させた人物が、もしも〈カエル〉であったとしても、許してやろう。そこまでなら、許す。今回のテロと関係がありさえしなければ。なにしろ、これで考えられる可能性はさらに増えてしまい、うんざりするほどもつれあっていた。僕のクロスワードは〈カエル〉ともテロとも関係ないのかもしれない。すなわち、「ARLEQUINES」を要求してきた電話には別の意味があり、別の目的をもくろんだものだったのかもしれない。また、「ARLEQUINES」はテロと関係しているが、〈カエル〉とは関係ないかもしれない。あるいは、〈カエル〉は「ARLEQUINES」と関係しているが、テロとは関係ないかもしれない。残るひとつは、最悪のものだが、同時に、現実によって立証される可能性がもっとも大きいものだ。それは、〈カエル〉は「ARLEQUINES」と関係があり、また「ARLEQUINES」はテロと関係があるというもの。この場合僕はかなり難しい立場に置かれることになる。なぜなら、僕とテロとの関わりは、実行者の一人を同居人に持ちながらも、純粋に偶発的もしくは強要されたものだということを、いったい誰が信じてくれるだろう。

こうした細道にまたも迷い込みながらマリアの原稿をめくっていたが、読むのはずっと前にやめていて、あちこちから情報を断片的に拾い出すのみだった。僕の疑惑をマリアに打ち明けるのがいいのか、それとも、メリダに逃げ出して、母のそばで休養をとり、旧友たちと会って気晴らしし、一緒に墓地の霊安所で酔っぱらうのがいいのか、決めかねていた。そんなふうに悩んでいると、マリアが現れて、「どう、わかった?」と尋ねた。僕は笑顔でうなずいた。彼女の微笑みを見て僕は、最善の策は彼女に〈カエル〉のことを話して悩みを共有してもらうことだと確信した。彼女が僕を臆病者と呼んで非難したとしても、そのほうがいい。そうやって二人の関係に一気に片がついてしまうほうが望ましいし、長いことはまり込んでいた泥沼から抜け出すこともできる。

「どうしてここに? 君と会うには〈デリシアス〉に移動しなきゃいけないと思ってた」

「ええ。でも、もう片づいたから」

彼女は腰を下ろすとすぐに、店を出ようと言った。変な位置に路上駐車しているので、クレーン車が来て車を持っていってしまうのが心配だというのだ。僕はグラスのワインを一息で飲み干し、手もつけていないライス料理はそのまま残し、勘定を済ませて一緒に店を出た。〈カフェ・エウロパ〉の出口のところで突然、マリアも車に斧を積んでいる連中の一人だろうかと気になった。もっとも、それを尋ねたのは車——白いハンドルのマリンブルーの甲虫《ビートル》で、まったくひどい位置にとまっていた——のところに来てからだった。僕の質問にマリアはこう答えた。

「もちろん積んでるわ。これよ」

彼女がトランクを開けると、本当に、斧が入っていた。刃がぎらぎら光っていて、その輝きは、B級サスペンス映画の悪人の、罪が暴かれる前の目の光を思わせた。

「あなたは斧を車に乗せてないの?」と彼女が尋ねた。

「以前は乗せていたんだけど、僕に襲いかかろうとした奴の頭蓋骨に置き忘れたんだ。君は使ったことある?」

「ないわ」と答えた。「必要だと思った唯一の機会は、トランクに斧を積んでるなんてどうかしているとと人に思われたときね」


「何があったの?」

「別に。お互いの苦労話をしあう時間は、これから持てるわ」

「いく久しく」。僕は言った。

「いく久しく」。彼女は同意した。

# 10

僕らはマリアの寝室――まるで植物園みたいで、エキゾチックな小鳥やゴリラがいつ現れてもおかしくなさそうな部屋――にいた。二人とも〈デリシアス〉にはうんざりしてしまったのだ。なにしろそこは、誰もが親しい敵の死を祝っているようにみえるうえ、バービー人形の服を着た大男や、海賊に扮《ふん》した混血女や、燕尾服をはおった小人《こびと》や、白い顎髭をたらしたつるっ禿《ぱ》げの作家がオレンジ色のチュニックの下から取り出した詩をがなりたてるところなどに出くわしかねないタイプの飲み屋だったから。

彼女は服を脱ぎはじめた。

「子どものころ、学校から帰ってまっ先にしたことは、服を脱ぐことだったわ。私はジェーンで枕は私を食べようとするワニ。シーツは湖の水。木の間からターザンが出てきて助けてくれるのを待っていたの。でも、一度も現れなかった。結局いつも、自分でワニを退治しなくちゃならなかった」

そして僕に、旅立ちの時間が来たと言って、バッグの中を探った。

「トリップはいかが?」

きっと僕は、驚いた顔をすると同時に赤面していたと思う。

「覚醒剤《ドラッグ》をやったこと、ないの？」

一度もなかった。僕のトリップの経験はもっぱら、他の多くのことがそうであるように、文学の賜物《たまもの》だった。これは、僕の覚醒剤の経験がビートのきいた何ページかに要約できるという意味ではない。そうではなくて、過去の経験から、覚醒剤が創り出す、高揚感を伴う神秘的な幻覚、もしくは不吉で陰鬱な悪夢に最も近いものを探すなら、それは、読書中に現実感をもちはじめた本の雰囲気に取りつかれて見た幻想なのだと言いたかったのだ。特によく覚えているのは、思春期に、セリーヌの『夜の果てへの旅』を読み終えた午後のことだ。本の中の霧が僕の住んでいた町を包み、本の中の言葉が形をとって現れ、僕を幻の世界に誘いこんだ。僕の周りを取り囲んでいたのは虚構と現実が混ざりあった景色で、まるでふたつの像が重なりあっているようにみえた。離して見るとまったく違うものなのに、重ね合わせるとある種の偏執的幻影——誰かの顔とかの、よく知っていたはずなのにすっかり忘れてしまっている何か——が立ち現れるような、二重映し。

その夜、僕は生まれて初めて向精神物質を体験した。本当のことを言うと、そのときのことはあまり覚えていない。ただ、例えば、からだの中で覚醒剤による高揚が始まったとき、マリアに、最近何人もの男と寝たのかと尋ねたことなどは覚えている。

「そりゃあ、まだ、このベッドで、世界中の言語で愛してるって囁《ささや》かれたことがあるわけじゃないわ。でも、各大陸の言葉でならあったわ」

僕もその夜「愛してる」と言った、と思う。でも、本当は「続けてくれ、イキそうだ」と言いたいときに、「愛してる」と言わない奴がいるだろうか。他にも覚えていることがある。僕の見た幻覚の〝ライトモチーフ〟。何度も繰り返していたリフレイン。僕の目が植物だらけのあの部屋の現実の姿を転じはじめ、理性を失っていったときにも襲ってきた強迫観念のことだ。それは、《ベッドが接収される。だって、ここには線路が通るんだ》というものだった。このせりふを何度も何度も、マリアの上にかぶさっていたときにも、マリアが上になるにまかせていたときにも、普通の声で、ささやき声で、叫び声で、繰り返した。列車に轢かれてしまわないように、彼女を植物のほうへ連れていき、森の中に入り込んで樹木の陰に隠れようともした。ベッドが接収される。だって、ここには線路が通るんだ、マリア。逃げなきゃ。列車に轢かれる。彼女は大笑いしていた。彼女の笑いはある瞬間、タスリムを、セントルイスの女の子を思い出させた。すると突然、僕が侵入している女性はマリアであることをやめ、飛行機で会い、連絡すると約束したきり音沙汰のないあの子になった。面白いことに、人はアルコールのせいで弱気になって打ち解けた話がしたくなり誰にも言ってはならないことまで口をすべらせてしまうことがあるものだが、この少しあと、そういう状態になったマリアが僕に語ったことには、ずっと前からセックスの途中で目を閉じると、自分を貫いている相手はターザンなのだと想像してしまうのだそうだ。ということは、あの晩、僕もマリアも性交《まぐわい》に参加してはいない。本当に寝ていたのは、ターザンとタスリムだったのだ。

結局、列車はマリアのベッドの上を通過しなかった。僕らがあの部屋の植物園に逃げ込んだことは、現実だったようだ。朝になるとかなりの枝葉が、僕たちがあばれたせいで傷ついていたのだ。この経験は、もちろん、しただけの価値があった。僕がずっと屹立《きつりつ》しているようにと、マリアは僕が萎えそうになると、自分の盲腸の手術跡に沿ってコカインを振りかけて、僕を奮い立たせた。そして僕の鼻は、彼女の腹を飾る白いラインを吸いながら進んでいった後、彼女の恥丘を訪れる。僕はそこでじっくりと楽しみながら、遠くから列車が近づいてきて僕らが寝ているベッドの上を通過しそうになる音を聞いた。

夜は驚異的なスピードで過ぎ去り、僕らは時間を飛ばしていった。まるで、そのときの時間は古ぼけた牛車で旅をしていて、こちらは最大排気量の自動車に乗っていたかのように。僕らは、太陽の血潮が地平線を濡らしはじめ、そうして新しい一日を照らしだしたのにも気づかずに、夜明けを通りすぎていた。

視界に現れたものはみんな、輪郭がぼやけていた。僕は目を覚ました。口の中の上部にはもやもやした塊があって、その苦みが僕の味覚を汚していた。空腹感が胃袋にきりきりと穴を開け、寒さで鳥肌が立っていた。傍らではマリアがいびきをかいていた。女の子もいびきをかく。認めるのはつらいことだが、事実なのだ。あるとき何かで読んだのだが、哺乳類ではふつう雄が眠っているときにいびきをかき、つがいの雌を敵の攻撃から守るのだという。それではマリアは僕を守ってくれているのだ、と考えると嬉しかった。もっとも、本当のことを言うとあの時の彼女は、必要以上の激しさで僕を守ってくれていたのだけれど。立ち上がると、周囲のものがゆらゆらと揺れはじめた。壁を伝ってなんとかバスルームまで行き、口をゆすいだ。そのあとマンションの中をうろついて、豊かとはいえない本棚をじっくりと眺めたり、CDのコレクションに軽く目をとおしたり、テレビの上の写真の女性に見とれたりした。あとでこの女性はマリアの姉だとわかった。目を開けているのがつらかった。太陽の光が尖ったピンで僕の眼球を痛めつけていた。

日曜日だ、とため息をついた。バルコニーから外をのぞくと、道には人っ子一人いなかった。あとたった六日で聖週間《セマナサンタ》が始まり、セビリアは毎年恒例の長大なお芝居の場と化して、全幕中の最初の舞台が開演する。これにはドラマチックな要素やコミカルな場面が含まれていて、さらにエロティシズムがひとつまみ、長いあいだ続いてきたこのカクテルへの味付けに加えてある。通りには誰もいない。午後のある時間帯には、春になると（夏のことは忘れよう）、アスファルトが燃えあがり、触れるものすべてを溶かしてしまう。あるいは街のどこかで、生物を皆殺しにしながら建物には何の影響も及ぼさないという中性子爆弾が炸裂した——これが、その時間帯にセビリアの街を歩く人間が受ける印象だ。生き物の気配はまったくない。街はゴースト・タウンと化している。セビリアの大きさはニューヨークの墓地と同じだが、三倍の数の死者を持つのだ。

たぶん彼女の家でコーヒーを飲んでいたときだと思うが、マリアは僕に、ナボコフが大好きなので、クロスワードのカギに彼の小説『道化師をごらん！』が使ってあったのを見たときにはうっとりしたと言った。これは偶然だと思うが、もしかしたら、運命が合図に送ってくる目配せのひとつだったということもありえる。〈親指小僧〉が帰り道の目印に置いていった小石のような合図。運命が僕の道を示すのに使い、僕が正しい旅程を、宿命が用意している結末へとつづく進路を、たどっていることが確認できるよう配置された合図の小石なのかも。しかし、こんなことよりはっきりと覚えていることがある。記憶の例の気まぐれ――ささいなことは残しておきながら、もっと大事に思える情報を自分の領地から排除してしまう癖――のおかげだろう。僕はマリアに、どんな男が好きかと尋ねたのだ。男性のどんなところに魅かれるか、だったかもしれないが。たぶん、どうして僕を選んだのか、なぜ、口説いて何度も言い寄って陥落するという、必須のはずの儀式を省略してベッドインとなったのか、知りたかったのだ。実のところ僕にはそれまで一度もそんな経験がなかったので、説明が欲しかったのだと思う。本でなら、僕が主人公になったこのラブゲームに似た話を何度か読んだことがあったが、このケースでは文学も、十分な役には立ってくれなかった。

「あなた、ちょっとしか生きてないのね、シモン。ちょっとしか生きてないみたいだわ」

「うん。でも、男のどんなところが好きなんだい？」

「あなたのどこが好きか、って聞いているわけ？　つまり、どうして、って」

「たぶん」

「そんなこと聞いてどうするの？　満足してないの？　どうして、現にあったことについて質問しなきゃいけないの。なんだってこんなつまらない会話をしてるのかしら。不自然だわ。そう思わない？」

「何が？」

「ベッドから起きると、やったばかりの男が、どうして自分なのかと自問して苦悶している」。彼女は言葉を切って長いこと黙っていたが、僕はどんなコメントもさしはさむことができなかった。するど、彼女はにっこりと笑って、美しさを増した顔でこう言った。「ねえ、私が子どものころから探しているもの、知ってる？ あなた、笑うわ。ある夜、姉が教えてくれたものなの。ほら、よく姉が妹にする秘密のお話、もう挿入の何たるかを知っている娘が、もうすぐそれを知ることになりそうな妹に話すやつ。姉は私にこう言ったの。『魔法のランプを探すのよ。どこかに、性器《ペニス》が魔法のランプになっている男がいるの。それをこすると魔人が出てきて、三つの願いを頼むことができるのよ。その人が、その人だけが、あんたの貞節に値する男。その人に会えるまでは、誰にもあげちゃダメ。探すのよ』」

何と言っていいかわからなかった。僕は「まさか」という顔をして微笑んだと思う。そして、謝ったに違いない。魔人を出現させなかったこと、マリアの探索を終わりにさせる魔法のランプを持ち合わせていなかったことを。

「あのね、私が男性の要素で好きなのは、八十パーセントが男性自身、会話はせいぜい二十パーセント。だから、こういう場合、一番いいのは黙っていることね」

「わかった」

「それで、あなたは？」

「そうだね。僕が男性の要素で一番好きなのは、たいてい、その人の奥さんだね」

　こう口にしたことを、はっきりと覚えている。なぜなら、言い終わると、このせりふと本当にマリアに話す必要があったこととをつなげる蝶番《ちょうつがい》を見つけでもしたかのように、とうとう僕は〈カエル〉のことを話し、僕のクロスワードのことを話し、打ち明けたら頭がおかしいと思われるか、それより悪いことに、ばかな奴だと思われるかするのが怖くてずっと言い出せなかったことを、みんな話してしまったのだ。それは、こうした恐れが消えたからではなく、ただ単に、おかしいとかばかだとか思われるほうが、このひどい疑惑の重荷に一人で耐えつづけるよりましだと思ったからだ。打ち明けたところで、僕が溺れている疑惑の海がすっかり消えてしまうほど小さくならないことは認識していた。しかし、いずれにせよ、溺れている海を狭める仕事には一人きりで立ち向かわないほうが、負担はより軽く、成果はより大きくなるものだ。

　マリアは、冷たいシャワーを浴びなくちゃと言った。それが、彼女の言ったことだ。僕は何も言わなかった。何が言えただろう。僕にできたことは、その場にとどまって、マリアが浴室から出てくるのを待ち、出てきたら、僕のことを頭がおかしいと思うか、それともばかだと思うかと尋ねるか、もしくは、僕はひどい神経症のせいで正気が保てなくなり、常識を失って頭の中が妄想でいっぱいになっているのだと、僕が自覚できるように証明してくれと彼女に頼むかすることだけだった。僕も冷たいシャワーを浴びたかったが、バスルームに入ってマリアとシャワーを共有する勇気はなかった。一分一分がのろのろと過ぎていくのを感じた。まるで昔の戦争みたいに。

ふだんは決してやらない――なにしろ音感が悪くてうまくいかないから――ことなのだが、あの日の午後には、口笛を吹いた。フィト・パエス〔アルゼンチンのロックスター〕の曲だ。《何もかもなくしたなんて言ったのは誰。僕が真心を捧げにきたよ》。そこにマリアがシャワーから出てきた。オレンジ色のタオルを巻きつけ、髪からはまだ水をしたたらせたまま。彼女はフィト・パエスのその曲について何かコメントして、ステレオのところに行き、メルセデス・ソーサ〔南米フォーク界の重鎮的歌手〕のカバーをかけた。感情表現過多の重苦しいやつだ。しかしまあ、曲自体があんまりいいんで、さすがのメルセデス・ソーサにも、すっかり台無しにすることはできないらしい。それから、ワンクッションもおかずに、つまり、どんなふうにしてフィト・パエスの曲と出会ったかとか、どのアルバムが一番好きかといった会話に時間をとったりすることなく、本題に戻った。

「よくわからないけど、質の悪い冗談かなにかなの？　でも、あなたの話は確かによくできているわ。信じてしまいそうなくらい。たぶん、何かの引っかけとかジョークとかのあなたのお楽しみのネタで、私がこの件を調査しているのを見て、からかうことにしたんでしょうね。いずれにしても、あなたの同居人の〈カエル〉とかいう人には会ってみたいわ」

「冗談なんかじゃないよ。これは疑惑なんだよ。君に話したことはすべて事実だ。例えば『ARLEQUINES』のことだって、留守録のテープが残っている」

「悪だくみの仲間の女性の声を録音すればすむ話でしょ」

「勘弁してくれよ、マリア」

「あらゆる可能性を検討しなくちゃ」

「ああ。でも、その可能性はどけてくれ。もう一度言うよ。うちに電話があって、指示されたんだ。ARLEQUINES、六段目って。僕は言うとおりにした。そうしなければ家族を殺すと脅されたんだ」

「さっきは、殺すなんて言葉は使わなかったわよ」

「ああ、殺すと言われたわけじゃない。手を貸さなければ後悔することになる、と言われただけだ。そして僕は手を貸した。クロスワードが掲載され、その同じ日に地下鉄テロが起こった」

「そのうえ、あなたの友達の〈カエル〉は日本から送られた手紙を持っている」

「日本語がわかる人を知ってる？」

「探してみることはできるわね」

僕は習慣として、どんな障害の前でも立ち止まって、熟考し、これからすることのメリットとデメリットをじっくりと検討する人間だ。「あなたは、黄信号で止まるタイプね」とマリアに言われた。そんなふうに、一思いに何かに踏みきったりしない習慣がすっかり身についていたものだから、マリアが今後の行動計画をやすやすと立てていくのを見て、僕はあっけにとられた。それに、その考え方が実に理にかなっていたのにも驚かされた。彼女の論理はすべて、〈カエル〉への到達をめざすなら、すなわちいくつかの輪《リング》（テロ、クロスワード、サリンガス、日本語の手紙）を使って出発点と我々の目標の〈カエル〉とをつなげるなら、他に道筋がないことは明らかというものだった。それだけでなく僕は、彼女がこうした輪のどれにも、表情を曇らせたりおびえたりしなかったことに驚いた。彼女がまったくおびえていなかったという事実――僕は何ひとつでっちあげてなどいないのに、非常に深刻で、甘くみるわけにいかない、巻き込まれることになった場合僕ら自身の運命も心配しなくてはならないような問題を扱っていたあの日曜日に、彼女がまだ信じていないように見えたこと――に、僕は警戒心を抱いた。マリアは僕をからかおうとしているのかもしれない、こちらの話に調子を合わせておいて、しっぺい返しをするつもりなのかもしれない、と思った。「私をうまくかついだつもりでしょうけど、いまに見ていなさいよ」などと考えて。

〈カエル〉の父親については、僕が書いて、どう思うか聞くために見せた手紙は、送らないほうがいいと忠告された。

「話の根拠が弱すぎるわ。それに、電話連絡しなかった理由にも説得力がないわね」

「番号がわからなかったと書いたら、納得してもらえないかな」

「住所を知らない場合はね。でも、住所がわかっているのに電話番号が調べられなかったというのは、理解できないわね」

「もしかしたら、家に電話がないかもしれないよ」

「ねえ、彼の家に電話がなかったなら、あなたはそれを知っているはずよ。つまり、あなたが電話番号を調べていたなら」

「もしかしたら……」

「もしかしたら、ひょっとしたら、もしや、おそらく、たぶん、ことによると。電話してみたの？　番号を調べようとした？」

「いや」

「住所は？」

「ルットン・ストリート十八番」

「名前は？」

「ロベルト・サマーズ」

マリアは国際番号案内に電話して、僕が教えたばかりの情報を伝え、一分もしないうちに数字をメモしていた。マンチェスターにいる〈カエル〉の父親の電話番号だ。メモ用紙を唇にはさむと近づいてきて、僕の唇に差し入れた。

「もしかしたら……」と、ささやいた。

僕はその場で電話をかけた。留守電が英語で、用件・名前・電話番号を必ず残すようにと告げた。その三つのどれひとつ口にできずに電話を切った。マリアを前に嘘をつくべきかどうか決められなかったのだ。

「どうしたの？」

「何て言っていいかわからなくて。弁護士のふりをするか、それとも、医者か」

「医者？」

「うん。〈カエル〉は病院で昏睡状態でいるから連絡できないと言えるだろ」

「なるほど」

「それに、うちの電話番号は教えられないし。〈カエル〉がとるかもしれないから」

「じゃ、ここの番号を言いなさい。弁護士だって名乗るのよ。私が秘書になって、あなたがいないときに電話があっても全部伝えてあげるわよ」

「君が電話したらどうかな？」

マリアはぷうっと頬を膨らませたが、ため息とともに元に戻した。そして、僕から電話をひったくって、番号を押し、少しすると話しはじめた。

「サマーズさんのお宅でしょうか。ご本人さまですか。こんにちは。スペインのセビリアからかけています。実はご子息のハイメさんのことで……」

# 11

〈カエル〉とは、月曜の夜まで顔を合わせなかった。

日曜日、マリアと〈カエル〉の父親との話し合いがすむと、僕たちは中華料理店に晩飯に出かけた。それからマリアのマンションに戻って、今度は覚醒剤《ドラッグ》の勢いを借りずにタスリムとターザンに二度目のチャンスを与えた。翌朝目を覚ますと、マリアはもういなかった。素っ気ないメモ――ロマンチックで粋なせりふのひとつも書き添えられていない――には、僕がいたいだけそこにいていい、何かあったらいつでも電話すること、昼なら編集室に、夜なら家に、とあった。ラジオをつけて、家の中のあまりの静けさ――車の走る音も、隣の部屋からの話し声も、生活音も、何ひとつ聞こえなかった――をしゃべり声で満たした。最初のニュースが僕の意識に突き刺さった。地下鉄テロによる入院患者が五人に減ったという。老婆は重体のままだが、少年はかなり回復したそうだ。静寂を呼び戻すことにした。事件について知っていることが少ないほど、警察の捜査についての情報も少なくなる。そのほうがいい。それからマリアの家の中をうろついて、ファン・ボニージャの小説の精神分析医のような仕事をしてみたが、すぐに飽きてしまった。僕のものぐさな調査で発見できたものは、人体写真のワンセットのみ。それは、一人の男のからだの部分部分を写した鮮明な写真群で、見たところ原寸大のようだったので、切り抜いて貼り合わせたらきっと、完全な人体が出来上がっただろう。ただし、頭の部分は除いて。頭部だけは写真の山になかったのだ。なかなか面白い趣向だ。写真の裏にはナンバーがふってあったが、記入した本人にしか意味がわからないもののようだ。写真の多くには皮膚しか写っておらず、からだのどの場所かを示す目印や特徴がまったくみられなかったので、例えば背中を組み立てようと思ったら、一見同じ写真の焼き増しのようにみえる四、五枚の写真を使わなくてはならなかった。どんな方法で撮影されたのか、どんな目的があるものなのか、十分理解できたわけではないが、しかし写真はそこにあり、一枚一枚に強迫観念が表れていて、その観念に取り付かれていた人物注釈なしで秘密に入り込もうとするのは、ひとことも意味がわからない言葉を話す国を旅してまわるようなものだった。

空の上を、いまにも破裂しそうな雲がいくつも流れていた。農家の人たちの期待を膨らませそうな雲だ。腹が灰色の白い象の群れが空を断片的にふさぎながら通りすぎるのを見ているうちに、ある考えがひらめいた。もしかしたらすべては、僕とマリアが出会うためだけに起こったのかもしれない。あの電話は、本当は意味のないいたずらにすぎなくて、けれども運命の中で状況の連鎖を引き起こし、最後には僕たち二人の人生を交わらせることになったのだ。しかし、もしそうだとしても確かなことは、〈カエル〉の父親と話をしていろいろ知ってしまったあとでは、〈カエル〉はやはり十分にあやしい人物であり、たとえ地下鉄テロと無関係でも、うっちゃってしまうわけにはいかないということだった。

〈カエル〉の父親はマリアに、プリエト先生にはもう連絡したかと尋ねた。五年ほど前に彼の息子を診ていた精神科医のことだという。マリアは驚きを隠すことができなかったので、それと矛盾しないように、〈カエル〉から医者のことを聞いていなかったと白状して、詳しいことを教えてほしいと頼んだのだが、相手の不信感は消えなかったようだ。息子にかけられている嫌疑について、マリアはあっさりこう言った。「ご子息は、セビリアの地下鉄テロ事件への関与で起訴されています」。当然ながら〈カエル〉の父親は事件を新聞で知っており、自分の息子がその事件に関係しているというのはとんでもないことだと思ったらしい。

「息子はうつ病をわずらっている」と漏らし、「しかし、犯罪者などではない」と言った。

〈カエル〉の父親（帽子店を経営している）は仕事の関係で《枝の主日》までセビリアに来られないというので、月曜日にムリーリョ庭園の居酒屋《バル》で会うことに決まった。まったく、とんでもない話だ。逮捕された息子に会いにロンドンからセビリアまでやって来る男と会う約束をするなんて、と非難すると、マリアは言った。

「落ち着いてよ。なんとかなるから」

「なんとかって、どうなるのさ」と、作戦の主導権を握られるのが嫌で、僕は詰め寄った。

「木曜日にでも電話して、来ないように言うとか、息子に会えなくてもよければ来なさいと言うとか、ただ単に、会って、一緒にコーヒーを飲んで、聞き出せるだけ話を聞き出して、それっきり二度と会わないとか」

「正気の沙汰とは思えないよ」

「心配しないで。うまくいくわよ」。彼女は僕を安心させようとして微笑んだ。僕は心配のあまり気絶しそうだったのだ。

けれども実を言うと、翌朝には〈カエル〉の父親のことなどほとんど忘れていて、僕の中の何かが、僕にあの希望的仮説を真実だと信じ込ませようと奮闘していた。つまり僕は、すべては僕とマリアの運命を結びつけるためだけに起こったのだという、自分の願望から生まれた仮説を納得したくてうずうずしていたのだ。

月曜の夜になって初めて、〈カエル〉とふたたび顔を合わせた。彼は家に着くと、挨拶がわりに「おやおや、蒸発しちまったのかと思ってたよ」と声をかけ、それからソファに倒れ込んで階段を罵った。はあはあという荒い息がおさまると、彼は言った。

「新しい生徒ができた。いい女なんだ。惚れちまった気がする」

名前を教えてもらわなくても、〈カエル〉の新しい生徒が誰だか見当がついた。名前を聞いて、予感は確信に変わった。

「マリアというんだ。英語はかなりのものだから、レッスン時間の二時間は、雑談ばかりして過ごせそうだ」

マリアが〈カエル〉に探りを入れるために、彼と直に接触して授業を申し込むという大胆な行動に出たと知っても、意外とは思わなかった――と言うこともできるかもしれない。でも、これは嘘だ。僕は思ってもいなかった。まさか、父親に息子の境遇について嘘八百を並べた翌日に、その息子の生活に入り込み、せっせと誘惑して、他の方法では手に入れるのに時間がかかりすぎる情報を手っ取り早く引き出そうとするとは。僕はこうしたことに、どこかで満足すべきだった。なぜならこれは、〈カエル〉が地下鉄テロに関係しているという僕の説を、彼女が信じてくれたことを意味するからだ。こんなアクロバチックな調査を開始してしまうほど固く信じてくれたのだと。しかし僕は、一点の曇りもない満足を感じることができなかった。スクープをつかもうとする彼女のその情熱が、同時に僕から彼女を遠ざけてしまうように思えたのだ。〈カエル〉が新しい生徒のした自己紹介のことを話す声が聞こえたが、僕はうわのそらだった。僕が理解できたのは、マリアは――彼女が〈カエル〉に自ら述べた話によると――何日も前から〈カエル〉が進めるレッスンを店の別の席で聞いていて、そばに行って授業をしてくれと申し込みたかったのだが、恥ずかしくてなかなか踏み切れなかった、ということだけ。僕は彼のたてる騒音を、立ち上がって「ちょっと、ごめん」と言うことで中断させた。

「電話をかけなきゃいけないんだ」

〈カエル〉がリビングから出ていくと、僕はマリアに電話した。留守電に「僕だ」とだけメッセージを残した。電話を切ると、〈カエル〉が新しい生徒との体験談を再開しようとリビングに戻ってきたが、その前に、母親に連絡したかと僕に尋ねた。

「いや。どうして？」

「週末に二度ほど電話があった。一回は土曜の夜。もう一回は日曜の正午に」

「何の用だって？」

「知るもんか。メモを置いておいたよ」

「見かけなかったな。どこに置いたんだ？」

「俺の部屋にさ。机の引き出しに。おまえへのメモを置くのにいい場所だと思ったんだ。いつも見てるんだろ、あそこを」

喉の途中で言葉が凍りついた。両目が石のように固まった。唇が半開きになり、眉が上がった驚きの表情が、取り繕いようもなく僕の罪を暴いていた。こじ開けられた引き出し。僕が言い訳のためのうまい理屈や作り話を、あらかじめ考えておかなかった一件。〈カエル〉は、皮肉と寛容の交じった態度を貫いた。彼は僕に、本当に不愉快だと思ったのは、プライバシーが侵害されたことではない。根本的なところで我慢ならなかったのは、その侵害が意味する信頼の欠如だと言った。僕は何の反論も試みなかった。責任を認めつつ考慮すべき酌量の余地があったのだと申し立てるという古典的手口で弁解することさえできずにいた。

「ここ何日かおまえが、クロスワードの件と地下鉄毒ガステロの件で神経質になっていたことは知っている。しかし、事態はこのとおりで、起こったことは変えられない。プライバシーの侵害が行なわれ、信頼が欠如しているのは明白。ここまで来てしまったからには、俺はできるだけ早くアパートを出ていくべきだろう」

「何にせよ、出ていかなければならないのは、僕のほうだ」

「いや、おまえが先にここに住んでいたんだ。それに、悪くないかもしれないな。ここを引き払って、旅に出て、そこらへんをぶらりとしてくるのも」

「旅？」

「そう。いいじゃないか。以前から、ちょっと出かけてみたかったんだ。ずっと考えていた。たぶん、結局のところ……、なあ、とんだ逆説だな。俺にはこの引き出しの件みたいなことが起こる必要があったんだ。休暇《バカンス》をとる最初の一歩を踏み出すためにな。休暇の終わりは、金が底をついて個人レッスンの仕事を再開しなきゃならなくなった時としよう。だけど、そうだ、別に、またセビリアで授業をする必要性はないわけだ。俺の仕事のいいところは、どこでも店開きができるって点だ。イギリスに行ってスペイン語を教えてもいいし。背を向けてあとにしてきた地点に戻るには、ふたつの方法がある。ひとつはその場で半回転するやり方。もうひとつは地球を一回転するやり方だ」

「それで、おまえの場合、その出発地点はどこなんだ。マンチェスターか？」

「ああ、そうかもしれない。マンチェスターかもしれない。おまえにひとつ聞きたいことがある。なぜだ」

「わからないんだ、〈カエル〉。どうしてやったのか、わからない。おまえを、クロスワードに『ARLEQUINES』を使えと強要してきた電話と結びつけたことは、そのとおり、認めなきゃならない。そのせいで、地下鉄テロと結びつけたことも。物事を関係づける手がかりがあったんで」

「どんな手がかりだ」

「さあ。例えば、日本語」

「俺のハガキをどうした」

「どういう意味だ。ハガキなら、引き出しに戻したよ」

「コピーはとってないのか」

「とろうかと思った。でも、ばからしくなって」

「何だったら翻訳してやるよ。顔を赤らめないと約束するならな。だいたいの内容はこんな感じだ。こちらの気候は、じめじめしています。昨日私は、傘を買いました。午後、ネコが逃げました。初歩的な文章ばかりだ」

「何が書いてあるかなんて知りたくないよ。正直、穴があったら入りたい気持ちだ。僕に言えるのは、すまないということだけだ。それに、もしおまえが同居の解消を決めたのなら、出ていくのは僕のほうだと思う」

「それについての議論は無用だ。ただ単に、俺は出ていく。おまえも出ていきたいならそうすればいいが、何の役にも立たないぜ。俺はもう決めたんだ。聖週間《セマナサンタ》が終わったらここを出る。行き先はまだ考えていないが、でも、出ていく。この決意がどれくらい固いかというと、あの新しいいかした生徒とも、二週間の契約しかしていないんだ」

何と言っていいかわからなかった。この通告に、胸が痛いほどの悲しみを覚えた。でもその感情は奇妙に混乱したもので、はじめは悲痛に感じるのに、その後それほどではなくなって、だんだんと安らいだ気持ちに向かい、ついには最初と正反対の感情になっている、という類のものだった。(会社の部長が、とても親しい相手だが、そのままいられては自分の地位を危うくする部下から、まっとうな理由による辞表を受け取るときの気持ちに、どこか似ている。一方では別れの悲しさを感じ、でも心の奥底ではつぶやいている。これでやっかいばらいができたぞ、と)。

外で風に当たって頭を冷やしてくると言って表に出て、ムリーリョ庭園のボックスからマリアに電話を入れた。男の声が答えたので、つっかえながらあやまった。

「すみません。間違えました」

しかし、確かにマリアの番号にかけたという確信はどうしようもないくらい強かった。マリアがその男のからだの写真を撮っているところが頭に浮かんだ。ジグソーパズルにしてあとで楽しむために、からだを部分部分に分割した写真を撮っているマリア。気持ちのいい気候だった。月曜日なのに、遊歩道にはたくさんの若者が歩いていた。僕はゆっくりとした足取りで家から離れながら、夜のマリンブルーの甲羅――巨大なカメをぼんやりと眺めていた。すべてのものが十センチ伸びたように感じてしまうことがあるものだが、そのときの僕がそうだった。騙されたのか、裏切られたのか、よくわからない気分だった。子どもがサッカーチームの監督から絶対に勝てると言われた試合に、蓋を開けてみると大差で負けたときのような、そんな感じ。一方で僕は、マリアと話がしたかった。〈カエル〉についてどんな作戦を立てているのか、警察の捜査に関して新聞社にどんな新情報が入っているのか、聞きたかった。家に戻って〈カエル〉と顔を合わせる気はなかった。それは、エレベータの中に、自分と正反対の人間と二人きりで閉じ込められるようなものだろう。もしかしたら、あいつに僕のしたことを何もかも打ち明けるいいタイミングだったのかもしれない。『私と私を包囲する状況』や、日本からのハガキや、父親からの手紙をコピーしたことを認め、親に連絡をとったこと、マリアは英語の個人レッスンに興味があるわけではないことを白状してしまうのに。しかし結局、僕は精神的負担の少ない道を選ぶことにした。〈チューリッヒ〉のカウンターで、ちょっとのあいだすべてから距離をおいてみるのだ。エステルは僕に、週末の出来事を話してくれるだろう。ジンを飲めば、物事がそんなに重大に感じられなくなるだろう。もしかしたら、何とも感じなくなるかもしれない。あるいはそれが一番いいことなのかもしれない。

〈チューリッヒ〉からもう一度マリアに電話すると、今度は彼女が出た。

「僕だよ」

「ハーイ。どうしてる?」

「うん。さっき電話したら、男が出た」

「そう、それで?」

「聞いていい?　そいつのランプをじゅうぶんこすった?　三つの願いをかなえる魔人が、ついに出現するまで」

「聞くのはあなたの勝手だけど、答える気はないわ。それが用件？」

「いや。ちょっとやりすぎじゃないかと言いたくて。〈カエル〉が僕に、今日、新しい生徒と契約したと教えてくれた。マリアという名前だって」

「奇遇ね」

「それから奴は、聖週間《セマナサンタ》が終わったら出ていくと宣言した」

「耳新しい話は教えてくれないわけ？」

「だったら君が僕に教えてくれよ。耳新しい話を。僕の知らない、びっくりするようなやつを。謎を全部解き明かして〈カエル〉への疑惑を晴らせるようなことを発見したとか、警察がテロの犯人を見つけたとか、そんなやつを、君は僕に教えてくれられるわけ？」

「いいえ。今、どこにいるの？」

「〈チューリッヒ〉だ」

「待っててくれるなら、一時間後にそこで会いましょう」

「一人で来るのかい？　それとも、電話番の人と一緒に？」

マリアは言い返さなかった。ただ、僕を電話線の向こうに残してガチャンと電話を切った。僕と落ち合うまでにかかると彼女が見積もった時間の一時間は、一時間半にのびた。それだけあれば、ジンを浴びるほど飲み、エステルが記念すべき週末について猛烈な勢いで話すのを聞き（この冒険談は、細部までしっかり忘れてしまった)、朦朧《もうろう》とした状態に逃げ込むにはじゅうぶんだった。僕は、意識を失ってしまうのが得策だと、はっきりと意識していた。だが、うまくいかなかった。マリアがあと三十分遅く来てくれていたら、アルコールにノックアウトしてもらっていたのだが、彼女が到着したとき、僕にはまだ、相手が理解できる戯言《たわごと》をつぶやくだけの力が残っていた。マリアは一人で来て一人で帰った。彼女は僕を、自分が〈チューリッヒ〉に移動するあいだ素面《しらふ》を保っていられなかったことでなじり、こんな侮辱の言葉で僕をとがめた。「あなたって、お子様ね」。〈カエル〉についてのことで、彼女が何か耳新しいことを教えてくれていたとしても、僕はそれを頭の一番奥深くにしまいこめる状態だった。取り出そうとするどんな試みも失敗に終わってしまうほど深い場所に。マリアが出ていくのと同時にエステルにジンのお代わりを注文したが、断られた。

「彼女と家に帰りなさい。これは命令よ」

「彼氏と糞でもくらいなさい。これは忠告だ」

動きまわる物体に衝突しながら(そいつらは僕の進行方向から逃れようとしていたのだが、僕は、からだの中に万物に反応する磁石があるかのように、器用にぶつかっていった)、なんとか〈チューリッヒ〉を出た。僕はじわじわ、周りはひやひやの行進だった。通りに出て三歩進んだところで、吐き気の第一波が口まで上ってきた。木の根元に戻し、二百メートル進んで大通りのアスファルトの真中に吐き、次にビルの玄関先に、帰宅間際にアパートの階段に、最後はトイレの中で、嘔吐した。一回、二回、三回、それ以上。自分が溶けてしまった気がするまで吐いた。まぎれもなく自己嫌悪の症状である大笑いを繰り出すほどに吐いた。なんだってこんな記録的に酔いつぶれるほどおちぶれてしまったのかと自問自答してしまうほど吐いた。給水制限のせいで、口を湿らすこともできなかった。トイレの床で眠り込んだが、三十分おきに胃の中で痙攣が起きて僕を揺さぶるので、そのたびに身を起こしてさらに液体を吐き出すはめになった。痙攣と痙攣のあいだの横になれる時間がくるたびに、僕は自分を罵った。そんなふうにして横になっていたあるとき、うつらうつらしていると悪夢に襲われた。道化師の格好をした妹たちが母を追いかけていた。〈カエル〉とマリアがメリダの霊安所の酒場で乾杯していた。未明に〈カエル〉がトイレに用足しに来たが、床に伸びている僕のからだが邪魔で入れなかった。僕の名を呼ぶ彼の声を聞いた。夢の中で、彼が僕の名前を声にしていた。繰り返されるうちに、現実の世界でも呼ばれていることに気がついた。少し身を引いて、入れるだけの隙間をつくった。あんちくしょうは放尿を始めた。僕に、どうしたんだとか、だいじょうぶかとか、手を貸そうかとか尋ねもせずに。小便をし終わるとチェーンを引っ張った。水は出なかった。そのことを言ってやった。

「水は出ないよ」

するとて彼は答えた。

「おやすみ」

そして出ていこうとしたが、彼が姿を消す前に僕は、自分でも驚いたことに、こんな言葉を投げつけていた。

「〈カエル〉、ずいぶん殺したもんだな」

するとと彼は言った。

「大げさなことを言うな。今のところ、負傷者が何人か出ただけじゃないか。婆さんはくたばるかもしれないが、子どもが助かるのは確実だ」

「人殺し」と、混濁した声で、目を開けることもできないまま、僕は言った。天井からのただの反射光でさえ、目にずきずきとしみて、頭の中が赤い点でいっぱいになるのだ。

「なら、おまえは、臆病な酔っぱらいだ」

「なぜだ。この、呪われたゲス野郎め。なぜ、やった」

「なぜなら、他人の生《せい》は俺にとって、ゲームに過ぎないからだ。さあ、ここで、もう一回、吐いてみろよ。吐くものがなくなったとき、人は何を吐き出すか知っているか？　あの胆汁の黄色い液の筋を出しつくしたあと、吐こうとして、事実、吐いているのに何も出てこなくて、まるで腹から絞り出したものは目に見えない液体だったんじゃないかと思えるようなとき、何が排出されているか知っているか？　からだの中に何もなくなったとき、最後に吐き出すものが何か、知っているか？　それは魂だ。さあ、吐き出してみろよ、魂を。指を突っ込んで、吐け。たぶん、おまえは何も吐いてはいないと思うだろう、もう吐くものは残っていないからな。しかし、確かに魂を吐き出してしまっているんだ。俺のじいさんがそう書いている。『セビリアに必要なこと』の中でな。こいつは優れた著作で、この街を、救うために破壊せよと提言している。おやすみ」

隅に追いやられたままその場に残された僕は、そんなふうに僕を縮こまらせた毒の一部でも出してしまうためにもう一度吐くべきか、それとも、断末魔の夢のようなあの会話を続けるために立ち上がろうとするべきか、わからなかった。もしかしたら、そんな会話はなかったのかもしれない。もしかしたら、錯乱した僕の空想の産物だったのかもしれない。ひょっとすると、僕がへたりこんでいたトイレに入ってきたのは〈カエル〉ではなくて、当時まだあのアパートの財産目録に加えられていなかった幽霊だったのかもしれない。おそらく、それまでの〈カエル〉の不遜《ふそん》なせりふの印象が見せた幻だったのだ。そういうことだったに違いない。なぜなら、朝の〈カエル〉の態度は深夜と正反対だった。朝になってトイレに入ろうとした彼は、僕がドアの邪魔をしているとわかると木板をこつこつとノックして名前を呼び、どうしたんだと言った。僕はふたたび彼が入れるように場所をあけた。トイレに一歩足を踏み入れたとたん、彼はあわてて僕を助け起こしながら、いったいどうしちまったんだ、と尋ねた。僕も奴に尋ねた。

「夢遊病になったことはあるか?」

彼は微笑んだ。まるで、僕がまだ酔っぱらっていると思っているかのように。〈カエル〉は僕をトイレから引っぱり出し、部屋まで運び、眠るようにと忠告した。僕は喜んで従った。不安などいっさい感じず、ようやくすべてを忘れて。それに、例の痙攣は完全におさまったようだ。その痙攣はそれまで、僕のからだのメカニズムに作用して、夜更けに飲んだジンを全部かきださせようと僕をせきたて、僕の中のどこかから魂を吐き出させようと責めたてていた。僕の魂は、そこでもたいして優しく扱われていたわけではないが。

# 12

目が覚めると、ナイトテーブルの時計が口をへの字にして、三時四十分を示していた。フン族の亡霊が脳みその上で足踏みをしていて、目を開けているというだけのことが苦痛を伴う運動になった。目を閉じると、ちかちかした光が銀の針でまぶたの暗幕に穴を開けようと攻撃する。リビングに行くと、〈カエル〉が残したメモが二枚、僕を待っていた。母からまた電話があったという知らせに追記して、それ以外にも何度か電話が鳴ったが、受話器を取る前や取ったとたんに切れたとあった。

濃いコーヒーをいれ、アスピリンを一錠飲んだ。カフェインとアセチルサリチル酸の組み合わせで、こめかみのきりきりとした痛みはやわらげることができたが、その代わりに胃が痛んだ。午後の空模様は僕の気分に調子を合わせていた。一体となった雲の群れが、閉所恐怖症を引き起こしそうなくらい低いところを流れている。空は姿を隠し、その青さを別の機会まで取っておくことにしているようだった。春の太陽は、灰を固めて作ったコインみたいで、雲のベール越しに青灰色の暗澹《あんたん》とした光を投げかけて、すべての物の色を褪《あ》せさせ、空中に濃い紗《しゃ》の幕を広げて、あらゆる物体に暈《かさ》をかぶせていた。

母に電話をする前にラジオをつけて、ニュースの時間を待った。そのあいだ、傷ついた胃袋のことを忘れようとしたものの、あのどろりとした夢の中で僕をなぶりものにしていたものたちのことを、いくらか思い出してしまっただけだった。

母に電話をしたが、その前に、ニュースが不意打ちしてこないことを確認した。地下鉄テロについてひとことも触れなかったのでだいじょうぶだった。母はひどく心配そうだった。ずっと僕に連絡をとろうとしていた、週末に誰かが僕あてにメリダに電話してきた、と言う。

「その人は、自分は誰だとか、何の用だとか言わなかったの？」僕は不審に思った。

「あなたの電話番号を教えたら、そちらにはもうかけたって言うのよ。いつも留守番電話が出て、あなたに話したいことは留守電には残せないんですって。私にも、あなたに話したいことは言えないと断られたわ。お名前をお聞きしても教えてもらえなかったし。ただ、もしあなたと話すことがあったら、『ARLEQUINESを、ありがとう』と伝えてほしいと言われたの。あなたには何のことかすぐにわかるっていうんだけど、わかる？」

恐怖で喉が締めつけられて、うなずくことしかできなかった。母は、電話の向こうで質問を繰り返し、僕の名を呼んだ。

「うん」とようやく、ささやき声が出た。「だいじょうぶだよ。誰からかわかったし、伝言の意味もわかった」

それから数分間、お互いの近況を伝えあってから会話を終えた。最後に僕はいつものように、何日かメリダで過ごしたいと思っているので、近いうちに顔を見せると約束した。

「たぶん、この聖週間《セマナサンタ》にでも」と言ったが、自信のなさにあふれた言い方だったので、電話の向こうからの応答は、短く、あてにしていない様子の「はい、はい」だけだった。

電話を切ったとたん、マリアがかなり興奮したようすでかけてきた。

「誰と話してたのよ」

答える時間はもらえなかった。

「今ね、あなたの友達の〈カエル〉と一緒なの。ついさっき聞き出せたんだけど、彼のパソコンのパスワードは、PENITENCIA《ペニテンシア》（悔悟）よ」

「そんなこと、どうやって聞き出せたんだ？」

「まったくの偶然から。すごくラッキーだったの。私たち、聖週間《セマナサンタ》の話をしていたの。街がどうしようもない状態になることとか、ナンパして去っていくハンサムな観光客のこととか、信徒会の話とかね。そこで私、言葉に詰まっちゃったの。PENITENTE《ペニテンテ》（悔悟者）〔聖週間に、神輿に従う行列に参加する人々〕を英語でなんて言うのかわからなくって。そしたら彼が、それは自分の好きな言葉で、パソコンのパスワードに使っているくらいだって言ったの」

「それで、PENITENTEって英語で？　それともスペイン語で？」

「PENITENCIA。そう言ってるでしょ。スペイン語のPENITENCIA。もう切らなくちゃ。トイレに行くって言ってきたの。今晩、食事する？」

「もし、君に、もっと魅力的な約束がないなら、僕としては喜んで」

「九時に〈ウニベルサル〉で」

当然ながら僕は、PENITENCIAというパスワードを打ち込んで、コンピュータの書庫に侵入した。画面に現れたドキュメントフォルダーの中に並んでいたのは、見覚えのあるタイトル(『私と私を包異する状況』)と、もうひとつ別のファイル。僕を大いに苦悩させるものかもしれないが、見つけたこと自体には驚かなかったそのファイルのタイトルは、『ARLEQUINES』だった。

まず初めに『私と私を包異する状況』を開いて、前に読んだのと同じものかを確認した。違った。この文書では、〈カエル〉は次々に逸話を並べて、小さなころから父親が自分に、ある観念を植えつけようとしたことを示そうとしていた。その観念とは、彼が悪魔に取り付かれた子どもだ、というもの。そうした考え自体、あまりにもグロテスクでありそうもないことに思えて、どんなに事実だと考えようと努めても、僕がその考えを捕まえた、あるいはその考えが僕を捕まえたと思った瞬間、するりと遠ざかってしまった。例えば、こんなことが書いてあった。

五歳か六歳のとき、ある夜、恐ろしい悪夢に眠りを乱された。僕が一人で家にいた昼下がりに、悪魔がやってきたのだ。悪魔は、自分についてくるならお菓子をあげると言った。これから行く場所では、好きなだけドーナッツを食べることができるという。僕と悪魔は、陰鬱なシーンの描かれた暗い絵がいくつも掛けられている廊下を通って、地獄に向かって下りていった。地獄は、生前に神の掟の命じるところに従わなかった人々の魂が焼かれる地下の穴蔵のような場所、などではまったくなく、むしろ、空っぽの劇場のようだった。僕たちが壇のひとつに上がると、暗がりに隠れていたドアが開き、ドアは薄暗い小部屋に続いていて、その部屋の壁は、少しずつ、僕が一人で中に入って後ろでドアが閉まった直後から、中心に向かって移動を始めた。同時に床がゆっくりと天井の方に上がっていき、天井は床にくちづけしようと下りてきた。そんなことになって押しつぶされてしまう前に、目が覚めた。このあと僕は、夜が明けるまで一睡もすることができなかった。恐ろしくて、朝になると母に夢のことを話した。母は父にしゃべったに違いない。父が僕のところに来て言ったのだ。「ゆうべのことは夢ではない。本当に起こったんだ。たった今証拠を見せてやろう。なにしろ悪魔は本当に、おまえを訪ねてやってきたんだ。おまえが反抗しないよう、よく教え込むためにな」。父は僕の腕をつかんで、僕の部屋に連れて行った。小さな寝室の窓には鉄の格子がはまっていたのだが、それが知らないうちに壊されていた。父は僕を怯えさせるという大好きな試みが大成功をおさめることを確信しつつ、また言った。「夢じゃなかったんだよ。ゆうべ、おまえは悪魔に手を引かれて地獄に行ったんだ。その悪魔は、この格子のところを通っておまえを捕まえに入ったんだ。今回は運がよかったが、今度悪魔がおまえを連れにきたら、二度と戻ってこられないぞ」。

この一件により、僕の中に絶対的な不安感と、妙な確信が生まれた。その確信とは、僕が夢でみるのはもうひとつの現実、つまり夢の中の一種の現実に他ならないのだということで、その現実の中では、僕は自分の意志で行動することができない。そこでは僕の行動は、あらかじめ計画され、定められ、書き記されていて、自分で変えることができないのだ。

こうした述懐に、僕の心は乱された。そのとき僕を圧倒していた感情を、たったひとつの言葉という不十分なコルセットで囲ってしまうのは無理な相談かもしれない。恐怖だったのだと思うが、過去に感じたことのあるいかなる恐怖とも違っていた。その感情は、これまでの例と同じく胃の入り口に居座っていた。その点は同じなのだが、それまでに僕を傷めつけてきたどんな恐怖よりもずっと鋭い牙でかみついてきた。もう疑いの余地はない。〈カエル〉は病気だ。その裏付けを得ようと、「ARLEQUINES」というタイトルの文書を開いた。中を読んで、まず僕は混乱した。やがて不安からいらだちを覚え、最後には気力を奪われてぐったりした。昼間はずっと、どうしていいかわからないまま過ごした。約束の時間を待たずにマリアに電話して話すべきか、それとも、直接警察に通報して、見つけたものを彼らの手に委ねてしまうべきか、決められないままに。

どちらも行動に移さなかった。気を取り直そうと、気分転換のためにまずテレビをつけ（サッカーをやっていた）、次に散歩に出かけ、最後にウオッカを二杯、おやつ代わりにひっかけた。空は相変わらず雲で澱《よど》んでいた。いまにも、終わりのない土砂降りが始まりそうだった。

# 13

「ロールプレイング・ゲーム？」マリアが驚いたように尋ねた。

「そう、ロールプレイング・ゲーム。よかったら、明日にでも記事にしていいよ」

「ばかなこと言わないで。気のふれた男のパソコンにあった文書が、証拠の用をなすと思う？事件のあとで書いたのかもしれないじゃない。実際の事件を基にして書かれた小説なんかみたいに、すでに起こったことへの個人的解釈とか、そんなものかもしれない。どうせあなたは、その文書の作成日を確認することも思いつかなかったんでしょうね」とマリアは怒鳴った。

沈黙が僕の返事だった。

「それに、そのロールプレイング・ゲームっていったい何なの？　どうするものなんだか、よくわからないわ」

「説明したじゃないか。プレーヤーのグループが、ゲームテーブルや、ゲーム盤や、あるいは実生活において、書かれているストーリーをなぞるんだ。一人ひとりがベースとなるシナリオの登場人物のどれかになって、その役を演じる。つまり、その人物の役どころに従って行動するわけだ。『ARLEQUINES』というタイトルの文書の中で、〈カエル〉は明言している。オウム真理教の活動を真似て、地下鉄を襲撃するゲームだと」

「じゃあ、そのベースとなるシナリオってどこにあるの？　私にくれた、あの『私と私を包異する状況』は関係ないんでしょ」

「もちろんさ。別の文書があるはずだけど、それはまだ、見つけてないんだ。〈カエル〉のアナーキストのじいさんが書いた文書だと思うんだけど。あるいは、それを書いたのは、〈カエル〉が自分の物語の中で勝手に祖父にしてしまったどこかのアナーキストかもしれない。その文書は『セビリアに必要なこと』というタイトルで、この街を救う唯一の方法として街を破壊せよと呼びかける内容なんだ。だけど実際、『ARLEQUINES』の中にははっきりと、毒ガスによるテロを実行する合図は、新聞のクロスワードに『ARLEQUINES』という言葉が載ることだと書いてある。それに、混乱させるために犯行声明は出さないともね」

僕はかなり気が高ぶっていて、その文書からわかったことの全貌をうまく伝えることができなかった。文書は二ページにも満たない量だった。説明によると、そこに書いてある内容にはゲームの次の段階《ステージ》があり、さらにその先は「最終結末」に至るらしい。「最終結末」の詳細は別の文書に記述されているということだったが、その文書のタイトルは記されていなかった。マリアは〈カエル〉のパソコンに侵入して得た収穫が少ないと怒っていて、僕を質問責めにした。彼女は、自説を補強するために、東京の地下鉄でテロを起こした日本の狂信的集団と〈カエル〉との関係を示すものを見つけたかったのだ。ところが〈カエル〉のパソコンには、テロの動機が宗教問題だと推定できるようなことは一行も書かれていなかった。単に、日本のセクトが事件でみせた有能ぶりがこのゲームのプレーヤーたちの目的に適当だとみなされたから真似たというのだ。

「〈カエル〉の妄想にすぎないってこともありえるのよ。証拠はないんだから。これでもまだ、あなたの話を信じていられると思うの。こんな何でもないことを記事にしろだなんて、どうして言えるの。あなたが臆病者で、脅迫電話に命じられた言葉をクロスワードに載せたからってそれだけで、そんなことが言えるわけ？　あなたの説で、〈カエル〉だか誰だかをテロにかりたてたものは何なのよ？　ただのロールプレイング・ゲームだなんて、そんなのは、十分納得できる動機とは思えないわ。結局のところ、全部間違っていたのかもね。全部〈カエル〉の作りごとで、いろんなことが起こったあとでそれを使って話を創作したのかもしれないもの。いったい私に何を言ってほしいわけ？　正直言うとね、私って勘がいいほうなの。誰かの正体を見抜いたと思ったら、まずはずれてないわ。それで〈カエル〉だけど、確かに、私はあなたほど彼のことを知っているわけじゃない。もちろんだわ。それに、彼のお父さんと話をするまで断言することはできないのかもしれない。でも、いい人だと思う。そして寂しい人。会っただけですぐわかることよ。そうよ、ものすごく孤独なのに、その孤独に満足している人。私、思うんだけど、もしも神様が聖書の創世記の配役を決めなきゃならないときに、カイン役として〈カエル〉しか見あたらなかったとしたら、聖書に出てくる主要な神話がひとつ欠けていたでしょうね。だって、あの人には誰も殺せないわ。ましてや弟はね。最悪なのは、今日の午後、新聞社から〈カエル〉のお父さんに電話したら、《枝の主日》の夜十一時に着くって。で、約束の日を確認したの。あなたも知っているとおり、聖週間《セマナサンタ》の月曜日よ。そしたら、医者も呼んだほうがいいんじゃないかって言いだした。あの、何年か前に〈カエル〉を診ていたという精神科医のことよ。あいつ、プチ・パーティでも開く気ね。途中に広告をさしはさむスポンサーも見つけろって言われるかと思ったわ。それから、こうも言ってた。新聞には逮捕者があったなんて書いてない。どうして息子の名前が出ていないのかって。困ったことになったわ。どうしたらいいか見当もつかない。だって、今のところ私も、レッスン中に〈カエル〉から大したことを聞き出せてるわけじゃないし。もし彼が本当に地下鉄テロと関係があるとしたら、本物のプロさながらに、証拠をまったく残さないようにうまく計画したって認めなきゃいけないわね。私がもしこれを記事にしたら、単なる噂として書いたとしても、名誉毀損《きそん》で訴えるチャンスを進呈するようなものだわ。それも、デスクがそんな記事を載せるのを許してくれたらの話だけれど。今日、副社長と事件のことを話題にしたの。副社長は、朝、警察から話を聞いたところで、警察では捜査の糸口がまったくつかめずにずいぶん困っているみたいだったって。どこから手をつけていいかもわからないようよ。私が思うに、警察にとって今一番お呼びじゃないのは、鳴物入りで追いかけていったらコンピュータおたくが一人発見できましたっていう手がかりだわね」

僕は気落ちしていたが、強い調子で断言した。

「君がこの事件のことで関心があるのは、スクープをつかんで派手な見出しで売り出すことだけみたいだな。そうすれば、社の人に一目置かれて、資料整理みたいなつまらない仕事を押しつけられないようになるものね。賭けてもいいけど、もし僕が今夜、例のオウム真理教の日本人たちと〈カエル〉との関係を示す決定的な証拠、例えば、〈カエル〉が主宰する、カルト集団のスペイン支部の設立証書か何かを持ってきていたら、君はご褒美《ほうび》に、その素晴らしい胸の片方をプレゼントしてくれていただろうね」

雲がぶつかりあってちぎれはじめた。目にみえない敵機が町の爆撃を開始したかのように砲声が轟き、遮光ガラスみたいな空の上で砲弾が炸裂して、そのガラスを粉々にした。時おり閃光が夜空を照らす。まるで、高いところから誰かが、超巨大なフラッシュを焚きながら僕らの写真を撮っているようだ。アスファルトを叩く雨音のパーカッションが懐メロのBGMを奏でていた。

マリアがくぐもった声で言った。

「私、嵐が恐いの。うちに来て一緒に寝ない？」

こう答えた。

「僕は、君と寝るのが恐い」

「なら、簡単よ。眠らなければいいわ」

けれども僕たちは眠った。少しだけ、けれども確かに眠った。マリアの家に着くと、二人で覚醒剤《ドラッグ》をやった。いや、やったのは僕一人だったのかもしれない。マリアが僕をラリらせる以外のことを望んでいたと、僕には確信できないからだ。彼女が僕に跨《また》がっていたのは覚えている。マリアの両手は妙なポーズをとっていて、まるで、見えない蔦《つた》に絡めとられているみたいだった。

どれくらいのあいだそうしていたかはわからない。そんなに長い時間ではなかったと思う。ドラッグにアルコールが混ざるとたちが悪い。ひどい幻覚に襲われる。目覚めると、ひどく気がたっていて、汗まみれになっていた。それに、奇妙な確信を抱いていた。僕はもう二度と眠ることはない。僕に眠りが訪れることはもう決してない、というものだ。僕はマリアの家を飛び出した。そのとき彼女がどこにいたかは覚えていない。ベッドの横にいたのか、トイレにいたのか、あるいは外出して、新たな性器《ペニス》相手にランプの魔人を呼び出そうとしていたのか。僕は、夜明け前の滑りやすい街路を走って逃げた。わけのわからない亡霊たちに追われていた。逃げられるわけがなかった。なにしろそいつらは、僕の胃壁にしっかりとへばりつき、そこから脳裏に陰惨な映像を送りつづけていたのだ。空っぽの街路を走りまわった。町のどこを見渡しても知らない場所に思えた。見覚えのある建物を見つけて位置の見当をつけようとしたが、自分がどこにいるのかさっぱりわからないままだった。照明の乏しい通りを横切ろうとしたとき、突き当たりにぼんやりと見える建物が何かを思い起こさせた。ただし、セビリアとは無関係のものだ。その建物は、一種の安ホテルだった。正面はコロニアル様式で、かなり傷んだバルコニーがついている。僕はつぶやいた。セントルイスだ、と。セントルイスに行ったことはもちろん一度もなく、僕が見たことがあるのはせいぜい映画のシーンに出てくる景観だけだった。あるとき〈カエル〉にセントルイスが舞台になっている映画のリストを作ってくれと頼んだ。〈カエル〉は十かそこらの映画を書き出してくれたが、僕が見たのは、『丘の上の王』という名画一本だけだった。その映画は大恐慌時代のセントルイスが舞台で、主人公の青年は家族とある安ホテルに住んでいるが一家に収入はなく、ホテル代が払えなくて追い出されそうになっている、という話だ。あのとき通りの先に見えた建物の正面は、そのホテルのものだった。僕はセントルイスにいたのだ。タスリムに会うため、とうとうここまでやってきたのだ。見知らぬ街の静まりかえった道々で僕は、彼女の名前を大声で呼んだ。走るのはやめ、ゆっくりと歩きながら、一軒一軒の戸口に立ち、タスリムの名を叫んで、誰かが窓かバルコニーから顔を出してくれるのを待った。何時間くらいそうやって彼女を捜していただろう。暗い街路をいくつも通った。そこではひとりぼっちの街灯が、自分の足下のちっぽけな領土だけを照らしていて、僕はその領土を目指して歩いた。光の離れ小島から光の離れ小島へと、次々に街路をあとにして進み、どの路地でもタスリムの名を大声で呼んだ。ある場所ではそこの住人が僕の先祖を罵りながら黙れと命じ、別の通りでは圧倒的な沈黙が僕の叫びに応えた。

けれども、胸に植えつけられていた悲痛な思いと戦うのに、タスリムの名を呼びつづける以外に僕には方法がなかった。彼女の顔はほとんど覚えていなかった。記憶に残っていたのは、ぼんやりとしたうろ覚えの造作《ぞうさ》と、鼻にぶら下がっていた銀色のピアス、くったくのない微笑み、いくつかのスペイン語のミス(「タバコを吸った」の代わりに「吸いた」)くらいだ。それなのにあれほどまでに彼女に惹かれた本当の理由は実のところ、不能感、つまり、彼女を自分のものにする前に失ったという意識だったのだと思う。なんだかちょっと、吟遊詩人のジョフレ・ルデルになった気分だった。彼は、リビアからの旅人が絶えず噂の的にしていた姫に会うため、トリポリ行きの船に乗った。もっとも僕は、この吟遊詩人と違って、我が姫君の美しさをすでにこの目で確認ずみだったから、美辞麗句に酔って想像の中の美しさを膨らませるという旅の手形は必要なかったが。

人気のない無愛想な街路を漂流しながら、もしかしたら運命が偶然に彼女の家のバルコニーに導いてくれたかもしれない、このバルコニーからついに彼女が僕の苦悩に応えてくれるかもしれないと、時に愛する人の名を呼んで、どれくらいの時間だか歩きつづけた。僕を動かしていたのは、ドラッグがアルコールと混じったときに生じるあの、頭の冴えた無分別だった。ぼろぼろの段ボールの上で汚い毛布にくるまって少しでも睡眠をとろうとしている物乞いを見つけるたびに、起こしてはタスリムのことを尋ねた。僕は恋をしているんです、と僕は言った。あなたたちの国の言葉はうまく話せませんが、タスリムという名前の、セントルイスの女性を探しているんです。僕は恋をしているんです。力になってくれなくちゃ。すると物乞いは唾を吐いて、「行っちまえ、このクソ野郎が」で終わる罵り言葉をつぶやいた。

恋に身を焦がし、独りぼっちで、ドラッグが創り出した街を歩きまわりながら、僕は破れた夢を紡ぎなおす糸口を探した。その方法を尋ねるための電話番号も持ち合わせていなかったのに。どうして彼女は電話をかけてこないのだろう。僕の電話番号を知っているのに。どうしてハガキの一枚もくれないのだろう。僕の住所を知っているのに。もしかしたら、ハガキはくれたのかもしれない。けれども〈カエル〉が見つけて、僕がどんなにタスリムからの便りを待ちわびているかを承知で、隠してしまった。そういうことかもしれないじゃないか。

　うす暗い並木通りの一本が明るい大通りに続いていて、時おりそこを車がかすめた。その向こうに橋が見えた。何という川がセントルイスを流れているんだろう？　僕はそちらに向かって歩いていった。橋のあたりから聞こえてくる、足をひきずるような音と号令のような声に、興味をひかれた。のろのろと動く動物の輪郭が、少しずつ見えてきた。上部が木の十字架になっている。その大きさは信じられないほどだった。前に立つ男が後ろ向きになって、その動物の重々しい歩みを先導していた。十字架の足元には石が積み上げられ、その下は木製の台で、さらにその下に男たちの集団がいて、親方の号令のもと、力を合わせて橋を渡っていた。担ぎ手の一団にプラスして、何人かの交代要員が神輿について歩いていた。男たちは、聖週間《セマナサンタ》の予行演習をしていたのだ。無数の脚をもつ怪物を見たときに、僕の中でセントルイスの街を歩いているという感覚が消えて、セビリアが戻ってきたのだと思うが、定かではない。ひとつだけ覚えているのは、こうつぶやいたことだ。この人たちの担いでいる神輿には、キリスト像が乗っていないじゃないか。僕のからだを貸そう。彼らの方へ走りだし、全速力で、しかしひっそりと橋を渡り、追いつくと、ひょいと神輿に跳び乗って、石を踏台に木の十字架に身を添わせた。神輿の進行を誘導していた親方や交代要員は驚いて、どこから降って湧いた乱心者が〝苦しみのキリスト〟の代役をしようとしているのか、と問いあった。そのときまで石とそこらの十字架とをキリスト像の代わりに乗せて運んでいた担ぎ手たち全員が、神輿の下から出てきた。

「おい、降りろ。このど阿呆。さもなきゃ引きずり降ろすぞ」。一人がわめいた。

僕は返事をしなかった。同じ姿勢を保って、両手は十字架にそろえて置き、空の一点を凝視したまま、心の中で彼《か》のせりふを繰り返した。「我が神、我が神、なぜ私をお見捨てになったのですか」。数人の担ぎ手が僕のいるところに向かってよじ登り、僕が演じていた方に対しての遠慮のかけらもなしに僕をそこから追放した。下では他の連中が待ち構えていて、不信心な言葉と嘲《あざけ》りの声を浴びせながら僕をこづきまわした。

「いったい自分を何様だと思ってるんだ？」と聞かれるあいだも攻撃は続いていたが、最後に一人が――それが親方自身だったのかどうかはわからない――僕の襟首をつかんで欄干《らんかん》のところまで連れて行き、耳元でささやいた。

「おまえの頭を治す方法を知ってるか、このガキ」

僕は答えなかった。まだ木像になりきっていたから。

「ひと泳ぎさせるんだよ」。言うが早いか突き落とした。川の水面まで落ちるのに、何時間もかかった気がした。僕は、恐怖ではなく歓喜を感じていた。不思議な感覚だった。まだパラシュートを開かずに空を漂っているスカイダイバーが、眼下に巨大な絨毯以外の何も見えず、どんな物体の輪郭もとらえられないときに感じているのと、きっと同じ感覚だったと思う。

背中から落ちた。背骨が折れていてもおかしくなかった。僕が覚えているのは、そのとき僕の心をいっぱいにしていた幸福感だけだ。川に沈んだまま、上を向いて、揺れ動く星の海を眺めていた。その手前、ずっと近いところに、欄干からのぞきこんでいる男たちの集団がいて、僕を見ながら大笑いしたり、いくぶんは心配したりしていたが、僕はただ幸せだった。どのくらいのあいだかはわからないが、僕はそこで、無限の彼方をのんびり見つめることに心安らぎながら、考えていた。あれは偶然じゃない。母親の胎内で人間のからだができるのに九ヵ月かかり、大地の胎内でからだが分解されるのにも九ヵ月かかるという。これは絶対に、偶然であるはずがない。人間の存在は、どちらから読んでも同じ並びになる数列に帰着するのだ。遙か遠い時の初源から胎内に宿る瞬間までの無意識の期間が何百年。胎内に宿ってから誕生までが九ヵ月。それから人生を構成する年月があって、それが終わると、地中で朽ち果てるまでにまた九ヵ月。それからまた何百年もの無意識の期間が、遙か遠い、時が終わりを迎える時点まで続く。死は我々が生を得ると同時に中断する、と僕は考えた。人は生まれるまで、死に属している。その幸せな闇は、取るに足らないわずかな期間中断するが、その後《のち》、幸せな闇の再開となる。この完璧な対称《シンメトリー》が単なる偶然だなんてありえない。数百年・九ヵ月・X年・九ヵ月・数百年。誰がこの対称を考案したのだろう。胎内にいる期間と土に還るまでの期間が同じなのが、偶然でありえるものか。世界とは、死が彩る冗談。五・七・五の悪魔の俳句。悪魔は対称が好きなんだ。僕はそんなふうに考えていた。幼年期——この時期に死は存在しない——から受け継いだ、淡くて確かな不死感が僕を満たしていた。今までに、あの時の放棄の状態ほど気分が良かったことはない。僕はその場にじっとして、黒い海のような空の底で星が輝くのを眺めていた。現実世界の音が夢から引き出そうとしているのに抗して夢にしがみついていたのだが、とうとうオールが水を打ちながら近づいてくるバシャバシャという響きを耳がとらえた。すると、まわりが暗転して、それから先、唯一僕にわかったのは、音がしていたことだけ。それは、蛇口から水があふれる低い音だった。〈カエル〉が子どものころの夢の中で閉め忘れた蛇口。彼が夢をみるたび戻ろうとしている――しかし、戻れない――家の中で、本当に、水があふれつづけていた。〈カエル〉の夢の中の家を水浸しにし、それだけでなく、僕の家まで水浸しにしていた。目を開けると、僕は川に投げ込まれた橋に近い広場にいた。数人の物乞いが、おはようと言いながら食べ物をくれた。ずいぶん前に夜は明けていた。差し出された炙り肉を手にとって、何の肉かと尋ねた。

「鳩だ」。一番年長の物乞いが答えた。「他に何があるって言うんだね。いつものやつさ。鳩だよ」

# 14

私立探偵HERIBERTO《エリベルト》 BATURONE《バトゥローネ》。イニシャルが気に入った。Henri Beyle《アンリベール》〔スタンダール〕を思い出す。Humphrey《ハンフリー》 Bogart《ボガート》もそうだ。電話番号を書きとると、僕は自分に言い聞かせた。先のばしにする理由がどこにある。さっさと訪ねていって集めた証拠書類の一式を渡し、僕が抱いている疑惑を説明して〈カエル〉の調査を依頼するんだ。費用はいくらかかるだろう？ 大した額じゃないさ。それで何が得られる？ たぶん、若干の安心感。電話をすると探偵本人が出た。秘書を雇っていないのが気に入った。そういうところなら、僕が数日分の調査費用も払えないほど高額ではないだろうと思ったのだ。翌日の午前中に会う約束をした。明日の……、明日は何曜日だ？ 曜日がわからなくなっていた。台所のカレンダーで確認した。木曜日だ。木曜日の午前十時に訪問。探偵は僕に住所を告げると、依頼内容を尋ねた。電話で話すと長くなるのだと言い訳してその話は避け、この件を引き受ける気になるだけの資料を持参すると約束してから、費用はどのくらいになりそうか聞いた。

「ケース・バイ・ケースですが、いずれにしても、料金の問題で契約しかねるということにはならないことは請け合いますよ」

最低限の広さしかないオフィスの中では、汗まみれの服の放つ臭気が、葉巻の匂いや煎《い》れ立てのコーヒーの香り以上に鼻につくことになった。僕は、自分が落ち込んでいるのか、うんざりしているのか、それともただ単に疲れているのか（十二時間以上ぶっつづけに眠って、その間、かすかな物音も侵入できないほど深い熟睡状態にあったのだが）、よくわからないでいた。

こぢんまりとしたオフィスだった。天井は高く、その一角は裸電球に占領され、別の部分は悲鳴をあげながら回転する古い換気扇《ファン》に占拠されていた。壁の一枚は、曇りガラスの大きなふたつの窓に穿《うが》たれていた。外に足場があるせいで、このオフィスで最良のもの、すなわち景色は遮られていた。美しいサン・ロレンソ教会と、ポプラの老木のつつましい並木、その木陰では子どもたちがいたずらに興じているという風景だ。他の壁では、探偵資格証や賞状などの額が窓の代わりをしていた。そのなかの、空色の紙に印刷された賞状に目が留まった。エリベルト・バトゥローネに対して、ヘレス市主催の短編小説コンクールの佳作を授与するものだった。ローカルな賞だが、賞状が飾られている位置からして、この探偵は大いに誇りとしているに違いない。作品のタイトルは『ユダの死』だと書かれていた。その朝、僕らが話題にしたのはまずそのことで、僕は、〈カエル〉が地下鉄テロの犯人である証拠——少なくとも彼と事件を関連づける証拠——を詰め込んだファイルを渡す前に、その話を始めていた。

「あなたのようなご職業だときっと、小説を書くためのネタがいろいろと得られるんでしょうね。ご趣味のひとつのようですから」

「おお、気づいていただけたとは、まったく嬉しい。実は、執筆は続けているんですよ。白状しますとね、この仕事をやっている唯一の理由は、小説を書くのにいい題材が得られることなんです」

「それで、『ユダの死』とは？」

「ええ」と、探偵は説明を始めた。事務用椅子にゆったりと座って、佳作をとった小説について詳しく語る機会を得た喜びもあらわに。「この作品の場合、構想をもたらしたのはクライアントじゃありません、私自身です」

「ひらめいたということですか？　優れた作品はみんな、そうやって生まれるそうですね。ボルヘスもある夜、『エル・アレフ』を思いついたそうじゃないですか。自宅の玄関で、もう何十年も目にすることなく忘れ去っていたおもちゃを見つけて、そのとたん、世界中のあらゆる場所が集まった場所という発想がひらめいたとか」

「それは本人の弁で、実際は、アロンソ・デ・エルシージャの『アラウカナ』のある章のアイデアを盗んだものです。私の場合は、本当にひらめいたのです。しかし、ボルヘスを引き合いに出していただいたのは実に嬉しい。大好きな作家の一人なのですよ」

「僕もです。それで、そのひらめきとは？」

「さて」と、探偵は、話に入る準備として、僕が辞退した葉巻に火をつけた。「私は思いついたのです。ユダはもしかしたら、自殺したのではないかもしれない。自殺ではなく、実は、殺されたのだと。こう考えると、いろいろな展開が可能になります。私はユダの自殺の理由について諸説を読みましたが、どれもぴんときませんでした。ご存じのように、イエスの命令に従ったために自殺した――イエスは、その目的を達成するために密告される必要があったのです――とか、弟子のなかの誰よりもイエスを愛していたからとか、ユダの闘いは政治的なもので、キリストの闘いのような宗教的なものではなかったためだとか、そういった説です。私の考えは、違います。ユダは自殺したのではない。殺されたのです」

「では、誰が殺したのですか？　僕が思うに、弟子の一人でしょうか」

「まさしく、弟子の一人です。そこが話の要点です。この発想から私は、弟子たちのあいだの内部抗争を描いていくことができたのです。ユダの死を通して、彼らの人間関係や権力争いを考察していったわけです。物語は、ユダが木からぶら下がっているシーンで始まります。それを羊飼いたちが発見します。しかし、ユダの両手は縛られていたのです。すぐに役人に通報されました。ユダヤはローマの統治下にありましたから、犯罪を捜査する役人もローマ人です」

「ローマ人を登場させたのにはどんな意図が？」話の展開に大いに興味をそそられていることを隠しもせずに、質問した。

「なあに、単に、外国人という要素を入れることで、そこで起こる出来事を客観的に見られるようにしたんですよ。冷静にね。ローマ人は、宗教的なごたごたなど取るに足らないことだと捉えていたでしょうから、イエスのことも、ただの気のふれた男だと考えない理由はないわけですよ。ユダヤの王だと公言し、責め苦マニアが高じて自ら進んで十字架に架かった男。じっくり吟味してみる気など起こらない相手なわけで。ローマ人なら、イエスの弟子たちの誰が犯人であろうと、仲間殺しのかどで逮捕し裁くことがなんの躊躇《ちゅうちょ》もなくできるのです。しかし、この考えは誤っていました。物語自身が、構想の段階で私が気づかなかった方向へと、話を引っぱっていきはじめたのです」

「そうですってね。ある瞬間から、物語そのものが生を得て、作者が描いてきた登場人物らが創造主にはむかうようになるとか」

「まあ、それほど大げさなことかどうかはわかりませんが、私に起こったことは、このローマ人が、キリスト教の素晴らしさを描写する役を演じだしたということなのです」

「なんですって?」僕は驚いた。最初の発想のきらめきが、この先色褪せていくのだと、この創作秘話で予測がついてしまった。アンダルシア地方といえば、聖母マリアが誕生したのはどのあたりかといったことを町の知識人たちがいまだにカジノの中で議論しているような場所だ。その一都市で佳作をとった小説が、カトリックの倫理観を逸脱しているはずがないわけだ。

「ローマ人は、真犯人を見出すのですが、同時にまた、神の子を名乗っていた人物がまさしくそのとおりの存在であったことも見出すのです。その善の教えが、他に類を見ない誠実さをはらんだものだということも。そして、確信するのです。ユダの死は、神の子の目的を完遂するために必要なものだったのだと。なぜならそれまでには、事実においても作り話のなかでも、キリストの教えのひとつを示す実例が存在していなかったところに、後悔して自分の罪を我が手で裁いたという人物像がわきあがったわけですから」

「それで、犯人は誰です？」

「当然、弟子の中で最も気性の激しい者です」

「僕は福音書を熱心に研究してきたわけではないので」

「ペドロ」

「そりゃあいい。初代のローマ法王が、悔い改めし者の暗殺者。そのあたりが話の真髄なんでしょうね」

「さてさて。この次においでになるまでに、私の小説のコピーを一部ご用意しましょう。だが、寄り道はこれくらいにして、ご依頼の件に移りませんか。どういったお話でおいでですかな？」

エリベルト・バトゥローネは、身長が百八十センチ以上あった。頭には年齢による白いものが混じりはじめていて、ざんばら髪は彼の年代にしては長かった。小さな丸めがねをかけた風貌は大学教授を思わせたが、スマートな服装がその印象を否定していた。濃い緑の瞳が、浅黒い顔の中で特に魅力を放っていた。灰色がかった二日分の長さのひげが点々と生えていたが、精巧に手入れを施した不精スタイルのようだ。シャツの一番上のボタンを外してプリント地のネクタイを緩めに締めているのもそのひとつだろう。いい笑顔の持ち主で、時にこれといった理由もなく笑い声をあげたが、奇異に思えるどころか、何を笑っているのかよくわからないままこちらも一緒に笑いだしてしまう類のものだった。笑われるというのは、話を冗談にとられていると感じて調査を依頼する意志がくじかれる、ということになりかねないものだが、彼の笑い方だと、僕の話の悲劇性がやわらげられながらも信憑性は損なわれなかった。バトゥローネが特に大笑いしたのは、〈カエル〉の日本語学習法の話、腹を切り裂かれたネコの死体が家に放置された夜のこと、僕がクロスワードに使った「ARLEQUINES」のカギ、マリアが〈カエル〉の動向を探るために生徒になることにした件についてだった。しかし、〈カエル〉の父親が《枝の主日》にセビリアに到着すること、息子が刑務所に入れられたと聞いて心配してやってくるのだということを話すと、彼の顔から笑みが消えた。

僕は話の進展に合わせて書類を見せていった。僕の疑惑が病的な妄想の産物ではない証として持参したものだ。探偵は、僕が〈カエル〉のパソコンに侵入して手に入れた文書にさっと目を通し、東京の消印のある〈カエル〉宛てのハガキに強い関心を示し、差出人の住所を控えると、僕をまじまじと見て言った。

「我々は、まさに強大な相手を前にしているようですね」

僕は何と言っていいかわからなかった。一瞬、吐き気をもよおし、目の前が暗くなったが、こらえることができた。すぐさま立ち上がった。部屋を出なければならない。エリベルト・バトゥローネは続けた。

「〈カエル〉を調査いたしましょう。いくつか必要なものがあります。あなたの住所、アパートの合鍵、彼がレッスンを行なっている店の名前。それくらいです。もうひとつ、重要な点は報酬ですが、半分を前金でお願いします。私は、日当でなく、仕事のまとまりで料金を頂いています。小切手で結構ですよ」

小切手にサインし、いつ連絡がもらえるか尋ねた。

「まず、これらの書類をじっくり検討する必要があります。込み入った話のようですからね。ロールプレイング・ゲームの犯罪なのかもしれないが、お友達の冗談にすぎないのかもしれない。この書類はどれも、作りものかもしれませんからね。性能のいいコンピュータなら何だって偽造できますから。どんな印刷所でも、東京の消印くらい印字できますしね。私にお任せください。この件には大いに興味をひかれています。何らかのご報告を、当然ながら〈カエル〉の父親が到着するまでに、いたしましょう。明日は《悲しみの金曜日》ですよね。では、土曜日か、遅くとも《枝の主日》の日曜日には電話をしますので、朝食をご一緒しましょう。そのときにはユダの小説も持参しますよ」

ゆっくりとした足取りで家に向かった。心の中にはまったく違うふたつの感情が同居していた。ひとつは、昼食時に帰って〈カエル〉と鉢合わせするのはまずいのではというためらい。もうひとつは、僕の生活をひっかきまわしていた事件を、才能不足で役を降ろされた俳優のようなあの探偵に託したことによる安堵感。家に帰ってクロスワードが作りたかった。翌日提出すれば、「ARLEQUINES」のクロスワードが掲載されてちょうど一週間で仕事に復帰することになる。

留守番電話の点滅が、一件だけメッセージがあることを告げていた。けれども、非常に長いメッセージで、テープがなくなりかけていた。マリアからだった。山ほどの知らせが録音されていたが、ほとんどが最悪のものだった。マリアは「ARLEQUINES」についてある程度、新聞社の人に話したという。この「ある程度」というのは嫌な響きだった。「ある程度」とはどういう意味だ。正確には何をしゃべったのか。確かなことは、僕はその日の午後、セビリア新聞に呼び出されているということだった。それに、〈カエル〉を診ていた精神科医がマリアに電話してきたという。〈カエル〉の父親から彼の置かれている状況を知らされたらしい。マリアは口からでまかせで、〈カエル〉は不起訴で釈放されたが、その後《ご》、行方がつかめなくなったと説明し、そのあとでマンチェスターに電話して〈カエル〉の父親にも同じことを伝えた。ところが父親は、セビリア行きの予定を変えず、われわれと（つまり、僕とマリアと）《聖月曜日》の午後に会う気でいるという。僕はマリアに電話して言ってやった。こんなやり口はめちゃくちゃなうえに汚い。しかも彼女はすでに〈カエル〉が地下鉄テロに関与しているという疑いを捨てているのに、ただでさえ複雑な事態をさらに複雑にしようとするのはおかしいじゃないか。僕とマリアは、副社長（僕にとって初対面の人物だ）のオフィスに出向くことになっている時間の三十分前に会うことにした。もっとも、僕は副社長室に入るに値しなかったようで、結局、喫茶店で会うことになったのだが。

「いったいどうなると思う？」心配していることを隠さずに、マリアに聞いた。

「さあね。笑いものになるだけかもしれないし、二人ともクビかもね。あなたは脅迫の裏の意図を調べもせずに『ARLEQUINES』を作品に紛れ込ませた科《とが》で、私は何日か黙っていたせいで」

「わざわざ告げ口してくれて心から感謝します、とでも言わせたいような口振りだね」

「いいえ、どういたしまして。もう、切るわよ。英語のレッスンに遅刻するから」

当然ながら、午後に仕上げようと思っていたクロスワードは、一行も進まなかった。新聞社をクビにならずにすむもっともらしい言い訳を考えてみたが、浮かんできたのは前代未聞の最悪の弁解ばかりで、その中の一番良識ある言い訳をしてみたところで、素朴にして情けない真実――臆病風に吹かれてやってしまったのだということ――は隠せそうになかった。僕は、言うとおりにしないで母や妹たちに何かされるのが怖かった。あえて危険を冒すことはできなかったし、実際、冒さなかった。

ルソーは『告白』の中で、ある日森の中で木に向かって石を投げながら迷信に陥ってしまったことを記している。僕も同じ誘惑に屈した。ルソーは、もしこの石があの木の幹に当たったら今後の自分の人生はすべてうまくいくのだ、と決めて石を投げたが、当たらなかった。今のは練習で次に投げるのが本番だということにした。この石があの木に当たればすべてがうまくいき、天が自分を庇護してくれる。しかし、またしても的を外した。つづく三回目の挑戦も失敗した。ルソーは、それも本番ではなく最後のウォーミングアップの投石だったことにして、当たりやすくなるよう少し木に近づいて投げたが、かすりもしなかった。もういい、わかった。もう練習はたくさんだ。これが正真正銘、最後の最後だ、とまたも言いながら三歩前進して木から数メートルのところまで近づいて投げたところ、見事に命中した。ルソーは叫んだ。やったぞ、これで天が庇護してくれる。これからの人生は良くなっていく。これと同じように、僕も迷信の慰めに身を委ねた。この迷信というものは、幼いころに嫌というほど味わわされたものだ。なにしろ我が家では、すべての出来事に神の明確なお告げが隠されていることになっていた。母は、〝スピノザ眼鏡〟というものをかけていて、これを作ったのは当の哲学者だとかで、おかげですべての事物に神の存在を見ることができるというのだ。大した教育を受けたものだ。僕たちは常にそうした劣悪なひどい状態に置かれていたわけだが、実のところあれこそがカトリシズムだったのだ。あの日の午後、ただの迷信にすぎないものにすがるという習慣が戻ってきた僕は、書棚を見てつぶやいた。さあ、あそこに何冊の本があるか当ててみろ。もし的中したら新聞社をクビにならないだろう。失敗する度にさらなるチャンスを自分に与えた。三回も的中させたのに、僕はクビになった。副社長と面会する以前に、マリアに撃沈された。

「あなたに下される処分は、されて当然のものだと思うわ、シモン。ごめんね、歯に衣を着せないで。でも、あなたがやったことは社に対する侮辱になるのよ」と、喫茶店で副社長が下りてくるのを待つあいだに、彼女は言った。

「君がそんなことを言うなんて、信じられないよ」

「だってね、実際、匿名電話の要求に屈するなんて、由々しきことなのよ」

「だけど、もし僕が黙っていたら、誰も知らなかったことじゃないか」

「でもあなたはしゃべった。仮定の話はやめましょう。それがあなたのお気に入りのゲームだってことは知っているけれど、今はその時じゃないのよ」

「クビにまでされるとは思えないな。それに、すべてを否定して、君を困った立場に追いやってもいいいんだよ」

「バカ言わないでよ、シモン。どうして私が好き好んであなたを密告しなきゃいけないの。ほんとに悪気はなかったのよ。あなたから聞いたことを話しただけ。電話の声のこと、『ARLEQUINES』のこと、地下鉄テロのこと。彼らは笑いだしたわ。そして、あなたのことを間抜けな妄想狂と決めつけたのよ。〈カエル〉については何もしゃべってないわ。あなたが自分のクロスワードとサリンガスの一件に関係があると考えていることだけ話したの。それが一番いいと思ったし、彼らも興味を示すかもと思ったから。だって、私もすべて納得できているわけじゃないでしょ。こういう場合、一人でも多くの人の意見を聞いたほうがいいじゃない。でも、どうやらこの件に関して、彼らは議論する気もないみたい。あなたは誰だかわからない相手の要求に応じたわけでしょ。これは危険な前例をつくることになるのよ。脅迫に応じたせいでクビになった人は、これまでにもいるみたいよ。チェス欄の担当者だったか、絵文字クイズの係だったか知らないけど、どっちだっていいことね。ところで、私、ロールプレイング・ゲームについて調べたんだけど、すっごく面白いじゃない。そう思わない？」

これには参った。どうやらマリアは別の世界にいるようだ。僕が返事もしなかったのに重ねて聞いてこなかったので、こちらの答えに興味などないとわかった。マリアはロールプレイング・ゲームについての独演を続けながら、頻繁に時計に目をやった。副社長がなかなか現れないのが気がかりらしい。その様子はまるで、編集室の連中と賭けをしていて、さっさと僕にクビが宣告されれば勝ちが決まって賭け金を徴収して回れるのに、とやきもきしているみたいだった。

「ねぇ、知ってる？　少し前、せいぜいこの二年のことだと思うけど、十四歳の少年たちが、早朝に帰宅していた労働者をナイフで三十回も刺すという事件があったの。彼らがやっていたロールプレイング・ゲームに、口髭の男を殺せという要求があったから。それだけの理由でよ。狂ってるわよね。子どもがゲームを始めて、本のなかの軽薄なファンタジーを現実に持ち込むようになる。その本の指示を指針にしてね。ゲームはサイコロの目に従ってゲーム盤の上で進められるけれど、ボードの世界を飛び出して実生活に場を移し、髭の男の件のような悲劇をもたらすこともあるんだわ。この手のストーリーにはたいてい、恐ろしい力をもった戦士が出てきて、背後に魔王《サタン》がいるの。ほとんどのゲームは世界の覇権を巡る争い以上のものじゃない。つまり、退屈な人種向けの遊びよね。たいそうなファンタジーが盛り込まれてはいるけれど、そういう超常的なものに頼らなきゃならないこと自体が、ファンタジックな感覚が足りないという証拠だわ。そう思わない？」

「僕が思うに、ファンタジーそのものは問題じゃない。危険なのは、そうした過度のファンタジーが自壊して、現実の世界と結び付くようになる場合。ゲームの秘密を承知している者とそうでない者が相対《あいたい》する事態になる場合だ。後者、つまり僕たちは、知らないうちにただのチェスの駒となり、ゲームの要求する犠牲者として参加させられている。戦争で起こることにちょっと似ているよね。そう思わない？」

「どういう意味？」

「うん、ふたつの陣営がひとつの領土を取り合うとする。軍の立てる攻撃計画では、一般市民が標的になるよね。戦争の犠牲になるのは一般市民なんだ。そして最終的に、負けた側の軍人は、エキストラの役を果たしただけの市民よりもはるかに手厚く遇されるのが常だ。バルカン紛争がいい例だろ。あれだって一種のロールプレイング・ゲームで、思春期の少年たちの競い合いさ。クロアチアやセルビアの兵士たちと、髭の男を殺した少年たちとのあいだに、大きな違いはないんだよ」

「飛躍しすぎよ」

「宗教だってそうじゃないかな」と僕は続けて、自説をさらに絞りあげた。「宗教はみんな、もとをただせばしつこいロールプレイング・ゲームなんじゃないかな。まず、何らかのテキストが与えられる。当然ながら作り話で、たいそうなファンタジーや、ありそうもない物語や、秘められた力や、魔王《サタン》との戦いが盛り込まれたものだ。そして、誰かがそのテキストを現実社会に持ち込む役を果たす。そうやってテキストは、現実を染め上げて、自分の領土に、発展の場にと変えてしまう。例えば福音書だ。あれは、世の中をカトリックというフィルターを通して見るよう我々に強制することで、現実を歪めているとは思わない？　僕たちに、ロールプレイング・ゲームに参加しているのと同じような行動を強いていると？」

「まあ、そういう見方をするなら……」

「ロールプレイング・ゲームは、ドン・キホーテの模倣なんだよ。本の読みすぎと睡眠不足で頭がおかしくなって、書物が勧めることを実際に行ない、読書から吸い取ったことに合わせて世界を整え直そうとした男のね。ドン・キホーテは原理主義者なんだ。自分に同調しない者はすべて敵だったんだから。風車だけじゃなく、ただの羊飼いも攻撃しただろ。ゲームのプレーヤーはドン・キホーテの再演者以外の何ものでもない。その病理も、正常に見える多くの人が経験する激情以上のものじゃない。例えば、経済的にもうこれ以上の子どもは育てられないのに、神のご加護を得るために受け入れなければならない聖なる書物が禁じているからといって、中絶しない女性。徴兵を拒む若者たちを、内心ではその考えに賛同しながら投獄する連中。実のところ僕らは、無数のテキストが合体した古くからのロールプレイング・ゲームの参加者にすぎないんだ。だから、旧来のテキストを全面改訂した新しいテキストに従うことが、最悪の病だとは思えないね。そうした古いテキストに、好むと好まざるとにかかわらず僕らは従ってきたわけだけど、それはドグマに背かないためだろ。結局はそれさ。ドグマの押しつけ。善人になれば天国行きの切符が手に入りますと保証するドグマがあるかと思えば、敵の殺戮兵器から身を守る薬草を手に入れるには口髭の男を殺すこと、というのもある。ドグマによってばかばかしさの度合いは異なっても、ばかばかしいことに変わりないのさ」

マリアは反論の言葉を用意していたのかもしれないが、セビリア新聞の副社長がやってくるのを見て、口を閉ざした。副社長に会うのは初めてだった。三十歳にならずして役員に出世して鼻高々の男。知識をひけらかす自惚《うぬぼ》れ屋。人に灰皿を取ってほしいと告げるときでさえ、まるで何かを教えてやっているんだといわんばかりの態度でいる人物。

「さて、あなたは、背信行為をなさったようだが、何か弁明されたいですか？」

「いえ、まったく。どうやら僕をクビになさるおつもりのようですから、少しでも早くここから立ち去るのが、誰にとってもいいことですね」と、僕は口にしていたが、そんなことは思ってもいなかった。まるで大根役者が、本番で自信をもってうまく演じられる確信が持てない、納得できないせりふを、楽屋で練習しているみたいな感じだった。副社長はただちに応じた。こういうタイプに気の強さを示すのは得策でない。ひるむどころか増長するからだ。もしかしたら、少しでも同情を誘うようなことを言えばよかったのかもしれないが、あの状況において慈悲を乞うことだけは、僕には思いつけなかっただろう。

「ならば、これ以上話す必要はありませんね。ただし、これだけは申し上げておかないわけにはいかない。あなたは実に情けないことをやってくれた。我々があなたの行為を公表しないことを神に感謝すべきですな」

副社長に「君」でなく「あなた」と呼ばれたのが嬉しかった。その表現はなんだか、僕の敗北は善戦しての惜敗であり、あの喫茶店で僕はなんら傷つけられることなく過ごせたかのように感じさせてくれた。

「ひとつだけお聞きしたいのですが、今月掲載されたクロスワードの支払いはしていただけるんでしょうか？」

副社長は煙草に火を点けて、マリアを見た。それで僕は気がついた。二人は愛人関係にある。あの夜電話に出た男の声は副社長のもので、マリアが家に持っていた部分写真は副社長のからだを撮ったものだ。信じられないことにこの男は、クロスワードと地下鉄テロが関係しているという僕の説にまったく興味を示さなかった。どうして僕が、クロスワードに潜ませるよう強要されたARLEQUINES」が地下鉄テロの被害者（老女は重体のままで、少年は回復に向かっていた）の発生に関わっていると考えるかについての、質問のひとつもなかった。でも、もう、そんなことはどうでもいい。払うべき報酬を払わないというなら、それでもかまわなかった。金銭のことで文句を言ったり争ったりする気はなかった。けれども副社長は、一筋の煙を吐き出し、視線を僕の方に戻すと、こう言った。

「みくびってもらっては困りますね。もちろん、未払いのクロスワードについてはすべてお支払いします。あなたが仕事を失うことになったパズルの分以外をね。小切手で郵送しましょう。それから、我々が保管しているあなたのクロスワードは、今後いっさい掲載しないことを約束しますよ。ご存じのように、所有権は我が社に帰属していますがね。では、お元気で」

副社長は立ち上がり、去って行った。マリアは外まで僕についてきて夕食に誘ったが、僕は冷たく拒絶した。あとで後悔した。承諾して待ち合わせをしておいて、すっぽかせばよかった。そのほうがずっとスマートだったのに。

帰り道、打ちひしがれ、ぼんやりした頭で僕は、職を失ったいまエリベルト・バトゥローネ探偵に謝礼金が払えないことに気がついた。それで、電話ボックスに入り、彼のオフィスの留守電に伝言を残した。どうしてだか、調査依頼の取り消しを告げたとたん、渡す約束をしていた家の合鍵を作ってさえいないことを思い出した。安心した。それなら、アパートの中の調査はできなかったろうし、あの日それ以外に彼ができたことは、せいぜい僕が渡したファイルに目を通すことくらいだったろう。

家に戻り、ベッドに入った。眠りに落ちる前に心に誓った。ぐずぐずせずに、すぐにでも〈カエル〉と対決しよう。真実を明らかにする時はもう来ている。これ以上遅らせるのは精神衛生上好ましくない。僕の中で〈カエル〉の存在はある様相を呈しだし、コンピュータゲームとあらゆる種類の映画の世界に閉じこもっている若者とはまったく違うものになっていた。僕は、根本的に知らない誰かに立ち向かおうとしていたのだ。

# 15

〈カエル〉との対決は、もう少し先のこととなった。いったいどこで何をしていたのか知らないが、アパートには必要最小限しかいないうえ、出くわすことがないようにうまく僕を避けていたのだ。まるで、こちらにはわからない見張り場所から僕の出入りを監視してでもいたかのように。《悲しみの金曜日》、教会では信者らが列をつくって、聖週間《セマナサンタ》に神輿で運ばれる聖像の手足に接吻《せっぷん》していた。雰囲気が盛り上がってきた。この数時間のあいだに何千人もの観光客が到着し、市街地図を振り回しながらサンタクルス地区のくねくねした街路をうろついて、住人にちょっとした英会話レッスンの機会を提供していた。戸外から人気《ひとけ》が消える暑さのひどい時間帯になってもまだ、何十人もの観光客が町を歩き回り、行きたい名所の場所を教えてくれる地元民が見当たらないものだから、別の観光客に尋ねることになって、互いの地図とくびっぴきで〝ピラトスの家〟は今いる場所の北にあるのか南にあるのかといった珍問答を繰り広げていた。

この雰囲気は僕の気分を良くするもので、そう遠くない過去の日々が懐かしく思い出された。そのころ僕は、聖週間《セマナサンタ》が楽しみでしかたなかった。外国から女性がどっさりやって来るので、僕にもそのうちの何人かと親密になる機会がもてるからだ。そして、町を案内して見せてあげることで、からだのシルエット以上のものを見せてもらったことの謝礼をし、別れるときには嘘の住所を渡していた。

エリベルト・バトゥローネが電話してきた。早朝の、僕が失意と不安の狭間にいたときのことだ。電話のベルが聞こえても僕は、〈カエル〉が起きてきて出るだろうと動かずにいたのだが、ベルは鳴りやまず、〈カエル〉の部屋から彼がいることを示す物音ひとつ聞こえてこなかったので、アパートにいるのは僕一人なのだと思い知って、電話に向かった。エリベルト・バトゥローネは、留守録に入れた前夜のメッセージをもう一度教えてほしいと言う。留守電のテープが、僕が「クビになった」と言ったところで切れていたのだそうだ。しかたなく、失業したので依頼を取り消さなければならない、彼の仕事に対して払う金のめどがつかないから、とまた告げた。わずかな沈黙のあと、電話の向こうから軽い咳払いと「わかりました」が聞こえた。僕は、話したばかりのことを別の言葉で繰り返すという手法で会話を続けようとしたが、探偵がそれをさえぎった。

「いいですか、友人として、率直に、お話ししますと」と探偵は話しだしたが、言葉と言葉の間隔がひどくあいたしゃべり方で、まるで、口にしたばかりの言葉につづくせりふが何かよくわかっていないとでもいった感じだった。「どうやら私たちは、真実、重大な事件を前にしているようです。昨日、あなたのアパートで、あなたの疑惑を裏づける証拠を、いくつか発見しました。ですから、この調査を今の段階で中止するのは、適当でない、と申し上げたいのです」

驚いた。渡す約束をしていた合鍵は必需品だと思っていたが、どうやら彼は独力で扉を開けて家に入り込み、そうとわかる痕跡も残していないのだ。この話を聞いて頼もしく感じた。それまでは、彼のことを調査のプロだとすっかり認めてはいなかったのかもしれない（ローカルな小説コンクールに佳作入選し、ユダへの犯罪と宗教心をごった煮にしたフィクションを書いたような人物が、ちゃんとしたプロとは思えないではないか）。

「その証拠とは何ですか。どこで見つけたんですか」

「これからお会いしましょうか。いや、午後のほうがいいな。実は、別の側面からも調査を開始したばかりで、その線から興味深い事実が浮かび上がりそうなので、もう少し続けて調べなくてはならないのです」

「でも、さっき言ったように、費用が払えそうにないのですが」

「それは、今となってはささいな問題ですよ。六時に劇場の喫茶ルームでお会いできますか。実にうまいコーヒーを飲ませますし、お宅からすぐのところにありますから。その時に、どうしてクビになんぞなったのか教えてください」

あの日の午後、ずっと僕にまとわりついていた考えがある。〈カエル〉に関して、バトゥローネの書いた小説でローマ人の調査官がユダ殺害についてふるまったと同じように行動しようというものだ。つまり、もしも発見されたという証拠が、ただちに警察に届け出ることになるほど決定的なものだったら、それをできるだけ遅らせようと思ったのだ。なぜなら僕は、〈カエル〉と腹を割って話がしたかった。僕のなかで新たな様相を呈しだした〈カエル〉とではなく、僕が知っていると思っていた〈カエル〉、別人なのに僕を騙していた〈カエル〉と。地下鉄テロの実行犯とではなく、あのテロを容認するほど堕ちてしまった男と。そしてもしも、バトゥローネが集めた証拠が決定的なものだったなら、僕から奴に伝えよう。そのうえ、逃げるチャンスを与えて、例えば《聖月曜日》までは通報を引き延ばすと彼に約束しよう。そうすれば彼には二日の猶予ができるので、捜索と逮捕の手から逃れて国外に脱出することができるだろう。これが僕の計画で、絶望から僕は、こんなばかげた岸辺に漂着してしまっていた。ちょうど、従来の医療では回復の見込みのない病人が、絶望から逃れるためにどこかの民間療法師の技にすがって、その民間療法師の知識や能力が科学が到達している地点を越えていることを切望するように、僕もこの計画に身を委ねた。〈カエル〉のテロ関与を示す証拠のすべてを払いのけることができる理屈をひねり出すのは無理そうだが、この計画は、僕と彼とが共有していたあの無邪気さを取り戻す役には立ってくれるかもしれない。僕らが現実とのあいだに距離を置き、外部の状況、すなわちテレビのニュースが「生活」と呼ぶものに対して壁を築いて遠ざけてきたときの、あの無邪気さを。

探偵は、劇場の喫茶ルームの閉じた扉の前で僕を待っていた。店は聖週間《セマナサンタ》の飾り付け中だったのだ。僕は、〈モンペンシエ〉に行ってはどうかと提案した。きざなこととお上品に見せかけた悪趣味（クリスタルのボンボン容《い》れのごとき）にかけては我慢の限度を超えそうな店だが、近くにあるので、他に話のできる場所を探して手間取ったりせずにすむ。バトゥローネは驚いたことに、もう一人来る予定なのだと告げた。それは誰かと尋ねると、探偵はしぐさで答えた。顎でマリアを指したのだ。彼女は駐車に四苦八苦している最中で、それに気づいた警備員が二人、他の車の間に停めさせようとして、ああ動かせ、こう動かせとヒステリックに指示を出して邪魔だてし、結局先に停めてあった自動車のフェンダーに傷がはいり、太い木に当たったマリアの車のバンパーも無傷といえない状態になった。

「あの女、ここに何しに来たんです。何のために彼女を呼んだんです」

「よろしいですか、シモン。この件は重大性からいって、マスコミの力を借りる必要があるんです。それに、調査料が頂けないなら、私にある程度の自由があるのは明らかなように思えますがね。新聞で宣伝してもらえれば、無報酬の仕事も報われますから」

「虫酸《むしず》が走るとまでは申しませんが、はっきり言って不愉快です。ですから、そうしたければ、お二人だけでどうぞ」

「子どものようなことを言わないで、シモン。わかってください。もしうまくいったら、つまり、我々の集めた証拠により、あなたの友人の〈カエル〉が地下鉄テロに関与していることを証明できたなら、我々全員がその恩恵にあずかるのですよ。だって、間違いなくあなたは新聞社に復帰できるでしょうからね。あなたまでテロに関わっていたわけではないことを、どなたかに納得してもらえたらの話ですが」

「それはいったい、どういう意味です」。僕は不安になった。

「マリアを待ちましょう。それにしても、実にセクシーだ」と、バトゥローネはコメントした。

僕は尋ねた。

「あなたは、魔法のランプの伝説を信じていますか？」

彼は、あっけにとられたような表情を取り繕いもせずに僕を見た。

実際マリアはまばゆいばかりだった。ぴったりの黒のドレスは、襟元にシルバーのレースがあしらわれ、袖は手首にフィットしていた。黒のストッキングは後ろにシームラインのはいったもので、髪はヘアクリームをつけて一本の三つ編みにまとめていた。大きな白いバッグが、喪服のような服装と対照をなしていた。

店の中では、サロン・インテリたちが騒いでおり、意味のない自慢話や、新聞のコラムやラジオのコメントで連日脳髄を垂れ流している連中の垢抜けない笑い話によくあるような冗談でもって、世界を味付けしていた。僕はあそこが嫌いだった。僕の虫の好かないすべてが見られる場所だったから。注目を浴びたり騒がれたりするために声高に主張しないではいられない自尊心。宇宙の誕生したちょうどその場所に自分のへそがあると信じている田舎者のような愚かな尊大さ。どんなに成功したところで地方の一都市の広場に名前が掲げられるのがせいぜいだと知りながら全国レベルの栄誉を求める過剰な欲望。それに加えて、やたらと目立つウエートレスたちがいた。ここの雇用条件は、映画スターか歌手の誰かに似ていることだったからだ。接客係の服装は、自分と似ているスターの衣装に合わせてあり、しぐさや声まで真似ていた。あそこにはそんな連中がごろごろしていたのだ。マイケル・ジャクソンのクローンがテーブルを回りながら、このヤンキーのショーマン独特の痙攣《けいれん》みたいな動きをみせていたり、マドンナが、目が合った遠くの客に対して淫らに舌をのぞかせていたり、イサベル・パントーハがアンダルシアのバラードを口ずさみながらテーブルの間を通りすぎたり、シルベスター・スタローンが、ならず者の役柄を大げさに演じて、乱暴にも客の襟首をつかんで注文を聞いたり、本物に負けず劣らずつんとすました派手やかなクラウディア・シファーがいたり（実はそれは本物のクラウディア・シファーで、そうやって外聞をはばかる罪を弁償しているのだという噂もあった）、ジェレミー・アイアンズが英国の気品を漂わせながら、さまざまな話題について客と皮肉を交わしていたり。幸いにも、僕たちのテーブルは彼の担当だったので、スタローンもどきの不意討ちのバイオレンスに悩まされることはなかった。スタローンは特別に指名のあったテーブルだけをアテンドしていたのだろう。

「まず、質問です」と、バトゥローネが話を始めたが、その視線はクラウディア・シファー似のウエートレスに注がれたまま、雲の上を歩くような足取りでテーブルの間を厳《おごそ》かかつ華麗に通りゆくのを目で追っていた。「どうしてでしょう。彼は絶対に知っているはずです。あなたに踵《かかと》を踏まれていること、テロへの関与を疑われていること、関与の可能性を考えただけでもあなたは、恐れをなしていつ何時でも通報しかねないことを。それなのにどうして、〈カエル〉は街を離れないのでしょう。家を出て、姿を隠さないのでしょう」

「私が思うに」とマリアが僕の先手をとって答えた。「事件とまったく関係がないからよ」

「それとも」と僕は修正意見を出した。「事実この事件に関与しているのに、そういった印象を与えないために普通の生活を続けようとしているのかも。逃げれば罪を認めることになるからね」

バトゥローネはそっと手をたたいて賛意を示した。それほどの意見ではなかったのだが。

「そうですね。考えられることは他にもあります。ひとつめは、あなたが、積極的にかしかたなくかはわかりませんが、テロの共犯者であるので、彼のことを通報できないから」

「そんな、ばかな」

「まあ、まあ。これは、無視するわけにはいかないひとつの可能性ということですから。何もあなたを告発しているわけじゃありません。あなたの友人の立場に立ってみているのです。彼があなたのことを最低限の分別をもった人間だと認めていれば、あなたには通報できないとわかりますよね。そんなことをしたら、自分を警察に売ることになるわけですから」

「ええ、それで？」

「もうひとつ考えられることは、〈カエル〉は逃げるつもりでいるが、何かが起きるまでそれを延期しなくてはならない、というものです」

「何かとは、どんなことです？」

「例えば、別のテロ。セビリアで聖週間《セマナサンタ》に起きる新たなテロ。ロールプレイング・ゲームの基になっている文書と関連を持つテロ」

「ロールプレイング・ゲームですって」と、マリアが叫んだ。

「そうです。当然ながらいまのは、これまでに入手できた証拠から導き出したとりあえずの仮説です。まずは、これらの証拠が事実〈カエル〉の地下鉄テロへの関与を、――ただし、彼一人の犯行ではありえないことを忘れてはなりませんが――示すものかどうか、確認していかなくてはなりません」

「一杯飲みたいわ」と、マリアが言った。「お願いだから、要点をまとめさせてちょうだい。証拠っていうのは、〈カエル〉の有罪を示せるほど決定的なものかしら。私には、偶然の一致でしかないってことははっきりしているように思えるし、その証拠とやらからみると、彼はただ、自分が犯罪に関わっていると疑わせたいんであって、根拠のある容疑で告訴されたいわけじゃないと考えたくなるんだけど」

「いいですか、私は〈カエル〉のパソコンにあった電子メールをチェックしました。そして、事件の全容に関わる重大なメールを発見したのです」

「それは変だわ」と、マリアが口をはさんだ。「コンピュータを使った直接的な通信手段があるのに、テロ決行の合図をクロスワードで出すことにするなんて」

「ええ、それは、指令を受けるべき者がこの通信手段を持っていなかったからかもしれませんよ。あるいは、クロスワード作家を利用した唯一の目的は、シモンを巻き込むことだったのかも」

僕は驚いたが、同時に疲れていて、何も言えずにいた。

「二月の日付のある、arl.x73.mumという署名の〈カエル〉宛てのメールには、〈道化師〉は準備を終えて合図を待っている。武器を入手し、敵を攻撃できる態勢にある――と書かれています」

「そんなもの、大した証拠にはならないわ」

「そう、大した証拠にはなりません。一本の糸だけで服は作れない。しかし、織り合わせる糸がなければ、あなたがお召しになっているその素晴らしいドレスだってできないのですよ。私が調べたところ、〈カエル〉宛てに日本から送られた郵便物はゲーム・メーカーからのものでした。そのうちハガキは、ビジネスレターとみるには文体がくだけすぎていますから、〈カエル〉は差出人を個人的に知っていると考えられますが、オウム真理教が起こした東京の地下鉄事件にヒントを得たゲームの新案権を取るようにと〈カエル〉が会社にした提案を、穏やかにきっぱりと断るものでした。二通目も否定的な内容ですが、設定を大幅に変更してオウムや毒ガスにいっさい触れないようにするなら製品化を検討する可能性があることを示唆しています。消印については、シモンがうまく入手してくれたコピーでしか調べられませんでしたが、本物のようです。つまり、私には、〈カエル〉がハガキや消印を偽造して自分に不利な証拠を作ったとは考えがたいのです。ただし、非常によくできた偽物である可能性は捨てていません。実際、彼のコンピュータなら偽造は可能ですからね」

「コンピュータを使わなくてもいいんじゃない、先生」と、マリアが指摘した。「日本語教材の小包から切手をはがして、それをハガキに貼って、文面を自分で書きさえすればいいんだから」

「あなたは負けを認める気がないようですね。〈カエル〉がテロに関与している可能性さえ、認めるつもりはないようだ。きっとあなたは、彼が自分とまったく関係のない事件を自分のせいだと疑ってもらいたがっているということのほうが信憑性《しんぴょうせい》に欠けるとは、お考えにならないのでしょうね。彼は、どうして、そんなことをしようとするのですか」

「神の道は錯綜《さくそう》しているのよ。だって、人間の思考回路はからまっていることが多いんだもの。あのね、このケースでは回路が極端なまでにからまっているの。彼はゲームマニアで、それ以外に生き甲斐がない。つまるところ、騙《かた》り屋ってことね。テロを実行する度胸なんてないけれど、実際にテロが起きれば自分がやったことにしようとする。犯行を自分のものにしてしまうの。理由は誰にもわからないけどね。もっときちんとした証拠はないの？　ちょっと唾を落としただけで崩れ落ちる砂の城みたいなのじゃないやつは」

探偵とマリアがこうした議論を口早に続けるのを、僕は拝聴していたが、本来必要なだけの注意は払っておらず、同時に別のことを考えていた。〈カエル〉が映画『ペーパー・ムーン』から思いついた企みを話した日のことを思い返していたのだ。即興の客を疑惑の海に投げ込もうというシニカルで冷酷な企て。その客とはすなわち、死んだ人の家族で、その元に故人が生前に注文したという荷物が届き、中味（ゲイのポルノ雑誌）を見て遺族は故人のことを疑いはじめるが、死んでいる本人には弁解の機会がないというもの。この会話のときに〈カエル〉がこんなことを言って僕を呆然とさせたのを思い出していた。「人には他人を裁く権利もなければ、自分が思っていたのと違うところを見つけたからといって、相手に対する見方を変更する権利もない」。けれども彼は確信していた。故人にはもはや受け取ることができない小包の支払いを承諾した誰にとっても、中味を知ったあとでは、故人の印象や思い出にぬぐいがたい傷——その荷物がもたらした決定的な傷——が残るということを。そして誰もが、故人のことを本当に知ってはいなかったのだと感じて心傷つき、誰もが故人についてのイメージを変容させて（あたかも、そうする権利があるとでもいうように。秘密を知ったことでその権利が与えられでもしたかのように）、なぜ、と悩みはじめることを。僕は頭の中で、〈カエル〉の考えたこの幻の企てと、エリベルト・バトゥローネの小説に出てくるローマ人の探偵を結びつけていた。そこにあるのは、心対脳の死闘、感情対理論の終わりなき戦いだ。友情と正義、どちらかを選ばなくてはならないのだ。もしかしたら、正しくあることよりも、もう一度友人になることのほうが価値あることかもしれない。君が正しい人たちを敵にまわすのなら、正義は私の敵になるだろう——。

間違いなく、たわごとだ。僕はローマ人の探偵のようにふるまうことができなかった。なぜなら、〈カエル〉の動機がまだわかっていなかったから。もしも彼がテロに関わっているのなら、それはなぜなのか。何が彼をそんな残虐行為に加わらせたのか。本当にゲームなのか。彼の意識の中の現実と虚構の境界は、それほどまでにあやふやだったのか。突然、バトゥローネとマリアの論争が僕の注意を強く引いた。マリアの「他に証拠はないの？」との言葉にエリベルト・バトゥローネが、ポーカーの札を開くときのような微笑みを浮かべてジャケットの内ポケットに手を差し込み、黄色い紙片を二枚、取り出したのだ。

「たぶん、これで決まりでしょう」と言いながら彼は、テーブルの上に紙片を放った。

地下鉄の切符だった。日付はテロの日と同じ。発行は、トルネオ駅の路線にある、最終的に列車が停車し人々が倒れはじめた駅の三つ手前の駅。切符に印された時刻も、テロの犯行時刻と合うものだった。

「いったいどこで、こいつを見つけたんだ」と、尋ねた。引き付けられるような、信じられないような気持ちだった。

探偵はコーヒーをぐいと口の中にあけると、頬を膨らませて中に貯え、そうしていれば口の中で液体が溶けてなくなるとでもいうように間《ま》をおいた。それからやっと、勢い込んで説明を始めた。

「あなたの部屋でですよ、カルデナスさん。あなたの部屋にあったのです。チェストに隠してありました。新聞の切り抜きや、日本語で書かれたあなた宛ての手紙と一緒にね。手紙にはオウム真理教の署名があり、こなれた英語で、聖週間《セマナサンタ》に予定しているテロを実行するよう鼓舞する言葉が書かれていました。私が見つけた隠し場所には他に、ずっと前、一九三四年に発行された『セビリアに必要なこと』という小冊子のコピーもありました。この小冊子をもとにロールプレイング・ゲームのシナリオが書かれ、あなたはそれに参加しておられるわけです」

僕は驚いて探偵を見た。びっくりしすぎて、口から漏れた抗議の声に続くべき疑問詞が出てこなかった。マリアと目を合わせようとしたが、彼女の視線は列車の切符に釘付けだった。まるで、その黄色い紙片の中に運命が用意してくれた一大スクープが入っているとでもいうように。僕は指を一本上げてシルベスター・スタローンのそっくりさんを呼んだ。誰かに揺さぶってもらって気を落ち着かせる必要があったのだ。

〈カエル〉に対して質問したいことは、これで決定的に変わってしまった。「本当に事件と関係があるのか」から、「なぜ、やった」へと。〈カエル〉はテロに関わっていないかもしれないと考えるのは、もう困難だった。僕のチェストから発見された二枚の切符が、残されていたわずかな希望を打ち砕いてしまった。ヒッチコックの『間違えられた男』のように、我々が一足飛びに犯人だと考えた人物は一連の偶然の一致――どんな隠された欲求から出た動機かはわからないが、本人自身が疑われようとして作り上げたらしい状況――のせいで犯罪に関与しているようにみえただけなのだ、と考えることもできなくなってしまった。

バトゥローネ探偵は僕が不信げだと非難し、それから僕が、ボクサーでいうなら自らギブアップしてしまう前にノックアウトしてもらおうと、両手を下ろして決定打となる一発を待っているような状態で、自分のテロへの関与まで認めているかのようなありさまなのを見て言った。もちろん、僕が事件に関わっているとはもういっさい考えていないが、肝に銘じておくべきことがある。〈カエル〉は危険な男であり、僕の知らないうちに僕をゲームに巻き込んで、動きを封じようとしている、すなわち、彼に不利な行動を起こそうとしたときに、彼に不利なことは自分にとっても不利なのだと僕に考え直させようとしているのだと。マリアも黙り込んだままだったので、バトゥローネはあるプランを、店の紙ナプキンに丸や直線を描きながら説明しだした。当然ながら、〈カエル〉は単独犯ではありえない。ロールプレイング・ゲームだとしたら、他に仲間がいるはずだ。

「たぶん、彼の生徒だわ」と、マリアが指摘した。

おそらくそうだろう。我々が最初に手をつけなければならないことは、この忌まわしいゲームに彼以外に誰が参加しているか調べ出すことだ。これは、ゲームがどのようなものかを突き止めるより重要だ。ゲームの土台となった文書について我々が知っているのは、自伝的な断片だけであり、それらは〈カエル〉の実体験に基づいたものかもしれないが、単なるフィクションかもしれないのだから。

「気をつけなきゃいけないことは」と、マリアが言った。「ロールプレイング・ゲームはものすごく現実離れしたシナリオを実生活に持ち込むってことよ。そのストーリーはあきれるほど無邪気なの。ある戦士が悪魔と契約して、特殊な力をもらう代わりに何か邪悪なこと、例えば某日早朝に口髭の男を殺す、といったことをすると約束する。戦士がこれを実行したなら、敵との戦闘で大いに役立つこの特殊パワーが手に入るわけだけど、同じ頃に敵は、完璧な防御ができる飲み薬を手に入れるために、バルセロナ・ナンバーの白い車一ダースに放火していたりするの」

「それは、実際にあった事件じゃないですか？」

「どんな？」

「悪ガキどもが百台近い車に放火したのですが、その理由は、ロールプレイング・ゲームでゲームマスターに命じられたからだったという事件です」

「知らなかった。いま適当に作って言ったのよ。でも、これでわかったでしょう。どのゲームも似たりよったりだって」

僕は胸がむかむかしていた。視界はぼやけていたし、何かの音——たぶん〈カエル〉の昔の夢の中で開けっぱなしにされた蛇口から流れる水の音——に邪魔されて、バトゥローネとマリアの声が聞こえなかった。

「いいでしょう。このゲームでプレーヤーたちがやろうとしていることが何か、わかっていないことは認めましょう。ただし、推測はできます。少々大きく出ますが、目的はセビリアを破壊すること、あるアナーキストの思いに応えて報復することです。このアナーキストは、〈カエル〉の祖父なのかもしれないが、単に、精神的手本にしただけの人物かもしれない。冊子には、著者のイニシャルしか記されていませんからね。これが何かの闘争かどうかすらわかっていません。また、地下鉄テロの実行犯とは別に、聖週間《セマナサンタ》のテロを準備している者たちがいるのかもしれない。我々がしなければならないのは、〈カエル〉の共犯者が誰かを調べることです。つまり、『道化師たち』とは誰なのかを」

「彼が単独犯だという可能性は完全に排除してしまったの？」と、マリアが聞いた。

「一人の人間がやったと考えるのは難しいのですよ」

「そう？　単独でも、あの地下鉄テロは、もちろん実行できたわ。どうして仲間が必要なのよ。人数が多くなればなるほど、逃げるのが難しくなるのに」

バトゥローネは同意できない様子でまず顎をなでまわし、つづいて耳を掻いた。マリアは話を続けた。

「きっと、他のメンバーの影が見えるのは、〈カエル〉が、一人でテロを起こしたのではないと思わせたがっているからだわ。私たちの注意をそらすために張られた煙幕のようなものなのよ」

「まるで、〈カエル〉は、いま僕たちが彼のことを話していることも知っているみたいじゃないか」と僕は思わず言った。「まるで、〈カエル〉は、僕らの彼を追いつめるための動きを逐一知ることができる、君が生徒になったのは自分を調べるためではないかと疑っている、バトゥローネが昨日うちに来て切符を手に入れたことも知っているみたいじゃないか。僕には、君の言う煙幕ってのは考えすぎに思えるし、君は、知っていることを暴走させて、自分が知らない部分を作り上げているように思えるよ」

それから、僕が〈カエル〉と話し合うという案を披露した。

「この件はもう、あなただけの問題じゃなくなっているのよ」と、マリアが不機嫌そうに、冷たく言い放った。

「私もそれは明白だと思いますよ」と、バトゥローネが賛同した。「この件はもう、あなただけのものではないのです。我々は、地下鉄テロの犯人のみならず、新たなテロを実行しようとしている者たちも相手にしているのだということを考えれば、必然的に力を合わせなければなりませんし、あなたが今おっしゃったような逸脱行為は、いっさい避けなければいけないことになるわけですよ」

僕は立ち上がった。好きにすればいいと言って、バトゥローネが呼びかけるのを無視して出ていった。彼は僕の名前を大声で呼んで、店じゅうの者――クラウディア・シファーを除く――の注目を集めながら、僕を引き留めようとしていたが。

# 16

最初、マリアの家の電話に出た男の声が誰のものかわからなかった。ただし、副社長の声ではなさそうだった。僕が黙っているとその声は「どなたですか」と問いかけ、それで声の主を特定できた。エリベルト・バトゥローネ探偵。薬《ヤク》漬けマリアの新たな獲物。一度は電話を切りかけたが、むりやり声を押し出して、マリアに代わってほしいと頼んだ。

「シモン？」

「ええ、バトゥローネ、僕ですよ。マリアはいます？」

「はい、ちょっと待ってください。〈カエル〉と話をしたのですか？」

「もちろん。そうすると言ったでしょ」

「それで、何と？」

「何もかも白状しましたよ」

バトゥローネはこの知らせを乱暴な言葉で祝福した。

「白状しましたとも」と、僕は続けた。「リー・ハーヴィー・オズワルドのケネディ暗殺を補佐したこと。カレロ・ブランコに爆弾を仕掛けたこと〔一九七三年に起きたスペイン首相暗殺事件〕。当たらなかったけれど、ローマ法王に向けて発砲したこと。それから、東京の地下鉄テロは、彼が三歳のジェノサイド好きの甥と一緒に準備したものだそうです。ルワンダについては一言も引き出せませんでしたが、あと二、三日拷問を続ければ吐くでしょう。ああ、それから、サラエボ大公の件〔第一次世界大戦の引き金となった暗殺事件〕に関しては、容疑者からはずさなくちゃいけないようです。たとえ彼が、自分は犯行グループの一人だったと言い張ったとしてもね。だって、彼はまだそのとき生まれていないんです。これは確かなアリバイといえませんか」

バトゥローネは返答に窮してマリアに受話器を譲った。彼女は僕に、何が気に入らなくていじけているのか、どこに正気を置き忘れてきたのか、と尋ねた。僕は彼女にとても会いたいと訴えたのに、彼女が僕に言う気になったことときたら、これから二人で出かけるところで、たぶん〈カルボネリーア〉に行くことになる、フラメンコがとても聞きたいから、だった。〈カルボネリーア〉は巨大な居酒屋《タベルナ》で、そこでは時おり、店内の会話のざわめきを裂くようにして歌が始まる。すると他の者たちは、神聖な儀式に参列しているかのように押し黙って身をすくませる。けれども実のところ、あそこで聞けるフラメンコは素人芸で、愛好家らが演奏しているものだった。彼らは垢抜けない演奏によりワインを何杯か頂いて、その代わりに観光客の集団を楽しませていたのだ。なにしろあそこはいつも外来者でいっぱいで、いとも簡単に外国人女性と知り合える場所でもあった。ただし、求められているのは褐色の肌をした巻毛の優しいジプシーというのが相場で、そうした連中があそこに群がりプロフェッショナルな腕でセックス物件の奪い合いをしていたので、僕たち普通の男どもにはチャンスがほとんど残されていなかった。彼らのナンパの技は驚くほどで、相手の言うことを一言でも理解する必要も、哲学者の言葉を引用する必要もないのだ。

「〈カエル〉のことで、何かわかった？」と、マリアが話を催促した。

「聞き出せたことはもうバトゥローネに伝えたから、彼に話してもらえよ。月曜の会見の約束はどうするんだい」

「もちろん、変更なしよ」

「じゃあ、月曜日に会おう。楽しい《枝の主日》を」と、文句を言われないうちに電話を切った。

悲しみにひたる間もなく（マリアにそうされる資格はないのだが）、バトゥローネが電話をかけ返してきた。強い口調で、いったい何があったのか、どうしてこれほどあからさまに態度を変えたのか、答えるよう要求された。

「あのね、すべては混乱したセレモニー、ただのお遊びだったんです。僕たちはそこに、そのつもりもないのに参加させられていたんですよ。〈カエル〉は地下鉄テロと無関係です。そのうえ、少年は退院できたし、老女も命をとりとめそうだ。今じゃ、考えてみるだけで笑っちゃうし、ばかばかしく思えますね。誰かにものの見事にかつがれて、冗談だったとわかったときには恥ずかしくて穴があったら入りたくなるほど、すっかり真に受けて大騒ぎしてしまった、そんな感じです。彼の犯行を示す証拠はみんな彼が自作したもので、僕が彼を疑うようにしむけ、僕を恐がらせようとしたんです。自分はテロリストと一緒に暮らしている、すでにテロに巻き込まれてしまったと信じ込ませてね。〈道化師たち〉なんて存在しません。ロールプレイング・ゲームも、それに類するものも。ね、すべては彼のでっちあげだったんです。切符だって、事件のあとで作ることができますからね。メトロポリタン・カンパニーに勤めている生徒に白紙の切符を二枚手に入れてもらい、パソコンで印字すればいいんです。簡単でしょ。僕たち、騙されたんですよ。もう、全部忘れてしまいましょう」

バトゥローネは咳払いして、切り出した。

「あなたはストックホルム症候群にかかっておいでのようだ。あるいは、私の小説の探偵と同じことになりつつあるのかもしれませんな。もしかしたらあなたは、ご友人の動機を窺い知ることのできる何かをつかまれ、その気持ちに共鳴して、彼をかばって罪から逃れさせるべきだと決められたのでしょうか。しかしあなたは、非常に重要なことをお忘れだ」

「何です？」

「あなたが『ARLEQUINES』をクロスワードに入れるよう指示されたのは、テロが起きる前だったということです」

これほど歴然としたことに対して回答を用意していなかった僕は、手近な答えにとびついたが、その場しのぎの、上出来とは言いかねる理屈になってしまった。

「〈カエル〉は、『ARLEQUINES』という言葉をクロスワードに使うよう強要して僕を操ろうと思いついたとき、まだ、どの事件について証拠をでっちあげて僕に疑いの気持ちを起こさせるか、決めていなかったんですよ。何でもよかったんです。クロスワード作家に、自分が利用されたのではないか、この事件の背後に自分に特定の言葉を用いるよう強要してきた連中がいるのではないか、と疑いをもたせるような事件は、毎日のように起こっていますからね。殺人事件でもいいし、ガス爆発でもいいし、何だろう、そう、サッカーの試合で番狂わせが起こって、サッカーくじを買っていたほんの数人が大金を手にした、というのでもいい。何でもいいんですよ。新聞を見てください、今日のやつを。間違いなく、クロスワードに関連付けられそうなニュースが何か見つかるでしょう。〈カエル〉はラッキーだったんです。僕のクロスワードが新聞に載ったその日に、地下鉄テロが起こった。彼は日本語を勉強していましたから、悪ふざけに使うのに理想的なニュースだと確信したわけです。その先はご存じのとおり。僕は罠《わな》にひっかかり、おびえきって、マリアとあなたのもとに駆けつけた。運命のいたずらですね。もしかすると、すべては、今夜あなたたち二人が幸せな一時《ひととき》を過ごすために起こったのかもしれませんよ」

「やめましょう、シモン、ばかなことを言うのは。あなたが今おっしゃったことを信じる人は、一人もいませんよ」

「あなたが今警察に話せることだって、誰にも信じてもらえませんよ。ですから、引き分けですね。事実は小説より奇なものです。それに、冷静に考えてみると、地下鉄テロの被害者が僕たちにとって、何だっていうんです。彼らは孫に語って聞かせる冒険談ができた。ひょっとしたらあれは彼らにとって、退屈な人生のなかでただひとつの大事件になったかもしれませんよ。死者は出なかったんだし。確かに、大惨事になる可能性はあったでしょう。けれども、人は毎日死んでいっているのに、僕らはそれに胸を痛めたりしないでしょ。紙の上の存在、名前を眺めるだけのものなんだ。今日の新聞にだって、何十人もの新たな死者が並んでいますが、そのために眠れなくなったりしないことは請け合えますよ。生きるとはささいなこと。誰かに役を割り当てられたロールプレイング・ゲーム。その役を素直に引き受けることも、拒否して自分で作ることもできるものなんです。生きることは、生きていることとは違います。生きるとは、死につつあることなんです。生きていると感じることは、生が失われてゆくのを感じること、つまり、死んでいっているのを感じることなんです。生きていること、死につつあると感じることからなるこの競技に、すでに死んでいる者は参加できません。死んでいる者は何ひとつ――生きていることも、死んでいっていることも、感じることができないからです。大切なのは、束の間を過ごすこと、死ぬということを感じることなのです。だって、それが生きるということですから。というわけで、死んでいっていることを、今夜、その女性の側でお感じになってください。そして、もし、夜更けに知覚が混乱して、セビリアにいるのでなくセントルイスにいると信じ込んでしまったなら、お願いですから、麗しの姫を捜してください。タスリムと呼ぶと答え、微笑むたびに世界を明るくする女性で、髪は短く、鼻にインド式のピアスをしています。僕は彼女のために死につつあるようなんです」

「話がめちゃくちゃだ、シモン。例の哲学めいた念仏を暗記されたようですね。あなたのご友人だか、そのおじいさんだか、ご友人がおじいさんだと思いたがっているアナーキストだかのやつを。何か向精神性物質でもお飲みになりましたか？」

僕は電話を切った。彼がマリアを見ながらつぶやくところを想像した。「あのガキ、頭がいかれてる」と。

気分が楽になり、ぼんやりとした眠気に身を委ねることができた。日曜日は、日が高くなってから起き出した。巨大なコインみたいにきらきら輝く春らしい日で、光は沸き立ち、街は妙に熱狂的な活気を放ち、オレンジの香りが大気に濃密に混ざり込んでいた。僕は、十二時間ぶっつづけで一度も起きることなく眠っていた。口の中がからからで、胃が中に何か入れろとわめいていた。台所で〈カエル〉と出くわした。彼はおやつの最中で、角の洋菓子屋で仕入れたばかりのケーキをいくつもぱくついていた。怯えたようすで、どの通りにも色彩が氾濫していると報告した。祭りの霊が封鎖を完了して、街を占領してしまっていたのだ。

「聖像神輿の行列を見にいくのか？」と、〈カエル〉が尋ねた。

「無理かもしれない。たぶん、これから、頭がはっきりしたら、メリダに帰ることにする」

「今夜？」

「たぶん、今夜」

メリダ行きは延期することになった。こう言ったときには、マリアと翌日〈カエル〉の父親に会う約束をしていたのを忘れていたのだ。もっとも、この約束を守らなかったからといって、何が困るんだろう。僕はもう、起こってしまったことに対しては何もできないことを承知していたし、〈カエル〉のクレイジーな仲間たちと探偵ごっこをやって母や妹たちを危険にさらすことはしないと決めていた。〈カエル〉は聖週間《セマナサンタ》が終われば、この前決めたとおり出ていくだろう。たとえそれで、経済的な問題から僕もアパートを出なければならなくなったり、新しい同居人を探すことになったりしたとしても（大学の学期が進んでいるので、かなり難しいことだが）、僕らはもうすぐ離れ離れになるのだと思えば、大いに心が安らいだ。

聖週間《セマナサンタ》については、街に飛び出して行事を楽しもう、などという元気はなかった。聖週間《セマナサンタ》が人の五感を煽りたてるのは間違いないことだが、天蓋付きの神輿ほど美しいものはないと言いきるのは、自惚《うぬぼ》れというものだろう。シャツを引き裂いて、さあこれが最高にして最良のものだと見せつけるようなそうした態度は、一部の人にとっては逆効果で、反感が生まれることになる。けれども、僕も聖週間《セマナサンタ》の熱心すぎる信徒会や詩人に対してそんな反感をもったことはあるが、この気持ちを解消する特効薬がある。何事もまじめにとらないこと、聖週間《セマナサンタ》をあるがままに捉えることだ。つまりあれは、街路で繰り広げられる美しい出し物なのであり、僕たちはそこで芝居のエキストラを演じているのだ。その芝居は、ありきたりで、ばかげていて、無礼講で、飲めや歌えの大騒ぎを伴い、楽しくて、そして――何百人もの女性が裸足をひきずる苦行をしながら、天に向かってささやかな健康やら、もしかしたら、天使が現れて宝くじの当たり番号をこっそり教えてくれることなどを哀願しているさまを見ればわかることだが――ドラマチックだ。時には、（車椅子を押すナザレ人〔聖週間特有の衣装で行列する人々〕の列、くるぶしに鎖をくくりつけた悔悟者たち、行列への参加はたぶんこれで最後だと、歩くあいだじゅう泣いている老婆）ぞっとするほどドラマチックだ。その効果はふたつの聖週間《セマナサンタ》の共存から生じる。ひとつは、心底からなのか無邪気になのか、あるいはなんらかの必要性からなのか、街を練り歩く聖像の背後には見聞きして下さる神がおられるのだ、と信じてやまない人々の聖週間《セマナサンタ》で、もうひとつは商業主義の聖週間《セマナサンタ》だ。酒場にひしめく髪をポマードで固めた太った男たちは、まったくの些事《さじ》（一連の固有名詞――今年の〝悲しみのイエス〟の行列の親方は誰か、〝苦しみのキリスト〟に付き随《したが》う一団はどれか、といったこと）には詳しくて、心にもないお世辞を競うように言い合いながら爪楊枝で歯をほじくっていたかと思えば、突然、永遠なるセビリアを称える古めかしい歓呼の声をあげたりする。この男たちに真実を思い出させたりしたら、顔面にパンチをくらうことになるだろう。すなわち、この街は、国一番の節操のない街として有名なことを。来るものは拒まず、何にでもいの一番に賛成する。クーデターを支持、政権党を支持、サッカーの国内選手権を支持、なんでも支持、支持、支持。

〈カエル〉と夕食をとった。日常がいわれなく戻ってきた。まるで、すべてのことが、「ARLEQUINES」が僕の人生に飛び込んでくる以前とまったく同じままでありえるのだとでもいうように。まるで、起こってしまったことを、なかったことにしてしまったか、ただのエピソードの堆積に、この先誰かとしんみりと話を交わす場での語り草に、してしまえたとでもいうように。僕たちは、僕たちの日々を乗り捨ててきた場所に戻ってきたのだ。けれども日々は、そこでじっと待ってくれてはいなかった。その場所の空気から、僕らの日々は消え失せていた。

食事は以前と変わらないふうを装った平穏さのうちに進み、そうしているうちに僕自身、疑わしい気持ちになってきた。もしも僕がテロの話を持ち出しても、〈カエル〉は、いったいこいつは何の話をしているんだとばかりに、不思議そうに僕をまじまじと見つめるのではないか。とどのつまりは、何もかも、僕の悪夢の煙った継ぎ目のない世界で起こったことにすぎないのではないか、と。不自然なことだが、僕は食卓のサラダの味を堪能した。キクヂシャにロックフォールチーズ、アボカドの細切れとミックスしたカットパイナップル、マグロの切り身と、コーンのサラダ（僕たちは『パワー・サラダ』と命名していた）。まるで、目の前にいるのは、いつもの〈カエル〉、一年間親しんできた人物だとでもいうような感じだった。その間《かん》、僕たちは大きないさかいもなく、調和を保って共に暮らし、その調和は一時だって破られることがなかった。あの忌まわしい電話がかかってくるまでは。

いまや、状況が〈カエル〉についての印象を一変させ、彼のイメージは地に墜ちていた。そして、テレビを見ながら夕食をとるといったごく日常的で何気ない場面の束の間ですら、わきあがる嫌悪感を差し控えることは忌まわしいことだと言わざるを得ないし、慎重であるというより臆病なことであり、ナチと朝食を共にしながら相手の話に合わせて絶えず微笑みを浮かべるようなものだった。食欲が損なわれなかったという事実だけでも、吐き気をもよおすべきことだった。物事の惰性により僕はそこまで骨抜きにされて、倫理的な判断力を奪われ、極悪非道なものとそうでないものとを区別したり、善と悪とを隔てる膜を感知したり、この古ぼけたふたつの対立項をやっかいな区分から救い出したりすることができなくなっていたのだろうか。僕の適応能力はそこまで発達して、現実に押しつぶされ呑み込まれてしまわないように、何に対しても「いいよ」と受け入れられるようになっていたのか。すべてOK、どっちでもいい、僕には関係ない、忘れたい、と。「もし俺が悪い奴なら、それは俺が不幸だからだ」と、怪物フランケンシュタインは自分の創造主に語った。この怪物にとって不幸は明らかに最初からあり、生まれながらにはっきりとその烙印《らくいん》を押され、彼の中核をなしていた。悪はそのあとに、不幸せの必然的帰結としてやってくる。なぜなら悪とは、不幸を外側から見たものに他ならないからだ。おそらく、怪物の悪について考えてみる者は、その歪みがどこから生じたのか知りたいと気をもむことだろう。だが、その起源を知ろうとする無私の試みは、無視できない事実を暴露する。どうやら怪物を見ている我々、普通の人であり、倫理と善を守護することを防御壁にしている者たちこそが、怪物の不幸を引き起こしているのだ。

自己について一貫した認識を保っている者がみな、刻々と自分の存在をつくっていく出来事を自分自身に語りきかせて自分の物語の糸をたどっていることは承知している。僕の場合、いつのまにかこの糸が切れてしまい、僕の頭の中で虚ろに響く物語の主役は、僕ではない別の人物、それが僕であると認められない人物になってしまっていた。そんなふうに僕は、現実に生き血を吸われていたのだ。

僕は、自分をキャンセルしたいという意識に襲われるべきだった。ちょうど、美味しそうな料理を一口食べて、びっくりするほど素晴らしい味にうっとりしてかみしめていたときに、いま呑み込もうとしているものはドブネズミの臓物《はらわた》なのだと知らされた人のように。鏡の前に行く必要性にかられ、自分を凝視することで自分を責めた。身震いがした。シェークスピアの『オセロー』の一節が頭に浮かんだ。それによると、大いに騙されるのは僅《わず》かを知るより良いことらしい。あの時の僕も、すでに知ってしまっていた僅かなことを知らずにいられたなら、そのほうが何千倍もよかったと思った。騙されたままでいたほうがよかったと思った。

だって僕は、〈カエル〉について何を知っていたというのだろう。僕は見分けなければならなかった。彼が全世界——あるいはその中の具体的な一部——に宣戦布告していたのか、それとも自分自身に、自分の過去に（でっちあげたらしい過去に）宣戦布告していたのかを。ただのダメ人間にすぎないということもありえた。彼は戦士だったのか、それともダメ人間だったのか。たぶん、サルトルの識別法を使うことができるだろう。この方法によると、戦士は社会の中で暮らしているが、ダメ人間は孤独を背負っている。戦士はその信念を曲げれば逃げ込むことのできる神話を山ほど有しているが、ダメ人間にはそれがない。戦士は希望を失うことがないが、ダメ人間は絶望している。どちらも人間の尊厳を踏みにじるが、戦士は正当化できる大義と自らが考えるものに熱狂して踏みにじるのに対し、ダメ人間は大義に欠け、その目的に品位を求めない。戦士は間違っているが、ダメ人間は嘘をつくだけである。ダメ人間のダメさは狂気にのみ比肩する。

そして、〈カエル〉はダメ人間であり、狂ってもいた。それは僕にも感染し、僕の世界はすっかり揺さぶられて、順応主義の燃える剣《つるぎ》と、動かしようのない現実という冷たい壁の間に追いつめられていた。彼は孤独だった。すべてから、そして誰からも、隔絶していた。球根のような単子〔ライプニッツ哲学の用語で、物や心を構成する究極の要素〕であり、自分の意識の饒舌《じょうぜつ》な瓦礫《がれき》の中を執拗に前進しながら、僕たち他人はみな光学的な幻、自身の悪夢の産物だと信じていた。彼の努力はしかし、とりあえずの成果をもたらしていた。彼はすでに孤立に恐れを抱くことすらなく、自分にとりついていたカオスの中に決定的に沈み込み、別の人格にと、彼自身の中で疲弊しきった世界にと、誰でもない存在にと変身していた。誰にだって彼を殺すことはできただろう。僕にさえも。

　僕の中で地震が起こって僕の消極性がくつがえされ、勇気を示す必要を痛いほど感じた。きっと、僕はまだ、〈カエル〉に何度も何度も騙されていたことを認めてしまってはいなかったのだろう。いつのことかはっきりと覚えていないが、たぶん洗面所から出たときのこと、顔を水でざぶざぶと、そうすることで鏡に映った自分に向けた非難の視線の矢を洗い流せるとでもいうように、洗ったあとのことだったと思う。〈道化師たち〉の計画には、僕を殺すことも盛り込まれているのではと思いついて、ぞっとした。精神が錯乱してナーバスになっているときには針小棒大に考えがちなものだが、それにしても、〈道化師たち〉の計画を憶測するなどということが、彼らの正体も知らないのにどうしてできたのだろう。ロールプレイング・ゲームのような現実離れしたものは、もっともらしさの法則を完全に無視して現実に潜り込もうとするものだということに、僕は気づいていなかったのだ。しかし、もう、真実を知りたいという熱望も、〈カエル〉に報復したいという気持ちも、湧いてこなかった。彼が僕の中のある種の純粋さを破壊したこと、僕を――俗な表現でぴったり言い表す言葉がある――〝ひっかけた〟ことへの仕返しなんて。ああ、そうだ。これが僕が感じていたことだ。〈カエル〉は僕を〝ひっかけた〟のだ。

僕はソファの彼の隣に座り、おまえのやったことはダメ人間の行動だ、と罵ろうとしていた。テレビではウエスタン映画の予告をやっていて、クライマックスの、保安官とならず者の決闘シーンを映し出していた。

「俺が通っていた学校では」と、〈カエル〉が口を開いた。「男子は、ロッカールームや教室で、西部劇のガンマンの決闘によく似た遊びをやっていたんだ。もちろん拳銃なんかないから、代わりにペニスを使ってな。対戦者は、互いに向き合って、相手を狙って無理にでもマスをかくんだ。先に射精して、相手の急所に精子をかけることができたほうが、もし精子が火薬だったら相手は死んでいたわけだから、勝者となる。負けた奴に対する罰がどんなものだったかは、聞いてくれるな」

僕は彼を一瞥し、その視線が鋭くかつ、彼にいまの話は幽霊の分泌した音素の並びにすぎないことを理解させるものであることを願った。それから、優しげなしかめ面にこわばっていた表情のままで、攻撃を開始した。

「僕が明日、誰と会うことになっているか、知ってるか？」

「私立探偵とかな」

「ああ、彼も来るかもしれない。マリアも。僕らは、おまえの精神科の先生と父親に、会うことになっているんだ」

〈カエル〉はショックを表してしまったことを隠そうとした。一言だけ叫び、それが一本調子に聞こえなかったと思ったようだが、かなり不自然なものだった。冗談はよせ、とか、そんなばかな、といった言葉で、人が驚きを抑えながら発する表現。信じがたいことなのに、疑問を抱く代わりに皮肉と無関心とを入り混じらせた「本当？」の一言で受け入れるようなときのもの。

僕らのあいだに重苦しい沈黙が流れた。〈カエル〉のゲコゲコさえ、その沈黙を邪魔だてできなかった。

「一週間前に、おまえの父親に電話したんだ。会いたいと頼んだ具体的な理由は言えないけれど、承知してくれてね」と、説明した。

「ふん、もしあの男が俺に会えると思っているなら、無駄足になるな」と言って彼は、すぐに訂正した。「あいつが無駄足なんて踏むはずないが」

「どうして医者にかかっていたんだ」と思いきって尋ねた。黙殺されるのがおちなのは承知のうえだった。けれども彼は、テレビ画面が発する同期信号から目を離しもせずに、つぶやくような声で話しはじめた。

「親父が恋人だという女を俺に紹介した。俺の英語の家庭教師だった。親父はお袋の死後、その女と結婚しようと考えていたんだ。俺は、親父が車に積んでいた斧を持ちだして二人を脅し、墓地に連れて行って、お袋の墓の上でファックさせた。お袋に結婚の許可をもらうためにな」

この告白を聞いて僕がどんな表情を浮かべたか、表現することは不可能だ。口ごもり、声の震えを抑えられないまま、何とかこう言った。

「おまえんちの人間関係は、大変だったんだね」

「親父は、俺の英語教師でマンチェスター出身の女と結婚した。墓場での一件のあとのことだ。親父はラジオ・セビリアに勤めていた。いい声をしていた。それは事実だが、俳優になれずにいることを、ずっと苦にしていた。人には言えないような脇役しかもらえないまま年を重ねていたんだ。二人は、お袋が死ぬと結婚を決め、俺がお袋の墓の上でファックさせると、イギリスに行っちまった。帽子店を開いたんだ。糞くらえだ。俺は一度だってあの男を父親だなんて思ったことはない。風見鶏野郎だ。それに、聖週間《セマナサンタ》に入れあげているから、毎年ここに戻ってきているはずだ。つまり、あいつは俺の精神状態を心配して俺に会いに来るんじゃない、時期が重なっただけさ。いまの話で、俺がなぜ精神科にかかっていたかわかったろう。あいつが家にあった爺さんのパンフを全部焼いてしまったことは、絶対に許さない」

聞きながら、〈カエル〉のこうした過去の探訪の中にテロの原因を探している自分に気がついた。まるで、彼の人生を作り上げてきたいくつかの出来事（あるいは一連の出来事すべて）と、僕が巻き込まれていた事件そのものとが直接的に結びつきうるとでもいうように。〈カエル〉はあいかわらず自分の記憶を解体しながら、父親の死を願った場面を思い起こしていた。

「あるとき、水を一杯くれと頼まれた。俺はそのとき十三歳くらいだったはずだ。たぶん、俺が特別に反抗的で口答えばかりするというので、夏休みに山の寮に入れられた年だ。あいつは俺に、水を一杯くれと頼んだ。まるで、俺達のあいだには何も起こっていないとでもいうように。あたかも香《かぐわ》しい風が吹いて、俺たちの記憶を、あるいは少なくとも俺の記憶を消してしまった、最後の喧嘩であいつが俺のことを『太った糞』だと罵ったことも忘れさせてくれたとでもいうように。俺は驚きながらも、文句も言わずに従った。台所に行き、コップを取って、蛇口を開いた。そのときだったと思う。俺は、蛇口を開けっ放しにしたまま電話に起こされた夢のことを思い出した。もっとも、あれが夢だったのかどうか、確信は持てないんだが。水がコンロの金属板に当たってくだける音を聞きながら、俺は自分に尋ねた。いったい何をやってるんだ。なんだって、あのじじいの言うことにしおらしく従っているんだ。この前の喧嘩のことを忘れたのか。あいつが何と言って俺を罵ったか。俺を脅したか。いいや、と自分を叱咤《しった》した。忘れはしない。ともかくコップに水を汲むと、自分で飲み干した。俺は自分を説得しようとした。結局のところ、親父は俺を罵ったとき、酔っぱらっていたじゃないか。人は酔うと、言う気のなかったことや、思ってはいても心にしまっておいたこと、表現することが禁じられているがゆえに事実感じていないかのように思っていたことを、しゃべってしまうものだ。親父が、俺が死ねばいいと思っているはずないじゃないか、と俺は自分をなだめようとした。確かにそう言った、死ねばいいと言ったが。ひょっとすると心底そう思っているのかもしれないが。アルコールにはそうした欠点がある。人の心の内に書かれている秘密のメッセージを表に浮かび上がらせ、読めるようにしてしまう。俺は流しの汚水にコップを沈めてつぶやいた。これがあいつにふさわしい飲物だと。俺がその水を持っていくと、奴は摂取過剰のウイスキーを薄めようと、一息で飲み干した。飲み終わったとたん、吐き出して、むせはじめ、これまで飲んだものをみんな嘔吐した。俺は親父があの場で死んでしまうのだと思い、一瞬、いい気味だ、ついに報いを受けるんだ、と思った。しかし、そのとき奴は、松明《たいまつ》のように燃える異様な瞳で――長年の経験から、それは恨みを表していると俺は知っていた――、説明を求めた。俺には答えられなかった。親父は切れる寸前のピンと張った糸のような声で尋ねた。どうして自分をこんなにも憎むのか、なんだってこんな仕打ちをするのか、自分はここまで恨まれるような何をしたというのか。俺のせいでこんなに苦労しているというのに。俺と妹のために、俺の尻軽な母親のために、こんなに犠牲を払っているのに、自分は何をしたというのか。奴は俺に尋ねた。おまえたちに私が何をしたというのか。すると、苦悩がドクドクと沸き上がって俺の喉をつまらせた。空気が固まってその場から動くことができなくなった。あらゆる言葉はその下に地雷を抱えているように思えて、俺はパニックに陥った。やっと一言、『ノー』とつぶやいた。ただ、『ノー』とだけ。その声は、俺の唇の間で爆発し、固まっていた空気を破って俺を解放してくれた。俺は台所に行き、別のコップを汚水に沈め、一気に飲み干した。もう一度コップを汚水に沈め、また飲んだ。それから三杯目の汚水を汲み、四杯目を飲み下した。そうやって俺は、恨みの汚水を飲んでいった。不眠と侮蔑の味がした。その味は、俺の口の中を、昔ながらの地獄へと変えた」

〈カエル〉はそこで話をやめ、立ち上がって台所に行った。蛇口の水がコップを満たす音が聞こえた。テレビのニュースは今日のサッカーの試合結果の一覧を映していた。奴は僕の同情を買おうとしていた。その試みは成功していたかもしれない、もしも僕の中の何かが行動を引き起こさなかったなら。僕は鏡に駆け寄り、自分をしっかりと見つめた。その何分かで二度目のことだ。そうやって、〈カエル〉にやすやすと騙されない姿勢を維持するための戒《いましめ》を唱えた。百パーセント疑うこと。懐疑主義に徹すること。哀れみの感情を持たないこと。それから、衝動の命じるままよく考えもせずに、リビングを横切り、台所に入り、包丁をつかんで袖口に隠し、〈カエル〉のそばに立った。彼はもうソファに戻って落ち着いているところだった。僕は包丁を取り出し、〈カエル〉の頬に押しつけた。この緊迫した状況のせいで声が裏返ったりすることなく、平静な声音で、僕はささやいた。

「さあ、くず野郎。さっさと吐いちまえ。ロールプレイング・ゲームでおまえらは、いったい何をやろうとしているんだ」

〈カエル〉は誤りを犯した。僕の脅しがどれだけ真剣なものか推し量ろうと、笑みを浮かべたのだ。僕は奴の頬を切った。一条の血が包丁の刃を濡らし、〈カエル〉の顔を流れた。そのまなざしにようやく恐怖が張りつめた。演劇教室で俳優志願の連中に教えようと思っても真似させることのできないような、深い恐怖が。

「落ち着け、シモン。乱暴な真似はよせ」

「おまえの態度しだいだ。僕がおまえなら、さっさと白状するね」

「刃物をどけてくれ、お願いだ。もう騙したり嘘をついたりしないと約束する」

包丁を顔から離したが、脅せる位置に構えたままでいた。

「明日の夜、九時ごろに、俺と一緒に来ればすべてわかる。誓って言うが、罠でも策略でもない」

「おまえ、ばかか、〈カエル〉。そうだな、それだけのことなんだ。おまえはばかだ。僕がいまさら、おまえから一瞬でも離れると思うのか？　まさか。もっとましなことをするさ。必要なら縛ってでもおまえをここから逃がさない。そして、おまえの親に会いに行って、ここに連れてくる。そうすれば、すべて明らかになるだろう。墓地の一件やその他のことについて、おまえの父親は何て言うかな」

「おまえは正気を失っているんだ、シモン。なあ、俺は明日の午後、大事な用がある。みんながここに来るんだ。九時に〈道化師たち〉が集まることになっている。そのときにすべてがわかるはずだ。もし、おまえに何か知りたいことがあるならな。誓って、嘘じゃない。信じてくれ、シモン。明日の夜九時だ」

実を言うと、これを聞いて僕は、断固突っぱねるどころか大笑いしてしまった。そして、もしも嘘だったら絶対に見つけだして、その大きな腹でソーセージを作ってやるぞ、と宣告した。くだらない出まかせだったが、僕は、自分の演じている役柄が気に入ってきていた。翌日の夜九時に〈カエル〉が僕を待っていると、大して信じてはいなかったが、家を出た。階段を五段とばしで下りた。アパートには夜が明けきるまで戻らなかった。へとへとになって、夜明け近く、居酒屋《バル》で足を止めてコーヒーを飲んだ。ＡＢＣ紙をめくって娯楽欄を見つけ、クロスワードのカギを読んだ。ヨコの六段目に入る言葉は、イタリア喜劇で滑稽な役を演じる、仮面をつけてダイヤや格子柄のカラフルな服を着た人の複数、とあった。

# 17

あれからもうずいぶんの月日が過ぎ去り、僕の記憶の中で多くの物事が腐敗して、腐った果実のような臭いを残すばかりになってしまった。その中で鮮明さを失わずに消滅を免れていた細部から、記憶の修復を試みてきたわけだ。知られているように、記憶とは選択的なものだと、我々が抵抗なく習い覚えてきたドグマのひとつは言う（このドグマには他に、あらゆる意見は尊重されるべきだとか、時がすべてを解決してくれるとか、殺人犯は必ず犯行現場に戻ってくるとか、コヨーテは絶対にロードランナーを捕まえられないとか、顔は心の鏡であるとか、過去はすべて良くみえるといったことがある）。けれども、決まり文句を修正して、こう言い足すことができるかもしれない。記憶とは、選択的というより、巧妙に人を欺くものだと。記憶は、現実に起こったことを改訂し、あったことを理想化という腐食液に溶かして差し出すのが好きなのだ。そうやって我々の、過ぎ去った時を思い出す必要を満たしつつ、もしその過去が素顔のまま、曇りなく、事実あったとおりに提示されたら生じかねないダメージから、我々を守ってくれているのだ。だからこそ、他人の言葉で過去を振り返るときに、ショックを受けることがよくある。例えば、自分がその場にいたと覚えていないようなことを語られ、確かにそこにいたと確言されるような場合だ。

けれどもし、時が歪めることのできない一日というものがあるとしたら、間違いなく、あの《聖月曜日》はそうした日だった。あの日、街に出ると、早朝だというのに祭りの気配は満ち満ちており、美しい娘たち（美は普遍的な商品だ）が新調した服をまとい、拷問具のような靴を履いて、快適さのためには華麗さを犠牲にすべしという忠告にいっせいに反逆していた。他にも、初めて酔っ払おうとしている、あるいは初めての煙草に火をつけようとしている少年たちや、お目当ての行列が教会から出発するところを見逃すまいと急ぎ足で歩くご婦人たちがあふれかえっていた。

あの日の午後から何ヵ月もが過ぎたのに、今も消えずに記憶に残っているものがある。〈カエル〉の父親の満月のような巨大な丸顔と、頬についたたくさんの、髭剃りをあせっての傷跡。精神科医のプリエト先生のチェーンスモーカーぶり（魅力的な男だったが、その博学を披露した演説のあとにはきまって下唇に唾がついていた。けれども、僕の見立てでは、一番鶏が鳴く前にマリアの餌食となり、ランプをこすられて魔人がそこにもいないことが確認されるとさっさと捨てられることになりそうだった）。それから、〈カエル〉の父親のつれあいが常に浮かべていたあの表情。彼女は堅苦しい感じの初老のイギリス人で、丸々としたオリーブに爪楊枝を突き立ててはおちょぼ口に運び、唇の間に挟んで歯で緑の果肉をかじりとって、剝き出しにされた種がわずかに残されたオリーブの地峡でのみ爪楊枝とつながっているという状態にしていった。気晴らしにこうした細目を書き綴っていけば、二十ページでも費やすことができるだろう。例えば、爪。精神科医は嚙み爪で、〈カエル〉の父親のは先が汚れており、イギリス人の継母の手の長い爪は、マニキュアが塗られたものと（指の腹がつかないようにしてテーブルにのせているさまは、指がハイヒールを履いているようにみえた）、剝げかけたものとが交互に並んでいた。だが、こんなことが言いたかったわけではない。あの会合で、僕は聞き役に回り、皆の話に注意深く耳を傾けるという、時間の無駄だとわかっていても礼儀上じっと我慢して聞く以外にない奨学生のような態度でいた。

会合で耳にしたことは何ひとつ、僕を驚かせも、予定の変更を促しもしなかった。予想していたとおり――あのとき何かを予想していたなどと今言うのは簡単だし、あんなに不安定な状態に揺さぶられていたことを考えれば不適切なことかもしれないが――、会合では〈カエル〉を巡って、彼が一見して正常であると論ぜられた。父親との問題などまるでなし。すべては不幸な過去をでっちあげるための純然たる創作《フィクション》だったのだ。墓地での一件、父親とイギリス人教師が先妻の墓に跨がったなどという話も、まったく出なかった。精神科医は、当然ながら職業上の守秘義務から、〈カエル〉の診察室での打ち明け話を開示はせず、診察を始めたときには被害妄想の初期症状が見られたとだけ指摘し、彼は皮膚の下に治すことのできない傷があると思い込むようなう つ病により健康が損なわれていたのだと述べた。イギリス人教師は口の端から端へと爪楊枝を動かしながら、〈カエル〉は並外れた《デスコムナル》エディプスコンプレックスの持ち主だとつぶやいたが、この形容詞をあまりにもったいぶって発音したため音節を取り違え、僕らの耳にはシロップの商品名

「デスクマノル」としか聞こえなかった。〈カエル〉の父親は、その意見を否定しながら形容詞の発音を訂正し、あの日の午後最初のウイスキーをダブルで注文した。マリアはといえば、医者の隣に座ってアルコールを飲ませまいとあの手この手を使い（僕はおかしくてしかたなかったが、目に隈《くま》をつくりすっかり疲れた様子のバトゥローネ探偵は、嫉妬にやきもきしていた）、周りの会話にあまり注意を払っておらず、もちろん自ら発言することはほとんどなかった。探偵は、（僕は他の人たちが到着する三十分前に彼と顔を合わせていたのだが）、〈カエル〉の犯行を示す手がかりについて解説し、それを聞いてイギリス人教師は満足そうに驚き、父親は息子は無罪だと冷淡に受け流し、精神科医は憤慨して異を唱えた。

そういうことは、二人きりのときに忠告しておいたのだが、耳を貸してもらえなかったようだ。僕は彼に、今はまだ、心配している〈カエル〉の父親にそれを話す時期じゃない、父親には〈カエル〉と毒ガスを結びつけるのは骨が折れることだと言ったのだが。

「ねえ、シモン。毒ガスを入手するのは何ら難しいことではないのですよ。ある化学者が教えてくれたのですが、通常の装備のある実験室ならどこででも、作り出せるのだそうですよ。いったい何種類の毒ガスが存在するか、あなたはご存知ですか？　ＶＸと呼ばれる、サリンの十倍も強力な毒ガスを、化学専攻の学生なら誰だって作ることができるということをご存知でしたか？」

探偵は火遊びがすぎて火傷してしまった。精神科医が、顔を真赤にして目を血走らせたのだ。それが怒りのためか、それとも、探偵を分析しようと興奮し、彼の心に出来の悪い推理小説を読みすぎて煽られた功名心と被害妄想とが結びついたコンプレックスを見出そうとはりきったためかはわからないが。

「私が思いますに、〈カエル〉は、アロンソ・キハーノ〔ドン・キホーテの本名〕症候群と呼べるような一種の病気に罹《かか》っているのです」と、バトゥローネは僕と会って一時間後、全員が揃ってから診断を下した。

精神科医は指で眉を鼻柱の方に寄せると、ほこりでも吸い込んだみたいに咳払いした。〈カエル〉の父親はバトゥローネに、その〈カエル〉と呼んでいる人物はいったい誰なのかと尋ねた。探偵は非礼を詫び、ニックネームを本名に訂正した。マリアは精神科医のためにミネラルウォーターを注文し、僕は視線をはずして外の通りに向けて、〈カエル〉の動機の解釈としてエリベルト・バトゥローネが思いついたことの説明を再度聞く準備を整えた。通りには、彫刻のような脚をした少女が歩いていたが、その彼女の肉体が僕の手を香らせることは決してなさそうだった。

「その病気って何ですの？　初耳ですわ」と、イギリス人の継母は、解説しようとしていた探偵を無視して、精神科医に質問した。まるで、探偵がするような解釈は信用できないとでもいうように。なんだかんだ言っても、診断を敢行したのは彼だったのだが。彼はしゃべらせてもらえなかった。精神科医は、バトゥローネの発言を「たわごと」と決めつけて一蹴し、〈カエル〉の気質について説明をはじめた。平凡でありきたりなもので、どんなタイプの葛藤もみられないことがもっとも個性的な点だという。結局のところ、精神科医によると〈カエル〉は――「私の患者は」、と医者は表現した――有名になりたいという強迫的な願望から、何らかの葛藤をでっち上げずにはおられず、そうやって、生きていること、さらにいえば、生きていたことを実感しようとしているのだそうだ。

「アロンソ・キハーノ症候群とは」とバトゥローネは、他のメンバーが現れる前に僕に説明していた。「基本的には、自分の体験したフィクションの世界（小説や、それに代わる映画の世界）が唯一の現実だと思い込むことです。いや、むしろ、こう言ったほうがわかっていただけるかな。現実が、書物あるいは映画の延長でしかなくなることなのです」

一時間後、「みなさん、ご存じですかな。アメリカでは精神病の殺人者の五人に三人は、スティーブン・キングの熱烈な愛読者なのだそうです」とエリベルト・バトゥローネ探偵は会話を割って切り出したが、誰一人としてまともに耳をかさず、この修辞的な問いかけにちらとでも興味を示すことさえしなかったので、質問への答えから展開するはずの演説は、拒まれたかたちになってしまった。僕は一時間前にしっかり聞かされていたのだが。

「ええ、そうなのですよ、シモン。精神病患者の五人に三人が、スティーブン・キングのホラー・ファンタジーの熱烈な愛読者なのです」

「驚きはしませんね」と僕は冗談で応じた。「スペインでは、更年期の女性の五人に三人が、アントニオ・ガーラのきざったらしい作品ならなんでもよしという愛読者で、スーパーマーケットに行って並んだ商品を手当たりしだいに買い込む代わりに、近東旅行に出かけてトルコの男を漁っているそうです。文学は、一部の市民に対して悪影響を及ぼすものなんですよ」

「アロンソ・キハーノ症候群というのは、物語の登場人物になりきることを、読書の時間きっかりで終わらせず、さらに続けてしまうことなのです。誰だって一度は、読んでいる物語の主人公になった気分を経験するものですが、本を閉じて少し時間が経てば、その状態から脱するでしょう。アロンソ・キハーノは違いました。ねえ、シモン。読書とは、ある種の危険を伴うものでしてね。探偵小説を読みすぎたあと、外に出て怪しい人物を尾行してしまう者もいます。架空の人妻が事務所にそうした仕事を依頼に来たと思い込んでね」

「それに、記号論の本を読みすぎて自分が記号になったと思い込む人や、シュールレアリズムの詩人のものを読みすぎて自分が謎になったと思い込む人もね。実際、アントニオ・ガーラを読みすぎて――もっともこの場合、読みはじめた時点でもう読みすぎなのですが――、自分は誰からも相手にされない更年期女だと思い込む人もいるのですよ。それから、ジョージ・スタイナーの本を読んだ人は、自分がとてつもなく賢いと思い込む」と僕は応じた。

「スティーブン・キングは」と彼は言った。「それ以上の効果があるのです。読者の一部、キハーノ症候群の傾向を持つ者に、精神病古来の遊戯の実践を促してしまい、眼鏡をかけた学生やエイズに罹った娼婦を襲うという行為にはしらせるのです。なぜなら、彼らにとってその者たちは、エイズに罹った学生や眼鏡をかけた娼婦ではなく、小説の中の登場人物にすぎないのです。最近、新聞に実におぞましいニュースが載りました。ロールプレイング・ゲームをやっていた二人の若者が、バスを待っていた男性を刺殺したのです。理由は、間抜け面をしていたからと。ゲームの中での彼らの役柄の使命が、間抜け面した人間を根絶やしにすることだったのです。明らかにこの二人の殺人犯も、重度のアロンソ・キハーノ症候群だと言えるでしょう。

しかし、この病に、一個人でなく、集団全体が冒されるケースもあります。それほど人を惑わす書物があるのですよ。聖書、『我が闘争』、共産党宣言、憲法。つまりですね、シモン、もうお察しのとおり、私の結論は、ロールプレイング・ゲームとキハーノ症候群を結びつけたものなのです。ゲームのプレーヤーたちにとって、世界はひとつのステージ、彼らは何らかの役割を演じるために選ばれた登場人物で、その役柄を裏切ることはしないのです。なぜなら、彼らはゲームに勝たねばならない、ロールマスターに従わなければならないのですから。私が思うに、この忌まわしいゲームでは――そのルールは、あなたの同居人が書かれたものと『セビリアに必要なこと』という小冊子を読んでも私には見当がつかないのですが――、〈カエル〉こそがロールマスター、地下鉄テロを起こしたプレーヤーらに命令を下した人物なのです。彼はゲームを仕掛けた裁定者のようなもので、どのような目的を中心に据えるべきか、何を達成すべきか、いかなる方法で遂行すべきかを判断しているのです。彼はひとつのフィクションを作り上げ、そこでプレーする仲間を配置したというわけです」

「ねえ、バトゥローネ。僕が似たような説を先に提唱していますよ。あなたにだったかマリアにだったか忘れましたが。たぶん、マリアが僕のよもやま話を自分のものにしてあなたに伝え、あなたはそれを、広範な文学的教養を使って拡大させることにしたのでしょう。でも、いずれにせよ僕には凝りすぎた説に思えるし、いい線をいっているにしても、〈カエル〉の関与を示しているものではありませんよね。だって、確かにロールプレイング・ゲームなのかもしれないし、〈道化師たち〉によるゲームという可能性も否定できませんが、だからこそ、〈カエル〉が関与しているように見えたのは単なる偶然、たちの悪い偶然のせいで僕が惑わされてしまっただけなのかもしれないじゃないですか」

一時間後にはプリエト医師が介入し、マリアはずっと彼の肩にひじを預けていた。

「我々の存在が我々に十分とはいえなくなるとき、生を分割させて我々の不毛な現実から別の世界、別人になる可能性を創造する必要が生じたとき、我々はフィクションを作ることがありますが、そのフィクションは必ずや不十分なものであり、我々は依然として失望を味わうことになり、自分自身であること、自分自身以外にはなれないことの倦怠を受け入れざるを得なくなるのです。このフィクションの創作を容認することは、結果の予測できない遭難に巻き込まれかねないことを意味します。なぜなら、自分が別人となっているフィクションをずっと維持できる者は、ごく少数なのですから」

「あの、それで、何がおっしゃりたいのでしょうか？」と、イギリス人教師が説明を求めて、精神科医が明晰なる意見を並べ立てるあいだ僕たち全員が抱いていた疑問を代弁した。

「つまりですね、バトゥローネ氏がおっしゃった症候群に冒された人間の経験は、個人の枠を出ることがないのです。幽霊体験のようにね——基本的なところは異なっていますが。というのも、その体験を文章にしたり疑問を重ねたりすることで読み解こうとする代わりに、命を与えることで読み解こうとするのです。こういう言い方をするなら、この病に冒された者——ロールプレイング・ゲームのプレーヤーも実際、その一例といえるでしょうが——は、自分を救うために、自分自身から逃げ出す必要があるのです」

「お話の邪魔になったら申し訳ないのですが」と、探偵が話の邪魔をした。顔一面に作り笑いを浮かべ、嫉妬に身を焦がしながら。「ロールプレイング・ゲームでは……」。つづいて、以前に僕を辟易《へきえき》させたのと同じ演説が解き放たれた。ゲームの棚卸と、ゲームの参加者によって引き起こされた悲劇的で身の毛のよだつ逸話の列挙。例えば、『インタビュー・ウィズ・ヴァンパイア』というアン・ライスの小説から生まれたゲームでは、プレーヤーの一人が、自分の役柄に命を吹き込むために人間または動物の生き血を吸うよう要求された。でなければ、つまりそうした野蛮な行為を拒否するなら、ゲームから外されて、光を浴びて死ななければならなくなる（この場合、吸血鬼の死は、瞳を焼かれることを意味した）。精神科医は、煙草を吸っていないときは爪を噛んでおり、イギリス人教師は夫にオリーブの実がなくなったことを示し、〈カエル〉の父親は指——爪の先が汚れている——を立て、ボーイが近づいてきてオリーブの補充を言いつかって去り、その間マリアはため息で風を追い払っては、赤い厚紙のファイルでそよ風を起こし、僕はロールプレイング・ゲームの目録を二度まで聞くまいとがんばっており、バトゥローネはこの目録で、ほとんど評価されていない彼のプロフェッショナリズムの高さを証明しようとしていた。

「別のゲームでは、参加者の一人が、五十万ペセタを入手して新聞に折り込み広告を入れろと要求されました。それから、そう遠くない以前に起こったことですが、七月十八日、フランシスコ・フランコがクーデターを起こしたのと同時刻に生まれた子どもは悪魔の化身だから、生まれたらすぐ窓から放り出せ、というのもありました。ひとつ言えるのは、しばしば、〈治療者〉と呼ばれるキャラクターが登場することです。このキャラクターの特長は他のプレーヤーをサポートすることで、一種の伝道師のように、善行を施す度に点数を稼ぎ、秩序の敵の悪行を阻止することを役目としています。その他ロールプレイング・ゲームに必ずといっていいほど登場するキャラクターは、〈魔法使い〉、〈戦士〉、〈泥棒〉、〈吟遊詩人〉です。しかし、中心となるのは〈裁定者〉、すなわちマスターなのです。これは、冒険を考え出した人物であり、さまざまな困難を乗り越えたあとで到達すべきゴールを定める者です。もし司令塔から何かを盗めと要求されれば——傘からミンクのコートまでいろいろ考えられますが——、泥棒役のプレーヤーは、危険を冒して指定されたものを盗まなければならないのです。数ヵ月前に新聞を飾った記事のことを、おそらくみなさんも覚えておられるでしょう。ボスニアで死んだスペイン人兵士の遺族が、墓を開けて中で腐敗しつつある遺体を掘り出すよう要求した件ですよ。というのも、何度か電話がかかってきて、その相手は匿名ながら、死者と同じ部隊にいて最近その地域から戻った者だと名乗り、墓に葬られている損傷した遺体は彼らの息子のものではない、なぜなら息子は生きていて、セルビアのある村に隠れていると執拗に訴えたというのです。その男によると、埋葬されているのは拷問されたボスニア人であり、墓の掘り起こしを要求した両親の息子は、そのボスニア兵に自分の軍服を着せて逃走し、まだ生きているというのです。遺族の望みどおり墓の蓋が開けられましたが、法医学調査の結果、遺体はそのスペイン人兵士のものだと確認されました。こんな無気味な悪ふざけの背後には、いったい何者がいるのでしょうか。調査がなされましたが、この忌まわしい電話の主が誰だったのか突き止めることはできませんでした。けれど、その後ついに、この悪行はロールプレイング・ゲームの一部だったと判明したのです」

僕は、〈吟遊詩人〉の使命は何なのか尋ねようとした。好奇心をそそられたのは、これこそ〈カエル〉が彼のゲームの中で僕に割り振った役割かもしれなかったからだ。しかし、僕は探偵の話にもううんざりしていたし、猛烈に眠たくて、もしホテルに逃げ込まないといけないとしたら、ダブルベッドの部屋を頼みたいくらいだった。

「実際のところ」と、精神科医が解説を始めた。「ゲームはプレーヤーの鏡であり、人生が彼らによって作ってきたものの鏡なのです。ゲームのルールはそれを定めた者の投影にすぎないのです。ロールプレーは閉鎖的で、外部や、ゲームのルールを知らない者、それを受け入れない者に影響を及ぼしません。もし及ぼすとすれば、そのゲームは倒錯してしまっているのであり、その倒錯の起源は、ゲームよりこちら側にあるのです」

「すみませんが、補足させてください」と、バトゥローネが補足を始めた。精神科医の謎めいた宣告をあっさり聞き流して。「ロールプレイング・ゲームの中には、ライブ・ロールと呼ばれるものがあります。これは実際、ゲームのルールを受け入れない者や、知らないでいる人を巻き込んでしまうのです。この種のゲームでは、各プレーヤーは衣装や台本を必要としない役者となり、世界を舞台へと変え、何らかの役になりきっている気分でいるのですが、事実なりきっているのです。実際、ゲームの多くは、過去や未来の架空空間に舞台設定されますが、いくらかの想像力か野心があれば〈裁定者《マスター》〉は、自分独自の——決まって複雑怪奇でまったくの独り善がりなものですが——ルールを定めることができるのです。プレーヤーはたいがいお坊ちゃんの大学生で、一プレーヤーにとって、マスターになることは最高の栄誉です。なにしろマスターは、行なうべき冒険や解決すべき問題・課題を提唱しますし、ゲームの管理者であり、真実の所有者であり、世界の法を解釈し、役割を振り分け、行動の条件を設定し、目的を示し、各プレーの成績やプレーヤーが被ったダメージを裁定し、そして何より、運命を支配するのですから。すなわち彼は、サイコロ、正方形や二十面体のダイスなのです。マスターは、冒険に参加する必要さえないのです。神、あるいはその代理人なのです」

会合のあいだ、周期的に、あせることなく、〈カエル〉の父親は息子がどこにいるのかと尋ねつづけた。これが本当らしくない話に聞こえることは認めよう。息子の運命について討論する場にやって来た人物が、心配もせずに非常にのんびりと、どうして息子はここにおらず居場所もわからないのかと尋ねているなんて。僕はそのとき、この態度は英国人気質が伝染したものだろうと解釈したのだが、そんなはずはないし、納得してもらえるような解釈とはいえそうにない。しかし、確かに僕はそういう場面にいたのだ。時にふれ、視線を常に大通りに向けたまま、大きな声をあげないですむよう少しでも地面に近づいていたいとでもいうように前屈みになって、〈カエル〉の父親は息子がどこにいるのかと尋ねた。マリアがじっと僕の目を見るので、僕は、同居しているアパートから彼の息子が姿を消してもう一週間以上経つが、実は電話で毎日のように話をしているのだと答えた。バトゥローネは自分の喉をつかんで腹から出かけた悪態を抑え、通りに視線をそらしたが、それは、我々〝アマチュア〟の即興の戦術への控え目な異議申し立てのしぐさだったようだ。

〈カエル〉の父親が、三回目か四回目に彼のライトモチーフに訴えて僕への質問でテーブルを支配していた沈黙を追い払ったとき、僕は、バトゥローネがトイレに行っていたのをいいことに、思いきってこう言った。ぜひにとおっしゃるなら、なんとか調整して——もしくは、何事もやってみて損はないというから、少なくとも挑戦してみて——親子二人きり、水入らずで会えるように計らいましょう。たちまち精神科医が口をはさんで、自分が同席しないならその会見には反対だと言った。彼は、自分が調停役となり、険悪な空気をやわらげ、会見を仲裁し、二人の仲を取り持とうと申し出た。僕が約束できたのは、〈カエル〉と話をして、彼が決めたことを彼らに電話で伝えるということだけだった。こうやって埋め合わせをしてから、立ち上がり、もう行かなくてはいけない、群集が庭園にいる人たちを身動きできなくしてしまう前にここを出なければ、祭りが落ち着くまで移動できなくなると告げた。そして医者に別れの挨拶をしてから、マリアの頬にキスするような格好をしたが、実は耳たぶを噛んで、どうしてだか聞かないでほしいのだが、こんなことを囁いたのだ。「アフリカじゃ、君の歳でもうお婆ちゃんになっている女性がいるんだって。まあ、せいぜい楽しみな」。それから、〈カエル〉の父親とホテルに電話する時間を取り決めた。そして、一銭も置かずにその場を立ち去り、彼らが請求されそうなばか高い料金の支払いに参与しなかった。セビリアでは、聖週間《セマナサンタ》の時期、物価は三倍に跳ね上がるうえ、もしウエーターが外国語訛《なま》りのひとつでも耳に止めれば、さらに値が吊り上がるのだ。

百メートルも行かないうちに、記憶の穴から〈カエル〉の父親の部屋番号がこぼれ落ちた。僕が会合から立ち去ることになったのが、バトゥローネがトイレから戻る前だったというのは面白い偶然だ。席に戻った彼はまず確実に、大げさなまでの驚きの表情で会話に割り込み、全員の注意を求め、しゃべる妨げとなる荒い息遣いを抑えきれないまま、店のテレビかラジオで聞いたばかりのニュースを伝えたことだろう。新たなテロが、再びセビリアの地下鉄の、トゥリアナ地区のタルドン駅で起こった。またも神経ガスだ。被害者の数はわからない、被害者があるかどうかも(車両は聖週間《セマナサンタ》の一大公演のエキストラを務めようという市民でいっぱいだったにもかかわらず、重症者はいなかった)。バトゥローネが店の中からみんなが座っているテラスへと向かうあいだに僕は、もう誰も追いかけてきてそのニュースを伝えて脅かす気にはならないほど離れてしまっていた。庭園の舗装されていない遊歩道を進んだ。割れたビンやコンドーム、犬や酔っ払いの糞といった、前の晩の大騒ぎの残骸が散乱していた。あてどなく歩きながら、頭を空っぽにしていった。〈カエル〉は他の人たちの作ったフィクションなのだと思い込むことにして。庭園を歩きながら、本屋に行こうと考えた。そこまでの道が神輿ののろのろとした行進を待つエキストラの群集でふさがれておらず、聖なるお祭りの午後に営業している店に。庭園の近くにはバベル書店があったが、あそこに行くには遠回りしてサンタクルス地区に飛び込むか、後戻りして、背を向けてあとにしたばかりの地点に戻らなければならない。そこではバトゥローネが、電話で聞いたかラジオのニュース速報で仕入れたかしたことを、まだ繰り返し並べ立てていたことだろう。テロは六時ごろに発生した、つまりこの三十分内のことだ。いまだ誰も逮捕できておらず、一帯は混乱をきわめている――。

結局、サンタクルス地区に足を踏み入れた。横丁を通って近道し、群集でぎゅうぎゅうづめになっていそうな場所を避けたところ、思っていたより早く本屋に入り込むことができた。ショーウインドウで客の注意を引いていたのは、ノーベル賞の新たなる受賞者、ジョゼー・サラマーゴの全集の前半で、カバーには著者の笑顔が印刷されていた。

店に入ったのは、新刊をちょっとのぞいてみようと思ったからで、失業という僕がなったばかりの状態では何を買っても浪費となってしまうことは、承知していた。人気《ひとけ》のない店内では、ナッチョとぺぺ――この店の店員――がチェスを指していた。使っている駒はお手製で、ひとつひとつに有名作家の顔が彫られていた（そこには厳格な序列があって、歩兵《ポーン》は僧侶《ビショップ》より、僧侶《ビショップ》は騎士《ナイト》より、騎士《ナイト》は塔《ルーク》より知名度の劣る作家となっていた。白の女王《クイーン》にはカレン・ブリクセンがあてられ、黒の女王《クイーン》はマルグリット・ユルスナール。王《キング》はカフカとペッソアの顔だった）。僕は最近出版された本のチェックを始めたが、興味を引かれるものはなかった。事実、そこに陳列されていた本が僕の興味を引かなかったのか、それとも、本を買うことはできないという意識が、状況が違っていれば僕の興味を引いていたかもしれない本に興味を向けさせなかったのかは不明だが。それから少しのあいだ、新刊扱いしてもらえる三ヵ月が過ぎた小説が居眠りしている棚の前にたたずんだ。驚いたことに『スモーク』があった。ポール・オースターによるシナリオ。ウエイン・ワンが撮った、僕が未見の映画のものだ。手にとって、値段を見て、あきらめて、元の場所に戻した。その時、彼女が入ってきた。彼女を紙の上で再現しようと形容詞を探しても、無駄な努力に終わるだろう。ペペが応対した。エリオットのように見える僧侶《ビショップ》で冴えた一手を放ち、ナッチョのマルグリット・ユルスナールを窮地に追いやったあとで。

「ポール・オースターの本を探しているのですが。『スモーク』という」

心臓が喉まで迫り上がった。ついさっき元の位置に戻したばかりのその一冊を見た。よく考えもせずにつかみ取り、脇の下に押し込み、ジャケットで隠した。彼女とお近づきになる方法がひらめいていた。もちろん、運まかせの面はあるが、やってみなくては。ペペはコンピュータで調べて「ええ、あります」と答え、僕が前に立ってあれこれ見ている棚のところにやってきた。僕は彼に場所を譲り、あの女性に視線をやると、彼女は暇つぶしにチェス盤を眺めていた。

「あれ、ないぞ。おかしいな。ナッチョ、今日、ポール・オースターの本を売ったか？」

ろうとしていた。

「いいや」。ナッチョは答えながら、エリアス・カネッティの顔のついた塔《ルーク》でユルスナールを守

ぺぺはカウンターに戻り、再びコンピュータで調べた。

「うむ、あることになっている。いや、あったはずだ。だけど、今は見あたらないんですよ。よかったら取り寄せますが」

何もかも、期待どおりに進んでいた。

「どれくらいかかります？」

「聖週間《セマナサンタ》の終わりには、届いていると思いますよ」

「いいわ、それでお願い。今お支払いするんですか」

「いえいえ。電話番号と名前だけで結構です」

「アリアドネです。電話番号は九二―五七―九〇」

僕はナンバーを記憶にとどめた（電話番号であると同時に、彼女のスリーサイズでもおかしくない数字だ）。九二＝メリダが一部リーグに上がった年、五七＝母の年齢、九〇＝僕がセビリアに住みはじめた年。アリアドネは出ていき、市警が一人入ってきて、『我が闘争』を求めて二人の店員の目を白黒させた。その隙に店を出た。ポール・オースターの本が脇の下から滑り落ちそうになっていたのだ。

道すがら、気晴らしのお遊びとして、目に留まった車のナンバープレートの末尾二文字がイニ

シャルの作家を考えることにした。バルセロナ・ナンバーのオペル・コルサが目に入った。ナンバープレートの最後の二文字は、暗示的にもOKだった。たちまちOskar《オスカー》 Kokosha《ココーシャ》を思いついた。だが、これは却下した。なぜなら彼は、確かに学術的なブックレットや回顧録を書いてはいるが、作家とはみなせない。というわけで、イニシャルがOKの作家はいないかあれこれ考えだしてぼんやりと歩いていたので、誰かがすれ違いざまに「こんにちは」と挨拶したのに答えそこねてしまった。振り返ったときには返礼や詫びを口にするにはすでに遅すぎたが、僕に挨拶した若者は、少なくとも後ろから見るかぎり、まったく知らない人間に思えた。キャップをかぶりスニーカーを履いた人物に心当たりはない。Omar《オマル》 Khayyam《ハイヤム》〔四行詩で著名なペルシアの詩人〕、とつぶやいた。そして、次に挑戦すべきナンバープレートを探した。

# 18

家に着いて一番にしたことは、記憶していたナンバー——メリダが一部に昇格した年、母の年齢、僕がセビリアに住みはじめた年——に電話することだった。もちろん、彼女がまだ帰宅していない可能性はあった。中心部から離れたところに住んでいて、郊外に向かうバスに乗らなければならないかもしれなかったし、もしかしたら、まだ町に残って聖週間《セマナサンタ》の神輿を見物したり、彼氏か女友達かと夕食をしたりする予定なのかもしれなかった。しかし、それでもいいと電話すると、運に恵まれた。

「もしもし。アリアドネさんはいらっしゃいますか?」

「相手によるわね」と、アリアドネのおどけた声が返ってきた。「どなたですか」

「あの、僕はシモンといいます。君は僕のことを知らないし、実をいうと、僕も君のことを知らない。いや、知ってはいるけど、見かけたことがあるというだけなんだ。僕たちは今日、偶然、同じ本屋にいあわせて……」

「私、セビリアの中心部の本屋さんなら、どこにでもいたけど」

「で、探していた本は見つかった?」と尋ねた。ポール・オースターの『スモーク』を彼女が見つけていないことを悪魔に祈りながら。

「いいえ。私、見つけることのできない本を探しているみたい。注文しなくちゃならなかったわ。あなたはどこの本屋で私を見かけて、何のために電話してきたの？」と迷惑げに尋ねた。「どうしてうちの番号を知っているの？」

僕は厳然たる事実に基づいて説明したが、いくつかの詳細については口をにごして自分をかばうということをさせてもらった。そういうわけで、本を万引きしたことは黙して語らず、出版されてすぐに手に入れたものだ、ポール・オースターはお気に入り作家の一人だからと、事実からそう離れていないことを主張した。話が途切れるたびに、電話線の向こうからアリアドネの相槌《あいづち》か、せめて警戒心を糊塗《こと》するための愛想笑いでも聞こえてこないかと期待したが、返ってくるのは沈黙ばかり。その沈黙に強いられて、僕はしゃべりつづけることになった。アリアドネがまだ僕の話を聞いてくれているという確信も持てないまま。

とうとう、彼女が電話口にいるのかどうかを確認しないではいられなくなって、尋ねた。何度めかの込み入った説明をしたあとのことだ。「聞いてる？」すると彼女は「話を続けて」と答えた。「あなたが言いたいのは、その本を持っていて、私にくださるってことみたいだけど、そういうことでいいのかしら？」

「そう、そのとおり。いろいろ考えたんだ。なるべく驚かせないやり方にしようと。君が注文した本屋の店員のふりをして明日取りに来るよう電話して、早起きしてあそこに本を持っていって、君が変に思わないように普通の料金をとってくれと店の人に頼むとかね。でも結局、それじゃ、あまりにも回りくどい気がして。どうしてかな、たぶん、これには本屋の同意がいるけれど、きっと自分の店の商品でないもののお金はとれないだろうと思って、やめたんだ。それで結局、つまり、君に電話することにしたんだ。もうかなり前に読んだ本だし、いい考えだろ、これを贈呈するのは。その相手は、他に読む手段がないわけだし。よかったらもらってほしい。でも……」

「ちょっと、そんなにまくしたてないでよ。目が回っちゃうわ。何て言えばいいのかしら。ありがとう。そうね、とにかく、ありがとう、だわ」

「よし、じゃあ、あとは君の望む方法を教えてもらうだけだね。プレゼント用に包装して郵送しようか。それとも、近いうちに会って手渡ししようか」

「それもご心配なく。お会いして、例えば明日、一緒にビールでも飲みましょう。もちろん、料金は私持ちでね」

両目を閉じて悪魔に感謝した。僕らは会う場所を決めた。電話を切る前、彼女は僕に、来るとき地下鉄を使わないように、ずいぶん危険なことになってきているから、と忠告した。僕は歩いて行くと答えたが、彼女の言葉をいぶかしく思ったりはしなかった。早く電話を切って、洗面所に駆け込み、鏡の中の自分を眺めて、よくやったと祝福したくてたまらなかったのだ。そして実際それをするあいだじゅう、ポール・オースターの本を手からはなさず、繰り返し表紙にキスをした。それから、落ち着きを取り戻せないまま家の中をうろうろと歩き回っていたとき、二つ折りの紙を見つけた。裏面にべったりと指紋のついた紙を、誰かがテレビの上に残していっていたのだ。それは連絡メモで、差し出し人の名前はなかったが〈カエル〉が書いたものではなかった(もしくは、彼が書いたのだとすれば、筆跡をごまかすというつまらない仕事を実に見事にやり遂げていた)。

〈吟遊詩人〉へ　十時半にペラール街の〈エウカリスティア〉にて。

〈カエル〉の部屋には、彼が住んでいたという痕跡すら残っていなかった。もしもファイルが一冊、窓枠に立てかけられていなかったら、まったくの空部屋だったように見えただろう。ファイルの中味は数ページしかなく、労せずして『私と私を包異する状況』の最終章だとわかった。

僕は読みもしなかった。

十時になると、外出した。〈エウカリスティア〉に向かって、夢遊病者のように進んでいった。〈道化師たち〉がゲームの第二行動をすでに起こしていたことも知らずに。

夜空はペンライトがいっぱい灯ったスタジアムみたいだった。あの、ノスタルジックな歌に合わせて人々が振るやつだ。僕は、カエターノ・ヴェローゾの『テラ』を口ずさんだ。そして、満員のサッカースタジアムで歌っているのだと空想した。そこでは何百人もの恋する若者が、手を高く掲げてペンライトを灯し、天空に輝く点を付け加えようとしているのだ。

空腹を癒せる場所はないかと探しながら歩いていると、誰かに腕をつかまれた。

「こんばんは、〈吟遊詩人〉」

誰だかすぐにわかった。本屋を出て帰宅しようとしていたときに挨拶してきた男。後ろから見て誰だかわからなかった人物だ。ところが顔は、見覚えのあるものだった。なのに、どこで見たかは思い出せない。いずれにせよこの男こそ、うちに入り込み、〈エウカリスティア〉に十時半との呼び出しメモを残していった人物だと確信した。腕を乱暴に振り払うと、男は、僕よりもずっと背が高くて逞《たくま》しく、すれ違っていく通行人の注目を浴びるような身なりをしていたが（ベルベットのキャップにスニーカー、みすぼらしいタイトなパンツに白のＴシャツを身につけていた）、僕に向かって微笑んだ。

「俺たち二人とも、同じ道を行くようだね。だったら、一緒に行かないのはばかげているように思えるんだけど。そう思わないかい？」

「君がどこに行くのか知らないし、興味もないね」

「よせよ、〈吟遊詩人〉。無作法や神経過敏な態度は、この期に及んでお呼びじゃないだろ。俺の道とあんたの道は、この場所で交差して、これから何歩か行くあいだ一緒になり、そのあとでまた分かれるんだ。というわけで、俺たちの道が同じあいだは共に歩むのが理にかなったことといえないかな」

「君は誰だ。君が僕を知っているのに、こちらは君を知らないっていうのは、不公平に思えるけど」

「俺が何者かについて書いてある章を読まなかったのか？」

「ああ、読んでないよ。興味がなくなったんでね」

「それじゃ、今夜来る意味がないんじゃないかな。俺は〈アナーキスト〉だ」と言いながら、握手を求めてきたので、軽く握り返した。

「さて、それじゃ、僕たちはしばらく同じ道を歩むわけだから、教えてくれてもかまわないよね。何がどうなっているのか、どういう目的があるのか、これから何が起こるのか」

〈アナーキスト〉は驚きの表情を浮かべた。まるで、僕の言っていることがよくわからないとでもいうように。まるで、僕が大きな間違いを犯して、進入禁止の袋小路に入ってくれと頼んだとでもいうように。

「何がどうなっているか、だって？〈吟遊詩人〉、それを僕らに語るのは、あんただろ。それを詠《うた》うのがあんたの仕事じゃないか。俺たちの活躍を言葉にするのがあんたの役割じゃないか」

〈アナーキスト〉は〈カエル〉に影響されすぎていて役に立ちそうになく、この男から情報を引き出すには尋問するしかなさそうだったが、あの時の僕にはそんな元気がなかった。興味の対象を一般的なことから個人的なものに切り替え、冒険中にどんな気持ちを味わったか尋ねた。

「なあ、〈吟遊詩人〉、俺は特別な人間なんだよ。まさしく、目のくらむようなあの感覚を持つさ。真実の生と、単に人生を演じているような生や凡庸なる死へと遭難していくような見せかけの生とを区別してくれる、あの感覚だよ。あんたは俺がどう感じればいいっていうんだ。『セビリアに必要なこと』が現実になろうとしているこの時に」

そう言いながら、何度も自分の心臓を指差した。そこに秘密が、勝利への最終的な秘密が、隠されているのだが、それを分け合う気などないとばかりに。

〈アナーキスト〉の信念を探究するのはあきらめた。この若者は、番人の役をあまりにもしっかりと自分のものにしており、僕を嘲笑《あざわら》いながら漕いでいるブランコから彼を引きずり下ろすことが僕にできないのは明らかだった。

「今日の午後のことを、どんなふうに詠うんだい、〈吟遊詩人〉」

ぎょっとした。まさにこの時、アリアドネの忠告、待ち合わせ場所に行くのに地下鉄を使わないようにという言葉を思い出したのだ。それで僕はその意味を悟り、質問した。悲嘆やいらつき、苦悩や恐れの気持ちをみせずに。

「おいおい、〈吟遊詩人〉。俺をからかっているのかい。もうみんながテレビで見ていることだぜ。タルドン駅の混乱。やみくもに街じゅうを走り回る救急車。新聞もさかんに報道しているし。それはそうと、俺があんたの家にいたとき、マリアとかいう女から電話があったよ。至急新聞社に連絡するようにって。そのメッセージは消した。あんたが会合に出席する妨げになるといけないからな」

いったい僕に何ができただろう。僕には、走りだすべきか、叫ぶべきか、この男の顎を殴りつけるべきか、あるいは連れて行かれるまま、この映画の出演者となり、好むと好まざるとにかかわらず、意志に反して割り当てられすでに放棄できなくなっていた役を演じるべきか、わからなかった。ああいう状況に置かれたとき、人は何をするものだろう。手に負えない状況に捕われて、やることなすこと、できたのにやらなかったことより悪い手だったという結果になるようなときに。驚きも怒りも表さずに歩きつづけることに決めた。人混みのために歩きづらい場所を離れて、サン・ロレンソに入っていくにつれ、人気《ひとけ》のないその地区の耳を聾《ろう》するような静寂があたりの幻想的なたたずまいを際立たせ、その場所が非現実的なものに思えてきた。その感じは、僕を苦しめていた空腹感にもまして、どんどんひどくなっていった。

〈エウカリスティア〉に到着したが、当然ながら、行列が通過しない地区の他のすべての居酒屋《バル》と同じく、閉店していた。〈アナーキスト〉がドアの鉄板を指輪でノックすると、中から女の声が誰何《すいか》した。

「だれ？」

〈アナーキスト〉はニコチンだらけの口を開いて微笑み、こう唱えた。

「ナボコフが、晩年の著作のひとつで見るように勧めている人々」

扉が開き、僕らは中に入った。そこを照らしていたのは、揺れ動く赤っぽい光の輪、扉を開けてくれた女性が手にする懐中電灯が床に投げかける明かりだけだった。女は僕らを案内して、曲がりくねった階段を通って居間へと向かった。その部屋も薄暗かったが、ふたつの大窓から街灯の光が射し込んでおり、残りの〈道化師たち〉がそこで僕らを待っていた。人影を三つ数えたところで僕の注意は人間からそれて、壁に貼られたポスターに引き付けられた。ボンベイ〔ムンバイ〕の貧しい少女の姿の下に、こう書かれていた。「インドの聖なる牛のカルビを食べよう。カルマがいっぱい詰まっている」。

# 19

僕は一室に押し込められた。照明といえば暗い電球ひとつしかない部屋だった。

「ここで待っていてください」と、〈道化師〉の一人がしゃがれ声でささやいた。

「〈カエル〉はどこだ。あいつは話をすると約束したんだ」

「そうあわてないで。ここで待っていてください」

「何か食べないと。今すぐ食べなきゃ、ぶっ倒れそうだ」

「ただちに誰かよこします。お待ちください。落ち着いて」

そして、ドアが閉まった。僕は、自分を哀れんだり、あらためて〈カエル〉に毒づいて、僕が泳ぎが苦手なのを知りながらこんな疑惑の海に放り込んだことを恨んだりする間もなく、眠り込んだ。自分では覚えていないが、靴を脱いで、部屋の冷たい床に横たわったようだ。短くて奇妙な夢をみた。僕はふたたび、タスリムと知り合ったあの飛行機の中にいて、今度こそ彼女の人生と僕の人生を結びつけるチャンスを逃《のが》さないぞと固く心を決めていたのに、隣の席に来たのはタスリムでなく、あのイギリス人教師、神経質にオリーブを食べる〈カエル〉の継母だった。失望を隠すことができず、運命がタスリムのためにリザーブしていた席に座ったことで彼女を非難した。それから視線を窓に戻した。僕らは、溶岩質の半島と黒い泡の上を飛んでいた。そのおぞましい景色から目を離すことができずにいたが、映写用のスクリーンが現れて、フライト中の娯楽として用意されている映画の上映が始まることになり、機内を暗くするため窓のシェードを閉めてくれと言われた。誰もが驚いたことに、上映された映画は『アンデスの聖餐《せいさん》』だった。アンデス山脈に墜落した飛行機の乗客たちが、生き延びるためにやむをえず、事故で死んだ人間の遺体を食べたという艱難《かんなん》辛苦の物語だ。これにはすぐさま乗客たちから抗議の声があがった。その時、カーテンの陰から〈カエル〉とタスリムが現れて、このとんでもない映画の上映理由となりうる唯一の理屈を述べた。すなわち、もしも事故が起こった場合、これを見ておけば何をすべきかわかるから。タスリムが僕に向かって微笑んだ。ところが、彼女の満面の笑みには金色の牙が二本輝いていて、その輝きは僕の目をつぶし、僕を現実の世界に連れ戻した。

夢から覚めてもタスリムの牙の残光が目に焼き付いたままだったので、部屋のドアが開いていることに、すぐには気づけなかった。戸口に誰かの人影が、隣室に点《とも》る明かりの光背《オーラ》を背負って立っていた。この訪問者の喉で両生類がゲコゲコ鳴くのを聞いて初めて、〈カエル〉がそこにいるのだとわかった。立ち上がろうとしたが、自分がひどく弱っているのを感じたので、面倒はやめにして座ったままでいることにした。壁にもたれて、視線は床にプリントされた〈カエル〉の影に据えたままで。

二、三度ゲコゲコやったあと、彼は懐中電灯を点して僕の顔に向け、青白い光の舌でからだじゅうを舐めまわした。そして一歩、こちらに歩み寄った。扉が閉まった。

「ずいぶん、くつろいでいるようだな」。そう言ったとき、部屋の中の暗がりを探りつづけていた懐中電灯の光が、僕の靴を発見した。「靴を見ると俺がどうなるか、知ってるか？」

「僕と同じじゃないといいけど。空っぽの靴を見ると僕は、裸の透明人間がそこにいるのを想像してしまうんだ。それで、靴屋のショーウインドウの前で何時間も過ごすことがある。婦人靴のコーナーでね」

「そんなんじゃない」。懐中電灯の光がまた、僕の顔を舐めた。「人が履いていない靴や、道端に投げ捨てられて乞食にでも拾われるのを待っている靴を見るたびに、俺は、これまで創られたなかで最も感動的な彫像、最も衝撃的な芸術作品を思い浮かべるんだ。そいつは、ワシントンのユダヤ人大虐殺博物館の中にある。そこの靴でできた巨大な山、古くて、破れて、履けなくなった、何百もの靴が積み上げられたもののことだ。そのボロ靴はみんな、ナチスの強制収容所に入れられていた人間のものだった。あそこで起こったことの物言わぬ証人、ホロコーストの足跡、靴の山。靴を見るたびあれを思い浮かべているうちに、とうとうこれまでにないほど高い山ができちまった。エベレストを超える山、靴の山脈。そこにあるのは、死刑囚の靴、あらゆる戦い――けちで型通りの日常的な戦争で、命を落とした者の靴。例えば、おまえの靴も、それから、午後のテロで収穫した靴も」

「どのテロのことだ、〈カエル〉」と、恐怖も驚きも感じずに尋ねた。まるで、こうしたことは何もかも、『アンデスの聖餐』が上映された飛行機の夢の中の出来事だとでもいうように。

「最新のニュースを知らないようだな。まあいい、すぐにわかる。どっちにしろ、今さして重要なことじゃないしな。俺はおまえに、今夜会って説明すると約束したよな。〈道化師たち〉には不本意ながら、髭剃りをしていて怪我したと言っておいたんだが、おまえを保護するはずの親愛の情はこの頬の傷が保留にしてしまった。それを忘れることはできないんだが、俺は約束を守る男だ。したがって……」

「今は、〈カエル〉、僕の最優先事項は、リンゴを一個食べることだ。でないと、気絶する。それに、本当に事件すべての裏にいるのがおまえたちだとしたら、囚われの無抵抗の一クロスワード作家にわざわざ説明なんかすることはない。それより、冗談は終わりにしてほしい。すべての裏にいるのがおまえたちだなんて、信じられないよ」

誓って言うが、あらかじめ考えていたせりふではない。自然に口から出たのだ。〈カエル〉のプライドを傷つけようという意図も、慈悲を乞うような真似をする意志もなかった。自然に口から出た、ただそれだけで、こうした反抗的な慢心の跡が相手の意向にどんな悪影響を与えるかなど、考えもせずに言ったのだ。

〈カエル〉はドアを三回ノックした。するとふたたび開いて、隣室からまた光が漏れてきた。

「その辺にリンゴはないか？」

「桃なら」と、若い女の声がした。

「ふたつばかり寄こしてくれ」

桃が渡されると、ドアはまた閉まり、僕たちは二人きりになった。〈カエル〉は僕にふたつの桃を差し出した。熟れすぎだった。最初の一かじりで果汁が顎に垂れた。呑み込むのに苦労した。〈カエル〉が僕の横に腰をおろした。

「なあ、シモン。お望みどおり説明してやるのは、おまえをこの冒険の共犯者だと考えているからだ。最終段階まで首尾良くたどりつくのに、おまえが手助けしてくれたからだ。そして、この先おまえに自分の役割を果たしてもらわなければならないからだ。こいつが終わっておまえが一人になり、疑いが晴れて自由の身になるか、刑務所に入るかしたあとでな」

彼は僕の理解できない言語をしゃべっていた。単語のひとつひとつには聞き覚えがあるのに、組み合わさるとだめなのだ。ひとつめの桃を食べ終えた。

「種をどうしよう?」

〈カエル〉は種をつまむと、自分の口に放り込んだ。

「〈吟遊詩人〉、チャンスは逃すなよ。おまえはすでに大きな過ちを犯している。探偵を雇ったことかな。だがまだ、おまえは役に立つ。我々はおまえを傷つけたくないし、メンバーに加えようと思っているわけでもない」

「いいか、〈カエル〉」と言いながら、自分でも何を言おうとしているのか、何を言うべきなのか、何が言えるのか、よくわからないでいた。「僕には何のことだかわからないし、わかりたくもない。おまえたちが本当に、トルネオ駅のテロや、今回のタルドン駅のテロと関係しているのかもわからない。僕が唯一望んでいるのは、ここにいたくない、おまえを知っている人がいる場所、テロを覚えている人がいる場所、僕におまえは誰だと尋ねる人がいる場所には、金輪際いたくないということだ。僕にわかっていることはただ、自分がとても疲れているということ、おまえたちの共犯者にも、おまえたちのスポークスマンにも、おまえたちの何にもなりたくないということだ。僕が唯一望んでいるのは、僕の不在、おまえたちが僕を思い出さないこと、僕を忘れること、僕のことを消し去ってくれることだ。僕はその代わりに、おまえたちの誰のことも思い出さないと約束する。すべて忘れてしまうよう努力しよう。すごく簡単なことだと思うんだ。だって、悪夢は記憶から速《すみ》やかに消え去るものだろう。さっきここで横になっていたとき、僕の人生が走馬灯のように目の前を流れた。死にかけている人が見るというあれみたいに。でも、この二週間の映像は、僕の人生のものじゃなかった。僕が別人だった時期のものだった。状況にか、おまえにかはわからないが、操られている人形だった時期のね。それがおまえの目論《もくろ》んだことなのかどうか知らないけれど、どっちだっていい。おまえは僕がとんだ自惚れ屋だと思うかもしれないね。おまえが僕と一緒にいるためだけにすべてを演出したんだと考えたなら。だけど、そうであってほしい。おまえはテロと何の関係もないのであってほしい。すべての証拠は、おまえがでっちあげたものであってほしい。僕がテロとおまえとを関係づけて考えざるをえないようにするために。僕を疑惑の海に沈めるために。おまえは周りの人間をそこで溺れさせるのが好きみたいだものね。僕には何のことだかわからないし、わかりたくもない。ただ、家に帰りたい、ひと眠りしたい、こんなことは何も起こらなかった明日を迎えたい。約束するよ、地下鉄で何があったか知らずにすむよう、新聞は買わないことにする」

〈カエル〉はまたゲコゲコとやった。懐中電灯を消し、大きなため息をついて、言った。

「〈吟遊詩人〉、おまえは、〈道化師たち〉の授けたこのチャンスを生かして、我々に質問するものだと思っていたよ。おまえがドキュメンタリーを書くときに役に立つことだからな。我々にはそのドキュメンタリーが必要なんだ。我々が主役を演じているいっさいの最終目的を達成するためにな。すなわち、生を超えて、生よりも高貴な場所で、永遠の存在となること。そこは、戦争がまかり通り、死を嘲笑える場所。愚か者や、凡夫や、他の方法では決して他人の記憶に残らない者たちが威厳を持つことができる場所。だが、おまえの傲慢さと臆病さは、まだ俺たちを困らせようというのだな。俺たちが鉄砲でも神経ガスでも入手できるような体制をどうやって築き上げたのかを尋ねる代わりに、取り乱して、言い訳やら逃げたいとやら並べ立てるんだな。自分が何をしているか、今にわかるさ、〈吟遊詩人〉。もしおまえが、哀れな凡庸の世界、死して倒れる戦争を持たない者たちの世界に閉じこもっていたいというのなら、それはおまえの勝手さ。しかし、運命のいたずらでおまえは俺たちの旅の仲間となった。そして、いったん旅路を共にしたからには、ふたつにひとつを選ぶんだ。最後まで俺たちについてくるか、それとも、どこの誰の手に落ちるか定かでないまま、飛び降りてしまうか。さっきおまえは、すべての裏にいるのが俺たちとは信じられないと言ったが、それはまさしく褒《ほ》め言葉だな。なぜなら同じこと、一言一句同じことを、ゲシュタポがゲオルク・エルザーについて言っているんだ。エルザーは反ナチス活動家のドイツ人だった。彼はたった一人でヒトラーを暗殺しようとした。一九三九年十一月九日のことだ。エルザーはその一年前、ヒトラーの催した集会に出席していた。何の記念日だか忘れたが、毎年十一月九日二十時三十分より、ヒトラーは二時間に及ぶ集会を開いていたんだ。エルザーは一年かけて暗殺の準備を整えた。ダイナマイトを盗むために鉱山で働いたりな。ゲシュタポはエルザーを拷問にかけ、イギリス諜報局に雇われてやったと白状させようとしたが、エルザーは、自分一人で計画し実行したのだと繰り返した。爆弾の考案まで、自分でやったんだ。まず、撃鉄となる金属板を、時計のムーブメントの後ろ、歯車のそばに取りつけた。仕掛けはドラムにつながれた鉄線でできている。ドラムが少しずつ線を巻き取っていくと、ついには歯止めを引っ張ることになり、その結果、金属板が作動し、これによって撃鉄が引かれる。すると、三つの鉤爪《かぎづめ》が外れて起爆剤が発射される。火薬筒が破裂すると、たちまちダイナマイトが爆発する、というものだ。エルザーは爆発の時刻を二十一時三十分に設定した。ところが、神の摂理により、ヒトラーは急用で演説をわずか数分で切り上げ、命拾いした。この爆発でゲシュタポの将校八人が命を奪われたが、ヒトラーは無傷だった。こんな高度なテロをたった一人で準備したなんて、誰も信じなかったらしい。エルザーは一年かけて綿密な準備をした。その間、彼の脳裏から究極の理念、ヒトラーを抹殺することが消えることは決してなかった。今では誰も彼のことなど覚えていない。彼が、第三帝国が崩壊する数ヵ月前に銃殺されたことも、誰も覚えていない。失敗に終わったあの暗殺を計画し資金提供したのはイギリスの諜報機関だと白状しろと、五年間にわたって心身ともに拷問されたことも、誰も覚えていない」

僕はたしか、あの夜で初めて、〈カエル〉の顔をまっすぐ見つめた。〈カエル〉は我を忘れるほど陶然として、崇拝するゲオルク・エルザーに思いを馳せていた。

「僕は何をしなきゃいけないんだ、〈カエル〉。僕に懇願してほしいのか？　僕に何を望んでいるか、説明だけでもしたいのか？　世界に何を望んでいるか、僕に説明したいのか？　おまえは何がしたいんだ。何かを始めるには、必ずその理由があるものだが、おまえの理由は何だ」

僕はそこで一息つき、ふたつめの桃をかじった。〈カエル〉は何も言わなかった。僕は続けた。

「わかったよ。どうやって神経ガスを手に入れたんだ。乗客に死亡者が出る可能性について、考えてみたのか」

「やっとまじめな話ができるようになったな。来いよ。立って、俺について来い」

僕たちは立ち上がった。僕は靴を履き、ふたつめの桃の残りを床に投げ捨てた。〈カエル〉が懐中電灯でドアを三回叩いた。その先の部屋には誰もいなかった。ドアを開けてくれたはずの人物さえ見当たらない。部屋の中央に、セビリアの巨大な模型があった。大聖堂が瓦礫と化していた。その街路には小さな人形が、銃弾で蜂の巣にされたとわかる格好で、何十もばらまかれていた。その他の、爆弾だか地震だかによる破壊の跡が歴然と示されている建造物には、まずアラミージョ橋があり、本来なら空に向かっているはずの支柱が、粉々になった民家の上に倒れていた。それから、セビリア・サッカークラブのスタジアム。マエストランサ劇場からは、瓦礫のあいだに隠された煙草の煙が立ちのぼっていた（もしくは、線香の煙かもしれない。エキゾチックな匂いはしなかったが）。それから、闘牛場。だが、黄金の塔は、爆撃だか地震だかの損害を受けていなかった。模型の街のこうしたありさまは、模型の存在以上に衝撃的だった。それ以外で目についたのは、模型台全体のあちこちに散在している武装した悔悟者たちのミニチュアと、大通りを占拠している神輿にみせかけた戦車だった。こんなものについて、質問などしたくなかった。最初のテロで使用した毒ガスをどうやって手に入れたのかという問いを繰り返した。〈カエル〉は少しのあいだ部屋を離れ、〈道化師〉の一人を従えて戻ってきた。これまでに見たことのない若者で、やつれていて目のまわりに隈があった。誰も始めろと命じないのに、この〈化学者〉は回答を唱えだしたが、僕が理解できたのは、サリンガスを生成するのに大学の化学部の実験室を使ったということだけだった。彼の演説にほとんどついていけなかったので、二回目のテロ決行の合図を出したABC紙のクロスワード作家のことをぼんやりと考えた。だが僕は、記録係としての仕事を続けなければならなかった。この作品での自分の役目を果たさなければならなかった。僕たちが上演していた作品、それは、聖週間《セマナサンタ》そのものと同様に、セビリアをめちゃくちゃな舞台に、占拠された街に、変えてしまっていた。そして現実を、フィクションのストーリーの幅を広げるための一要素にしてしまっていた。その幅の中で、たった一振りのサイコロが、どこを新たに攻撃するかを決定するのだ。僕にあのゲームの仕組みがちゃんと理解できたかおぼつかないが、今となっては同じことだろう。模型はマス目に区切られ、そこに〈道化師〉を表すコマが数多く置かれていた。ひとつづきのマス目が黒く塗られていて、そこは、ゲーム盤と現実とをつなぐ穴を意味していた。サイコロの示す数字により、コマのどれかがそのマス目にくると、その〈道化師〉は姿を消して、テーブルの下の奈落、すなわち現実世界へと落下し、他の〈道化師たち〉の指示する何らかの事件を起こして現実世界を揺るがせなければならない。事件をどこで起こすかもサイコロで決められた。そのうちのある回に指定されたのが、トルネオ駅だ。このときのプレーの結果は周知のとおり。コマのひとつが黒い穴、つまり現実世界に捕まると、他のプレーヤーたちは、そのプレーヤーがゲーム盤によじ登って街をじっくり破壊する仕事を再開できるよう、救出計画を練る。この間、盤上のゲームは一時中断されて、プレーヤーたちはサイコロの決めた事件が現実世界を揺るがせるまで、集団プレーを見合わせる。秘密の会合は〈裁定者《マスター》〉が召集する。現実の世界に落ち込んだプレーヤーが襲撃を行なう準備をすっかり整え、ゲーム盤に戻る条件を満たす目途がついたなら、「ARLEQUINES」という言葉がセビリアの三大新聞のいずれかのクロスワードに現れて、その夜に会合と集まってのプレーが行なわれることを知らせるのだ。これは結局のところ、現実に対する戦争、彼らがフィクションを持ち込もうとしている街に対する戦争だった。

「おまえたちの数は？」と、〈カエル〉に尋ねた。

「俺たちは一つだ」と、彼は答えた。

「おまえたちの敵は誰だ」

「もちろん、包囲されたこの街だ。現実とその腐敗。現実とその苦しみだ」

「いったい誰がこの街を包囲しているんだ。悔悟者のなかにおまえたちの敵がいるのか？　これは聖週間《セマナサンタ》に対する戦いなのか？　幼い頃、ナザレ人の扮装をさせられたり頭巾をかぶらされたりして嫌な思いをしたことへの一種の仕返しなのか？　倒されたアナーキストのおじいさんへのオマージュなのか？」

「まさか。〈吟遊詩人〉、そんなのはただのエピソードさ。一種の仕返しだって？　どうやったらそんなことを思いつけるんだ」

　僕は大きく息を吸った。

「もし、本当に今日、二回目のテロが起こったのなら……」

「二回目じゃないが、それはどうでもいいことだな」

「もし、本当に今日、新たなテロが起こったのなら……」

〈カエル〉はぞんざいなそぶりで、僕に異議を唱えようとした。

「警察はもう手がかりをつかんでいるだろうね。マリアは確実に動き出しているはずだ。今回のテロと、ロールプレイング・ゲームとの関係に気づかないわけないからね。僕は彼女にこのゲームについての情報を伝えてあるんだから。それに、副社長にも話したから、あちこちに警告してくれているはずだ」

「おやおや、おまえは人の顔を覚えるのは得意じゃないようだな。我らが〈アナーキスト〉が誰だかわからないとは。残念だが、その副社長は雇われる前にクビになっていたんだよ。おまえがそれを知らなかった理由は簡単だ。その人物は、俺たちの仲間の一人だったからさ」と種明かしした。「マリアのことなら、もうあの女がどんなだか知っているだろ。たぶん今ごろは、盲腸の傷跡にコカインを振りかけて、俺の精神科医に舐めさせてお楽しみじゃないかな」

そうだった。やっとわかった。僕を新聞社から解雇した副社長は、うちに侵入し、僕をここまで連れてきた男と同一人物だったのだ。しかし、だとすると、どうして新聞社から誰も、クロスワードはどうしたと電話してこなかったのだろう。マリアだ。マリアが、僕は仕事を辞めたと伝えたのだ。ちゃんとした雇用契約書はなかったわけだし。あるいは、休暇に出かけたとか、肝炎を患って三ヵ月は仕事ができないなどと言ったのかもしれない。マリアと知り合ったのが彼女が東京のテロについて調べているときだったのは、偶然ではなかったのだ。マリアが僕をベッドに誘い、ドラッグをよこし、僕の性器をこすって存在するはずのない魔神を呼び出そうとしたのも、偶然ではなかったのだ。そのとき、なぜだか彼女の車の斧のことを思い出した。マリアが〈カエル〉の父親をセビリアに呼んだのは、我々にとって有用だったからではなく、〈カエル〉が命じたからだったのだ。あるいは、ゲームの進行に必要だったからかもしれないが、同じことだ。彼女は今ごろ精神科医のランプをこすっているのだろう。そのあとで、ボスを満足させるために〈道化師たち〉に引き渡すのだろう。もしかしたらマリアは、ランプの魔神を〈カエル〉に見出し、それが二人を結びつけたのかも……。

　そういうことなら、僕に何が言えただろう。あとひとつだけ質問した。〈カエル〉と顔を合わせるのがそれで最後になるとは知るよしもなかったのだが（とはいえ僕は今もまだ、いつの日かふたたび僕たちの人生が交差するかもしれないという望みを失っていない）。〈カエル〉は、誓って僕を意図的に選び出したのではないと答えた。単なる偶然によるもの、他の方法ではめったに開かれることのない道を運命が開いてくれるときの、あの結構な偶然のたぐい、我々が正しい道を進んでいると知らせてくれる例の目配せのひとつによって選ばれたのだと。ただし、同居人募集の僕の貼り紙を指さしたのは、確かに、マリアだったという。もうひとつ質問した。本当に、もうひとつだけ。

「僕をどうするつもりだ」。尋ねたとたん、アリアドネのことを思い出した。彼女のために本屋から盗んだ『スモーク』を渡さなきゃいけない女の子。もっともその時に僕がまだ生きていたらの話だが、それもどうでもいいような気持ちになっていた。それほど疲れきっていたのだ。

「おまえしだいだ、アミーゴ」と、〈カエル〉は答えた。

　それから、もといた部屋に通じるドアのところに行って開けると、もう一度部屋に入るよう合図した。そのとおりにした。ふたたび床に座り、月が銀泊の糸の筋を投げかけている壁にもたれると、〈カエル〉が告げた。

「考える時間をやろう。ゲームは続けなきゃならない。つまり、俺たちは近くにいる。何か決心がついたら、呼びかけさえすればいい」

扉が閉まった。僕は横になった。あいかわらず、僕に何をさせたいのか、いったい僕にどんな利用価値があるのか、わからなかった。しかし、こうした混乱の中に置き去りにされたことは、僕の心を乱しはしなかった。マリアがこのゲームに一枚かんでいたのはもう疑いようもなく確かだった。ということは、彼女はずっと僕を騙していたわけだ。新聞社の資料室で偶然いっしょに調べることになった（といっても、今では単なる偶然ではなかったとわかっていたが）あの午後からずっと。しまいに僕は、マリアは〈カエル〉の妹ではないかとまで考えた。父親にもそれがわからなかったのは、彼女が父親と最後に会って以降、自分の容姿が変化するようあれこれ手をつくしてきたからだ、と。今この時、僕の唯一の希望はバトゥローネ探偵の手に委ねられているのだと考えると、頬がゆるんだ。彼は僕のせいで危険にさらされているわけだが。〈カエル〉の父親やイギリス人教師を、彼らはどうするつもりだろう。このことは考えないようにした。あの二人には、〈カエル〉の亡母の墓の上で完全に結婚生活の営みを終える運命が待っているのだと想像するとそれだけで、喉元に吐き気が込み上げてきた。

自分を抑えようとしたが、だめだった。隣の部屋では、街の模型の上でサイコロが振られ、次の一手が決められようとしていた。無に向かって登っていく一手、まったくの独り善がりで理由のない破壊活動に向けての一手が。通常のテロリストは、帝国主義と戦うためとか、国家の同一性を保持するためといった理由づけをしているものだが、このテロリストたちは、単に退屈を相手に戦っているのだ。家畜が時に猛獣に転ずることがあり、そうした獣の飢えは癒されることがない。それと同じだ。

僕はドアを引っ掻いた。ドアが開くと、こう言った。「わかった、君たちの〈吟遊詩人〉になろう。君たちの記録係になろう」。言うのにずいぶん苦労したはずだ。なぜなら、言葉が僕がしゃべるのを阻止しようとし、言いたいことを表明するのを邪魔だてしていたからだ。言いたかったのは、だいたいこんなことだ。《君たちの物語を書こう。ただし、僕にそれが理解できたなら。君たちが僕に、仲間なのだという気持ちにさせてくれたなら。僕が本当に、自分はこの忌まわしいゲームの一員、〈道化師〉の一人なのだと思えたなら》。けれども、僕に言えたのは、実際に言ったことだけだった。〈カエル〉は僕を抱きしめ、僕のために水を一杯持ってこさせた。飲み干して数秒もしないうちに気を失い、目覚めると自分のアパートのリビングにいた。時刻は午前五時。夜がまだ空にしがみついていた。上の階に住む女が植木に水をやっていた。この時間帯にやることで、近所の苦情をかわしているのだ。なにしろ昼間にやろうものなら、水不足が長びいているこの時期、そんな大量の水の使い方はよってたかってやめさせられることを承知していたから。いつもの夜明けのように、水が我が家のベランダに滝のように降ってきた。僕は、このくそばあ、そんなにざあざあ水を使うな。そのうち小便を飲まなきゃいけなくなるぞ、と怒鳴る代わりに、その下に立ち、植木鉢の土の混じった泥水のシャワーを浴びた。服も脱がず、閉じた目を荘厳なる天空に向けて。そこでは星々がモールス信号を発して何事かを伝えようとしていた。何百年も前に消滅した星々なのに、その光は時の秘密の通路を通って次々に現れ至り、星影をちりばめた非現実的なこのデコレーションは、永遠に我々の上にありつづけるのだ。

# 20

目を開ける前から、マリアに電話しようと決めていた。説明を求めるためか、地獄へ堕ちろと直接ののしってやるためかは自分でもよくわからなかったが、マリアと、それからＡＢＣ紙のクロスワード作家に電話しようと考えた。しかし、目覚めると、〈アナーキスト〉がまだそこにいた。トイレのドアがバタンと閉まる衝撃に天井がびりびりと震えて、僕がようやく微睡《まどろ》みから抜け出すと、家の中では煎れ立てのコーヒーの香りがしていた。飛び起きてトイレのそばに行くと、誰かの小便が便器に当たる音が聞こえた。

「〈カエル〉？」と尋ねた。

水を流す音がして、扉が開いた。〈アナーキスト〉が僕に「おはよう」と言った。悪夢はまだ終わっていなかった。

「コーヒー、イッ品《ぴん》だ」と彼は、部屋に戻ろうとしている僕に声をかけた。「ただし、一品《ひとしな》のほうの『いっぴん』。つまり、口に入れるものは他に何もない。あんたたち、食料の補充をちゃんとしていなかったな」

〈アナーキスト〉は僕の部屋に入り、僕がいつも本を読むときに座るロッキングチェアに腰を下ろした。僕はクロゼットを開いて着るものを探した。時刻は十時半で、頭の中ではダービーの決勝馬の一群が駆け回っていたし、胃袋は管楽器となって空腹のブルースを奏でていた。〈アナーキスト〉は楽しそうに、座ったままで、壁の一面を占める二本の書棚にびっしり詰まった本のタイトルをチェックした。

「哲学がほとんどないな。俺が読むのはそれだけ、哲学だけなんだが」

「哲学はめったに読まないんだ。それに、持っている哲学書は全部、SFのところに紛れ込ませてある。なにしろ、哲学書が提示する現実と未来小説が提示する現実は、大差ないからね」。答えながら、黒のズボンと紺藍のシャツを取り出した。

「その意見には賛成できないな、アミーゴ」

僕は〈アナーキスト〉を見た。どうやら僕の挑発に、この男に哲学についての議論を始めさせるほどの効果はなかったらしい。ところが彼は話を続けた。立ち上がって、窓にもたれ、《聖火曜日》の素晴らしい春の空に視線を向けて。

彼は僕に、一日じゅう好きなように過ごしていいと言った。ただし、どこに行くにも彼が付き添うことを快諾するなら。

「金曜日まで〈吟遊詩人〉としての出番はない。したがって、あんたには三日間の自由な時間が残されている。もっとも、『自由な』という表現は、俺が木曜の夜まで離れやしないわけだから、あんたにしてみれば違うってことになるかもしれないが」

僕は何も言わなかった。なぜって？　何を言えというのだ。これじゃあ誘拐されているみたいだとでも？　きっとそのうち妹が尋ねて来るぞとでも？　僕はシャワーを浴び、コーヒーを飲み、服を着て、ポール・オースターの本をつかみ、我が番人に言った。

「女の子と会うことになっているんだ。ばかな真似はいっさいしないと約束するから、その代わり、彼女と二人きりで会わせてくれ。コーヒーを飲んでこの本を渡すだけだから。三十分より長びくことはないと思う」。言いながら、もしやアリアドネも〈道化師〉の一人ではという考えを頭から振り払うことができなかった。被害妄想に毒されかけていたのだ。

「わかった。二人きりで会わせてやるが、俺はあんたを見張らなきゃならない。じゅうぶん離れた席で、あんたたちの注意を引かないような場所、ただし、目を離さずにすむ位置に陣取ることにする」

彼に礼を言った。本当に、彼の厚意に感謝していた。〈アナーキスト〉はその女性に渡す本を見せろと要求した。もしや僕が、自分の状況を伝えるために本の間にメッセージを挟むという邪心を起こしていないかと疑ったのだ。そんなことをしていたら、彼女にとっていいことにならなかっただろう。それから僕たちはアリアドネに会いに出かけた。彼女は十五分遅れでやって来て、僕が待つ喫茶店に入るとテーブルを見回し、前夜に電話をかけてきた男を見分ける目印を探した。彼女の視線が僕の目を通過しようとしたとき、僕はにっこり笑ってポール・オースターの本をかざした。彼女が近づいてきた。テーブルのそばに来るまで目をそらして床を向いていた。僕は立ち上がった。彼女は僕よりも五センチほど背が高く、ほぼ記憶していたとおりの美しさだった。

僕は驚くほど平然とふるまえ、言葉がつっかえたりつまったりすることがなかった。思うに僕は、ボクサーでいえば両手を下ろしてとどめの一打を待っていたのに、ぎりぎりのところでゴングに救われマットに沈む瞬間が先伸ばしされたようなものだった。僕の口調は自信に満ちたゆったりとしたもので、まるで、息継ぎの場所まで覚え込んでいるせりふを唱えているみたいだった。当然ながら僕らはポール・オースターの本を話題にし、そこからウエイン・ワンの、僕が未見の映画の話になった。あの店の片隅にはご機嫌な時間が流れていた。次のラウンドで打ちのめされて倒されるばかりのボクサーだったというのに、僕はあの店の片隅でご機嫌な時間を過ごしていて、セコンドアウトを命じるレフリーの声を聞く瞬間が少しでも遅かれと願うばかりだった。自然のなりゆきとして、どうしてあれほどこの本を欲しがっていたのかを尋ねると、彼女はためらいもせずに、自分の恋物語を話してくれた。一年弱前の、まさに『スモーク』を観に連れていってもらったときに始まった付き合いだという。

「でも、もう終わったの。それで、始まったときのことを思い出しながら終わりにしたいと思ったの。初めて二人で観た映画の、ビデオとシナリオの本、どちらをプレゼントすればいいかわからなくて、だから、あわてて本を探し回っていたというわけ」

万事が好都合だった。ところが僕は、わざわざそれをぶち壊しにしてしまった。アリアドネが僕の仕事を尋ねたときのことだ。僕は、身を乗り出してささやいた。

「クリスマス童話とはほど遠い話をしてもいい？　現実を汚染している話を」

アリアドネの表情が怪訝《けげん》げに翳《かげ》った。片手でポール・オースターの本の背をなでると、同じくささやき声で答えた。

「ええ」

何から話したかは覚えていない。最初の電話のことだったか、部屋の鏡が割れたことだったか、〈カエル〉が僕の人生に初めて登場して階段で息を切らせていたときのことだったか。確かなのは、その時になって声がつっかえ、言葉がつまりだしたことで、そのため僕の話は複雑怪奇でわけのわからないものになっていたに違いない。それがあんまりひどかったので、大げさで混乱した話となってアリアドネに不信感をもたらしかねなかったものが、押し損ねた版画のごとくに退屈させるだけですんだようだ。アリアドネは優しく僕に、落ち着くようにと言った。こちらがすっかり動揺していることを察して、ポール・オースターの本の礼をすることにしたのだろう、質問しては答えさせるという、警察のやり方並みにお子様向きの方式で、話の筋道をつけようとした。なにしろ話し手が、打ち明けたい話をどこから始めていいかまったくわからずにいたのだから。

「どんな物語でも、始めるべきところから始めるのが一番いいんじゃないかしら。つまり、最初から。『スモーク』のハーヴェイ・カイテルのようにね。彼は、簡潔に、欲張らずに、横道にそれずに語ったわ」

「ごめん。『フィネガンズウエイク』の校正者顔負けに混乱していた」

彼女は僕のジョークにくすっと笑い、ワインを頼もうと言った。僕はワインはよして（一滴でもアルコールを飲んだら卒倒していただろう）ブラックコーヒーをお代わりし、できるだけ心を静めて語った。この二週間の僕の人生の悲劇、僕自身の人生とはいえなかった二週間のことを、まるで僕はその場におらず、主役を演じていたわけではないかのように、まるで、話していることは何ひとつ自分の身に起こったのではないかのように語った。話が進み、僕の体験が、新聞に掲載された事実やラジオのニュースで数秒に要約された現実と重なるようになると、アリアドネは姿勢を変えて身を乗り出した。驚きや不信感を態度に出さないようにしていたようだが、顔にはしっかり表れていた。

「僕を狂っていると思ってくれてもいいいし、君に電話したのは本をあげるためだけじゃなくて、君を狂気に巻き込むためだったと思ってくれてもいい。好きなようにとってくれ。だけど、たった今――昨日の夜からずっと、〈道化師〉の一人が僕を見張っているんだ。今も店内にいるんだ。どこにいるかは教えられない。僕には見つけられないから。でも、見張られているのは確実だと思ってくれ。君だけが、僕が話ができる相手なんだ。厄介ごとに巻き込んでしまったけれど、他に方法がなかったんだ」

アリアドネは一秒と考え込んだりせずに、提案した。

「その私立探偵に会うか、警察に行くかしましょうか。彼らにあなたのお母さんに危害を加えることができるとは思えないけれど、お母さんに警告して、すぐに警察の保護を求めるよう言ってもいいわ。そして、みんなの安全が確保できたところで、すべてを打ち明けるの。私、あなたの無罪を証明できるだけのじゅうぶんな証拠はあると思うわ。探偵を雇ったことが決定的じゃないかしら。それに、あなたが〈道化師たち〉を告発した相手である副社長が〈道化師〉の一人だったとしても、ＡＢＣ紙のクロスワード作家が、自分もメッセージの伝達に利用されたと証言するかも」

「でも、ＡＢＣ紙のクロスワード作家は、一味のリーダーと暮らしていたわけじゃないからね。いずれにしても僕は、危険だということを君に忠告したかったんだ」

アリアドネは震える僕の手に自分の手を重ねた。

「私を信じて。その探偵と連絡を取ってみるわ。電話番号か住所、わかる？」

僕はうなずいた。番号を言うと、彼女はそれを暗記した。

「簡単よ。私の生まれた年、六日戦争〈第三次中東戦争〉の年、フランコが死んだ年だもの。私＝イスラエル＝フランコ。忘れっこないわ」

僕は微笑した。

「本をありがとう」と彼女は言った。

立ち上がり、行ってしまった。

遠ざかる彼女の、背が高く、スマートで、この世のものと思えない姿を見ながら、僕は悟った。きっと、彼女とは二度と会うことがないだろう。彼女は、僕を救うためなら疑問の余地なく何だってやってくれる気になっている女友達の役柄を演じただけなのだ。取りに来たものを手に入れ、頭のおかしい男に親しく付き合ってみせたあとに彼女がすることは、走り出すことだったろう。バスに乗り遅れないですむように。そして、降りかかってきた災難からできるだけ早く遠ざかってしまえるように。失望と怒りを感じながらコーヒーを飲み干し、バターとマーマレード付きのクロワッサンと勘定を頼んだ。アリアドネにすべてを打ち明けたことで自分を責め、そこにやってきた〈アナーキスト〉を儀礼的な微笑みを浮かべて迎えた。

「どうだった？」

「上々だと思うよ。注意義務違反はいっさい犯していない」

「少しも期待しちゃいないさ。どう転んでも、面白いことになるからな」

「何が？」と、不安になって尋ねた。

「さて。あんたは彼女にすべてを話してしまうことだってできた。もっとも、彼女は信じなかっただろうけどな。あんたのことをよく知っていたとしても、何か風変わりなことがあんたに起こっている、あるいは起こったと考える程度だろう。それに、そんなに古くからの付き合いじゃないかもしれない。その場合、いざ話そうとしたときにためらわれて、何も言えないだろう。頭がおかしい奴だと思われてとっとと逃げられるような真似をわざわざするとは思えないからな。率直に言って、びっくりするほどきれいな女だね。あんたが彼女を失ううえに、彼女の身に何かが起こるとしたら、残念だよな」

「そのギャング的な悪態は、スコセッシの映画で覚えたのか。それとも、君の本来の言葉づかい？」

「俺が言いたかったのは、ともかく、そんなことじゃなくて、人生とは実に不思議なもの、可能性の多面体だってことさ」

「偉大なる哲学者〈カエル〉の言葉の引用かい？」

「あんたは彼女に、バトゥローネに知らせて奴に警察に通報させるよう頼むことだってできた。その場合、おまえの母親が何らかの事故にあう危険を冒したことになったがな。しかし、あの娘にこうも頼むことができた。つまり、アリアドネに、まず母親に電話して警察の保護を求めるよう指示し、つづいてバトゥローネに連絡をとるようにと頼むこともできた。もしかしたらあの娘は、バトゥローネと顔を合わせたら恋に墜ちるってことになるかもな。マリアに聞いたんだが、奴のペニスは魔法のランプじゃあないものの、操り方が最高で、彼女にすると、あんたの十倍いいそうだ。考えてもみろよ。もしかしたら、結局のところ何もかも、あの二人が知り合い愛し合うようになるために起こったのかもしれないぜ。そう考えると少しは気が楽にならないか？　あんたのお陰、この二週間にあんたに起こったことのお陰で、アリアドネとバトゥローネが知り合うことになる。まったく不思議だよな。すべては事前に起こった、自分たちがまったく関与していない出来事に左右され、つまるところ状況が我々を動かしていき、俺たちが独自にできることは大してないんだ。ひょっとしたら、俺たちはブオナロッティ〔ミケランジェロ〕の『ダビデ』みたいに、岩の中にいて、そこから出してくれる鑿《のみ》を待っているのかもしれない。でも、その岩はどこから生じたんだ？　あんた、想像できるかい？　いったいいくつの優美な彫刻が、この世界に何百とある石切り場に埋もれたまま横たわり、そこから解放してくれる巧みな腕を待ち望んでいることか」

# 21

どんな手をつかったのか知らないが、一緒に過ごしたあの一日半、〈アナーキスト〉は僕を奇妙な感情の支配下においた。友人の紹介でやってきたので短期間もてなさなくてはならない一時滞在の客人に接している気分にさせられたのだ。僕らが保っていた関係は、旅人とのあいだのものに似ていた。それまで顔を見たこともなく、出ていってしまえば再会することがないのは確実だが、親しい人間に頼まれたのでできるかぎりの歓待をする。

つまり、あの二日間、彼の存在に行動の自由が制限されていると感じることはなかったが、彼に対して義務があるという感じ、一時的な滞在客として面倒をみ、相手をしなければいけないという気持ちは、束の間も僕から離れることがなかった。僕らはウマが合ったと言ったら、奇異に聞こえるかもしれない。しかし、そうだった。僕らの話題はほぼすべてのことに及んだ。無声映画のこと、音楽のこと、女の子のこと、闘牛のことを、彼は夢中で、僕はいくぶんお付き合いで語り合った。この偽物の親しさを損ねるものは、ふたつの禁止事項、テレビをつけないことと、電話をかけないことだけだった。

もちろん僕らは、〈カエル〉についても話した。彼は常に「状況」について口にした。「だって、今は状況が徹底的に自分を使い尽くすようにと勧めているからね」とか「やっと状況が修正された」とか言うのだが、こうした抽象的な表現が何を意味するのか、僕にはほとんど見当もつかなかった。当然ながら、それほど努力をしなくても、〈アナーキスト〉が自分の配役に従って行動しているのは確認できた。時間をかけて何とか理解できたところでは、〈アナーキスト〉が常に口にしていた件《くだん》の「状況」は一九九七年現在とは何の関係もなく、同じセビリアでも三十年代の〝赤い〟セビリアについてのものだった。労働者と経営者、サンジカリスト〔アナーキーな労働組合内の活動家〕と共産主義者が暴力的な争いを繰り広げていたセビリア。工場では爆発事件が絶えなかったセビリア。そのセビリアでは、無政府主義者《アナーキスト》たちが信徒会活動の禁止を主張し、この要求活動で大いに栄えていた。僕はあの男の言葉によって、何でもありの混乱した時代へと連れていかれた。ユートピアを叫ぶ革命家たちは街を血で染めるのを厭《いと》わず、伝統派のセビリア市民は防衛のために軍隊をもっとよこせと要請し、さっさと攻撃して叛徒《はんと》を叩きつぶせと叫んでいた。〈アナーキスト〉の装いは、当時の無政府主義者たちを思い起こさせた。無造作で粗末な身なりで、帽子を目深にかぶり、両切り煙草をふかして、ブルジョア的快適さを表すいっさいを軽蔑していた連中を。

　共感などしてしまったことは一瞬たりともなかったと思うが、〈アナーキスト〉があまりにも情熱的に語るので、彼の見解に賞賛を送らずにいることも、それを信じないでいることも困難になっていた。手持ちの本の中に一冊も、その時期のこの従順な街についての参考文献がなかったことを残念に思った。そう、彼はいつもセビリアを、従順な街と呼んでいた。そして、こんなせりふを唱えて自らを鼓舞していた。「事態はこれから変わっていく。なぜなら、セビリアは破壊を必要としているのだ。事態は強制的にでも変わっていく。なぜなら、時には現実の首をねじまげて他の方向を見させ、進路を変えさせなければならないのだ」。僕はこの男に親近感を抱かずにはいられなかった。彼は他の〈道化師たち〉と同様に——そして僕と同様に——、死して倒れる戦争を持たず、これをでっちあげる必要があり、おもちゃの戦争を作り上げたのだ。生きていると感じるために。

とはいえ、どんなに想像力を駆使してその気になろうとしても、時間を旅して内戦前の〝赤い〟セビリアにいつづけることは困難な仕事だった。そのため彼の人物像は矛盾するものになっていたが、〈カエル〉が考案したこのゲームでは、時代設定の一貫性などゲームの遂行に不可欠な要素ではないことが、まもなく理解できた。そして、僕は直感した。〈アナーキスト〉は本当に、別の街に住んでいるのだ。過去の街に。マリアがペニスに隠された魔法のランプを求めて男どもをノックアウトさせているLSDのセビリアとも、毒ガスや、地下鉄や、ゲームの舞台となっているあの模型の中で建物の上に倒壊していたペニス型アラミージョ橋のセビリアとも、無関係な街に。

水曜日の夜まで（その夜を、僕らはチェスと談話で明かした）、前日の午後に抱いた直感に修正を迫られることはなかったが、その夜、ある独白——そいつは少しずつ襲ってきていた眠気から僕を助け出してくれた——の中で、〈アナーキスト〉は僕に打ち明けた。彼の人物像の由来となったもの、どうしてこの物語に参加することになったのか（彼の人物像とは、僕が何ひとつ知ることのなかった演者のこと、彼が何の仕事をしているかとか、どういう名前かといったことではない）、追い求めているものは何なのか、今まさに手に入れようとしているものは何なのかを。

「チェスには、小さいときから熱中させられたもんだ。そのうえ、実にためになる物語がこいつに関して作られてきているんで、その魅力に屈しないわけにはいかないのさ。ひとつ聞かせてやろう。二人の王様がチェスの試合をした。一人が勝ち、もう一方は負けたんだが、この敗北は高くついた。首を打ち落とされたんだ。王の長男は、その光景を目の当りにして、父の死に復讐することを心に誓った。彼は人員や武器を集めたりはしなかった。旧王国のシンパに頼んで、この対局で父が失った領土奪回のための軍隊を組織しようとはしなかった。そうする代わりに、年老いたチェスの名人とともに閉じこもったのだ。王国を取り戻すには別の方法があることを知っていたからな。すなわち、例の王に試合を挑むこと。そういうわけで、対局に向けて万全を期しての準備を進めた。彼はある種の罪業を相続したと感じていた。敗北という罪業を。広大で平穏な王国を相続できたかもしれなかったのに、受け継いだのは復讐への執念のみだった。父が喫した敗北が自分のものでもあるように感じていて、だからこそ、復讐しなくてはならなかった。実の父の思い出を清めるためだけでなく、くじかれた誇りを自分自身に対して取り戻すために。かくして挑戦がなされ、これを受けた老王は自国を賭けて試合に臨んだ。若者のほうは、他のものを賭けて闘った。自らの命だ。負ければこれを差し出すことになる。自分の命と、師匠の命を。試合の結果は、どうだっていい。さして重要なことじゃないからな。たぶん、若者が勝つが、父が失った分の領土だけ返してくれと所望する。これは敗れた王にとって大変な屈辱で、王は若者に闘いを挑む。ただし、チェス盤の闘いでなく、戦場の戦いを。それとも、老王が勝つのかもしれない。そして、若者と師匠は打ち首になる。でも、そんなことはどうでもいい。不可思議なのは、この、敗北の相続性だ。過去に起こったことを訂正しようとやっきになる人間がいるということだ。一種の清算。敗北した先祖らに、彼らが闘っていたまさにそのことを贈ろうという試み。寓《ぐう》話《わ》だと嘘っぽく思えるかもしれないが、現実の出来事でも似たような例はあるんだ。数年前に、ボクシングの世界で起こったことだ。年老いたミドル級チャンピオン、リチャード・エスコペタ・ロドリゲスが、タイトルの防衛戦を行なった。相手は大口をたたく若造で、そいつは一ヵ月前から、『俺があの恐竜を引退させてやる。第三ラウンドのゴングが鳴る前に、奴をリングから放り出してやる。よぼよぼだからな。俺様のパンチを二発と我慢できやしないさ。高い金を払って見に来る観客には気の毒なこったが、試合はすぐに終わっちまうぜ』と、言いつづけていたんだ。老チャンピオンは、このうぬぼれ屋の案山子《かかし》が言い触らしていたことは、彼や彼の周囲の人間が思い込みたがっていることよりも真実に近いと知っていた。試合の日が来た。実際、大口たたきの若造は、老チャンピオンに激しい連打を浴びせて病院送りにした。だが、それはチャンピオンのせいだった。チャンピオンは相手の攻撃をすべて我慢すると決めていたんだ。降参はしない、何としても耐え抜く、たとえ顔面をパンチでぐちゃぐちゃにされようとも、と。彼は、最後まで倒れずに持ちこたえた。雨のようなパンチに、観客は背筋を凍らせた。最終ラウンドが終わったとき、満身創痍《そうい》のこの拳闘家に向けて大喝采が響きわたった。同時に新チャンピオンが、パンチの連打で疲れきったからだで、敗者のコーナーに歩み寄り、不屈の意志に敬意を表した。老ボクサーは入院から数日して昏睡状態に陥り、二ヵ月後に息を引き取った。彼の長男は試合の日には十四歳だったが、母親が彼のために立てていた将来設計には従わずにボクサーになり、父の王座を取り戻すのだと誓った。彼は、対決の日まで新チャンピオンが、自ら公言しているとおりにチャンピオンベルトを守っていてくれますようにと、ひたすら神に祈った。だから、大口たたきが新しい挑戦者を倒してタイトルを防衛するたびに、一種の安堵感をおぼえ、対戦への準備を続けながら、父を殺した男の敗退を天が許さなかったことに感謝した。そして、復讐戦の日がやってきた。ここでも何が起こったかはさして重要じゃない。大口たたきが試合の前に自慢げに、老チャンピオンを滅多打ちにしてあの世に送ってやったのだから息子も同じ目にあわせてやると豪語して、試合に勝ち、息子を病院送りにしたのであろうと、反対に、元チャンピオンの息子がタイトルを取り戻し、チャンピオンベルトを持っての墓参りで大口たたきをノックアウトしたことを報告した後引退したのであろうと。肝心なのは、その強固な意志と執念だ。自らの人生を放棄して、それを過去を修正するために費やそうとすることだ。俺の場合もちょっと似ている。俺は自分の人生、俺が生きるはずだった人生を、生きてはこなかった。俺の行動は何もかも、ある先祖の敗北に導かれたもので、俺はその大志を取り戻し、努力の甲斐なくつかみ損ねた勝利を捧げたいんだ。この願いが叶うまで、俺は毎晩じいさんのことを考えるだろう。自らの敗北を永遠の不眠のなかで悶々と考えつづけているはずのじいさん、あの三四年の聖週間《セマナサンタ》での試みが不首尾に終わったことを嘆きつづけているはずのじいさん。じいさんは、聖週間《セマナサンタ》の神輿に向かって発砲したんだ。ここセビリアでな。そして、捕まり、リンチされ、その後速やかに銃殺された。俺の家では、じいさんの話をすることは事実上禁止されていた。もちろん写真も片づけられ、お袋が、じいさんが書いたらしい無政府主義《アナーキズム》のパンフレットと一緒に段ボールにしまった。俺は長いあいだ――十六歳になる少し前に、じいさんの写真やパンフレットが入っている箱を見つけて以来ずっと――、あの時代について必死に調べつづけた。そして、事件に関する興味深い記述を見つけた。実のところ、ああいうことをしようとしたのは、じいさん一人じゃなかったんだ。信徒会の活動を阻止するのは、無政府主義《アナーキズム》闘争として有効と認められるためのメインの条件だったようだ。だって、あんたも知っているように、この街では、信徒会は陰の権力者なんだ。信徒会連合の理事会とうまくやれない市長で、長続きする者はいない。そのうえ奴らは、出版物の発禁ができる唯一の存在だ。二、三年前にもそんなことがあった。奴らは〝十字架のイエス〟をギャグのネタにしたマンガの販売差し止めを宣言したんだ。すると判事はその声に従い、本を発売禁止とした。もちろん俺は、二冊ほど手に入れたがな。そういうわけで、じいさんの闘争を再開しようと決めたんだ。俺にはそうする義務がある、誰かがじいさんの失敗に敬意を捧げなければならないんだ。だから、明日は重要な日になる。すべてはもちろん、〈カエル〉のお陰だ。彼と知り合ったのは偶然からだったが、さらなる偶然で、同じ野心を持っていることを互いに打ち明けあえた。

この街のイメージを傷つけてやりたい、全能なる信徒会になんとか報復してやりたいってな。この街では、理性停止の状態で三百六十日が過ぎる。そのあいだずっと聖週間《セマナサンタ》が続いているんだ。残りの五日は知ってのとおり、まるまるが〃春祭り《フェリア》〃だ。残念なことにじいさんは、祭りの移動遊園地にちょいとダイナマイトを仕掛けるというほうには労力をかけてくれなかった。そうしてくれていれば俺も、クラッシュカートを宙に舞わせて大観覧車の上までふっ飛ばしたり、ホラー・トンネルの中へ、作り物のドラキュラの代わりに爆弾を背負わせた本物のコウモリの一群を放してやったりできたのにな。大糞ったれだ、この、頭巾野郎どもとボーイどもとアホどもの街は。この街ではこんなことが言い触らされている。『イスカリオテのユダ、万歳。彼がキリストを売らなければ、俺たちは聖週間《セマナサンタ》なしで暮らさなきゃならなかった』。ここはユダの街だ。見かけだけの街、毎日が芝居の街。だがな、今に思い知ることになる。じいさんはそうさせようとして叶わなかったが、俺がじいさんの名誉のために、やり遂げる。それでも物事は大きく変わったりしないかもしれないが、じいさんの名誉は回復されるだろう。神輿の像——聖母像や〃十字架のイエス〃が燃え出したときにな。それは素晴らしき夜明けに、澄んだ空と《聖金曜日》の月の下で起こるんだ。カメラマンには、いい写真が撮れれば全国的な賞を獲得するいいチャンスになるな。これまでずっとこの街は、俺にひとつの役割を押しつけてきたが、今こそ立場が入れ替わるんだ」

僕は、ショックを受けたふりをした。ここで語られているのは〈カエル〉の個人史だ。〈アナーキスト〉が話したことはすべて〈カエル〉の過去、それも作り物の過去の受け売りに過ぎなかった。今は嫌悪感を表明するのはやめたほうがいいだろうと考えた。感心できない目的を達成するためにこれほどまでの暴力を用いたことに、嫌悪感をおぼえていたのだが。僕は〈アナーキスト〉に、この活動のせいで罪のない人が死ぬかもしれないぞと意見しただろうか。〈道化師たち〉がしているように現実とフィクションを混ぜ合わせることは、危険な病をもたらし、しかも、実際にひどいめにあうのは決まって、病気にかかっている本人じゃなくて、彼らの強迫観念とは無関係な人たちだ。それじゃあ飲み食いしていないのに宴会の勘定を払わされる不参加者のようなものだ、と口にしただろうか。わからない。こんなことは何も言わなかったのかもしれない。〈アナーキスト〉が一時も平静さを失うことなく言葉を繰り出してこの独白を行なっているあいだに、頭のなかで考えただけだったのかもしれない。はっきりしているのは、チェスのコマを集めてケースにしまいながら、こう言ったことだ。

「その寓話はとてもいいね。チェスをした二人の王様と、父親の敗北をすすごうとした負けた王の息子の話。でも、君の話からすると、悪いけど、息子も試合に負けたんだと思うな。ボクサーのほうも、老チャンピオンの息子は大口たたきにノックアウトされたに違いないよ。君は話の結末をはっきりさせたがらなかったけれど、それは君が、おじいさんのやり損ねたテロは自分にも実行できないってことをはっきりと知っているからだ。それもこれも、自分自身の闘いじゃないからだ。義手や義足みたいなもので、本物じゃないからだ。父を負かした相手に挑み過去を修正することに命を捧げた王子の才能が、本物じゃなかったようにね。そう、〈アナーキスト〉、人は先祖の罪業を受け継いだりはしないんだよ。自分の罪のように感じるかもしれないけれど、そんなのはグロテスクなフィクションで、僕らはこのフィクションを、自分自身の空虚と闘うための道具にしているんだ。将来の進路を変更して父親と同じ道を歩み父が果たせなかったことを成し遂げようとした老チャンピオンの息子は、わかっていたはずだ。君がわかっているように、人をそうした挑戦に駆り立てているのは偽《にせ》の動機だってことを。だからこそ、アンハッピーエンドの似たような話を出してきたんだろ。君のじいさんへのオマージュが同じように失敗に終わる運命にあることを正当化するためなんだろ。君のじいさんはこの失敗で命を落としたよな。君も、リンチされることになるだろうな。だって、君が請《こ》い願っているのは、じいさんができなかったことをやり遂げることじゃなくて、じいさんのような最期を遂げることだからね。君にとって、最高に英雄的なことなんだろ、じいさんのような最期を遂げること、意識を失うまで蹴りつけられた後《のち》に銃殺されることは。君は眠れぬ夜に頭の中のスクリーンに映し出していたに違いないね、おじいさんが目的を果たせなかったことを悔やみつつ過ごしたはずの幾夜の情景を。君もそうなるし、そうなることを君は知っているのさ」

「おそらくそうなんだろうな、〈吟遊詩人〉。しかし、それを詠《うた》い語るために、あんたがいるんだ。あんたが俺の偉業を、永遠のものにするんだ」

「間違いなく、君たちは狂っている。他に説明のしようはないな。治す術のない狂気としか、説明できない。君たちに必要なのは、物書きじゃなくて、精神科医だ」

「精神科医なら、もう我々のその方面の専門家が面倒をみているだろうよ」と彼は、いまにも笑いだしそうな顔で報告した。

あの精神科医はどうなったのだろう。〈カエル〉の父親とその英国人の妻は？　バトゥローネは？　アリアドネはもうバトゥローネに連絡してくれただろうか。母に電話して、身を守れと伝えてくれただろうか。こうした疑問のどれひとつ、〈アナーキスト〉にぶつけはしなかった。間違いなく彼は、最初の三つの質問の答えを知っていただろうけれど。少し間合いをとることにして、キッチンに行ってコーヒーをいれた。《聖木曜日》の朝が明けようとしていた。真実の時が近づいていた。〈道化師たち〉がゲームを完了させる時が。

# 22

《聖木曜日》の午後、七時半頃に玄関のベルが鳴った。最初、〈カエル〉かその信奉者だろうと思ったが、彼らは鍵を持っているはずだから呼び鈴を押す必要がない。次に、期待と恐れを抱きつつ、バトゥローネ探偵であることを願った。いずれにせよ〈道化師たち〉ではないことが、〈アナーキスト〉があわてて現れたことで確信できた。ちょっと顔を洗いに行っていたバスルームから、飛び出してきたのだ。

「誰か来たのか？」

「うん」

「俺がバスルームにいるあいだにバカな真似をしたんじゃないだろうな？」

「どうやって？　僕に何ができたっていうんだ。警察に電話したとしても、こんなに早く来られるわけないだろ。街じゅう渋滞してるんだ。今日は《聖木曜日》だって覚えてるかい」

「近所の誰かに電話することもできたさ」

「だったら、ドアは君が開ける？　それとも僕が？　たぶん、ただの百科事典のセールスマンさ。《聖木曜日》の午後に他にやることがないんだろう」

僕はドアを開いた。扉の向こうにバトゥローネがいると想像することで胸をふくらましかけていた幸福感が、しぼんだ。マリアだった。僕の唇にキスをし、中に入った。

「何しに来た」と、〈アナーキスト〉が嫌な顔をした。

「〈吟遊詩人〉にお別れを言いに」と、マリアが言った。「あなたたち、新聞読んだ？」

「僕たち、新聞は禁止されてるんだ。あんまりいいことばかり書いてあるんで、耐えられる自信がないからね」と、皮肉を言ってやった。

「おまえの記事が掲載されたのか？　市がお金を出して乞食や物乞いを列車に詰め込み、観光客にここが極貧の街だという印象を持たれないようしているって件のが」と、〈アナーキスト〉はマリアに尋ね、「あんた、知ってたか？　王女の結婚式のとき市役所は、道端で音楽をやったり物を売ったりしている連中を残らず捕まえて列車に詰め込み、一人ひとりにサンドイッチとビールを配って、ヘレス市に送ったんだ。セビリア史上もっとも重要な一日に汚点をつけないためにな」と、僕に言った。興味ないね、と僕はしぐさで答えた。

「いいえ。軍が市内警備にあたるらしいの」

「なんだ。心配ないさ」

「でも、もしもABC紙の奴がチクってるようなことがあったら？　あん畜生を始末しなきゃ」

「その場合、ゲームのルールを破棄するまでさ。続行への危険を意味するわけじゃあ、まったくない。おまえは大げさに考えすぎなんだよ。さ、もう帰れ」

「ねえ、二人きりにしてくれない？」と、マリアは〈アナーキスト〉に頼んだ。彼は指を三本立てた手を見せた。三分間だけ許してやるといった意味らしい。その時間を使って、マリアは僕の性器を魔法のランプに変えようとする恐れがあったわけだが、僕は内心、そうしてくれるよう願っていた。

「少し説明しておくべきだと思うの」

「現在の僕の心の平安にとって、説明はされないほどありがたいね」

「最後まで聞いて。少し説明しておくべきだと思うの。でも、やめておく。ただ、さよならを言いたくて。もう二度と会うことはないでしょうね。幸運を祈ってるわ」

「幸運を祈ってるよ、僕も、君の探し物のことで。遠からず魔法のランプが見つかって、三つのお願いができますようにってね。君に会えてよかったよ」

近寄って、僕の唇を彼女のに押しつけた。彼女は踵を返して出ていった。もう二度と会うことはないだろう。時々、〈カエル〉のことを考えるとき、マリアの頭を愛撫している姿を想像する。インド洋を渡る船のデッキか、あるいは中米のどこかの町に向かう飛行機の中で。彼らがしているのは、遅かれ早かれ出発した地点へと戻るための旅なのだ。マリアがあのとき背を向けてあとにした地点、僕のところへと。

やがて、〈アナーキスト〉が部屋に入ってきた。彼は時間をかけて時計のねじを巻き、そのあいだ僕は憂鬱に気力を奪われていっていた。フィト・パエスの《何もかもなくしたなんて言ったのは誰。僕が真心を捧げにきたよ》を口ずさんだ。視線を白い雲の後ろの部分においた。その雲がどの大陸に向かって進んでいるかは、神様だけがご存じだ。大西洋へ、セントルイスへと向かっているのかもしれない。そこでは今ごろタスリムが起き出していることだろう。それとも学校に向かっているところかな。ミズーリ州が《聖木曜日》を祝日にしていなければの話だけれど。アリアドネのことも考えた。その姿を想像してみようとした。彼女がバトゥローネの電話番号をプッシュしているところ。伝えてくれと頼んだことを不正確ながらも伝えているところ。彼と出会い、互いに好意を抱き、ベッドに向かい、僕を忘れるところ。だって、いみじくも〈アナーキスト〉が指摘したように、すべては彼らが知り合うためだけに起こったのかもしれないのだから。もしかしたら〈カエル〉の狙いは（なんとユーモアのある奴だろう）他ならぬ、現実に対して一連の変化を引き起こし、他人の人生の流れを変えてしまうことだったのかもしれない。それなら間違いなく成功したわけだ。僕の人生はもはや前と同じではない。暮らす場所だっておそらく、マラガ通りから刑務所へと変わるだろう。それに、当然ながら地下鉄テロは、いくつかの人生の流れを決定的に変えてしまった。そして、間近に迫っている次の出来事も、何人かの人間の現実を変えてしまうに違いない。もしかしたらセビリアの偉大なる夜明けに、誰かが死ぬことになるのかもしれない。その場合、その人物の現実は、単に変えられてしまうというより、押しつぶされ、九ヵ月の分解プロセスへと向かうことになる。そうして、偉大なる無へと還るのだ。我々はそこから生じ、そこに向かっているのだから。連中は先に到達できたんだ、めでたいじゃないか、と〈カエル〉なら言うだろう。彼の姿を想像した。マリアと一緒にタクシーに乗って、空港に向かい、長旅を始めようとしているところを。その旅路の果てに彼らは、ふたたび戻ってくるのだ。背を向けてあとにしてきた地点に。この旅を開始した地点に。旅の途中には、視界から消えはじめているあの雲と同じく、タスリムのいるセントルイスも通るかもしれない。

マリアが行ってしまってから何時間か後、部屋で本を読むふりをしていると、〈アナーキスト〉に邪魔された。彼は右手を差し出した。僕はその手を握った。「俺たちはあんたを信じているよ」と言って、出ていった。玄関の扉が閉まる音を、身動きもせずに聞いた。呆然として、外をのぞいて彼が最後の勝負へと向かうために建物を出る姿を確かめることもできなかった。予測していたより早く、ゲームが終わらないうちに、僕は解放されたのだ。〝最後の勝負〟――と僕が直感していたもの――を邪魔立てできる時間が、僕には何時間かあるわけだ。頭の中で、どうすべきかについてのさまざまな考えがぶつかりあった。ところが、急がなければという気持ちが凍りついてしまった。読書用のソファに腰を下ろして、熟考をはじめた。うっとりしたような、それでいてもの悲しいような気持ちで考えた。どうやって〈カエル〉は、あんなにも現実離れしたありえないような組織を作ることができたのだろう。どうやって、あんなにも非常識なフィクションで、登場人物たちに発破《はっぱ》をかけ、彼らを現実に関わらせて現実を服従させようとすることができたのか。どうやって彼らに、あの一種の共通理念を教え込むことができたのか。どうやって彼らを実際的な目的を持つひとつのチームにまとめあげ、その目的のためならどんな犠牲も厭わないようにさせることができたのか。どうやって、ゲームのあした抽象論をあそこまで完全無欠に創作し、それでもって〈道化師たち〉にあらゆる行動を命ずることができたのか。その答えをつかむことはできなかった。当然だ。しかし、すでに実行に移された物事によりこのゲームのコンセプトがいくぶん力を失っていたとしても、僕の懸念は変わらなかった。ゲームを思いつき実際にプレーすることに執心した人物は、自分が神だと信じている天才か、悪魔を熟知している精神病者のどちらかに違いない。

その時、努力しても制止できない未知の指が操る糸に意志を動かされたように、僕はノートパソコンを引き寄せて、〈道化師たち〉の物語を、ゲコゲコやる人物の一人称で書きはじめた。自分の役割を受け入れ、〈カエル〉になりかわって文を綴っていたのだが、やがて、書いたものを画面から消去した。そのあとで、もっと力強い書き出しにしようと、「ゲームは終了した」と始めてみたが、この勇ましい調子でもいくらも書き進められなかった。その理由は簡単で、語るべき内容に確信がもてなかったから。街が炎に包まれ、奇妙な外敵に包囲されて攻め立てられ、悔悟者たちが防御している様子を描写すべきなのか、定かではなかったからだ。結局、努力を放棄して、クロスワード・パズルを作りはじめた。街は今ごろ、同じような格好をした群集で埋まっていることだろう。青や黒の衣装、金ボタンにベール、浴びるほど振りかけられた香水やヘアスプレー。フラッシュの炎の瞬きが一夜を通して何百万回と闇を穿《うが》ち、テレビカメラが特等席に陣取って信徒会の神輿を中継していることだろう。地下鉄テロのせいでどれくらいの市民が、セビリアを劇場へと変えるこの大芝居の最終二幕への参加を見合わせたのか、僕には推測がつかなかった。警察や軍隊はあらゆる場所にいるのだろう。

そんなことをあれこれと考えていたとき、僕は自分が、別にかまわないと思っていることに気がついた。〈アナーキスト〉の実の祖父だか、〈カエル〉の祖父だか、それとも孫なんていもしないが『セビリアに必要なこと』という本を書いたあるアナーキストだかの失敗に終わった活躍を懐かしんで聖像のひとつやふたつを始末しようと、別にかまわない。そのとき聖像は真夜中のセビリアを、優美さと虚飾、安売りの涙と上等のワイン、一万五千ペセタのしわがれ声の投げ歌《サエタ》〔聖週間に行列に向かって詠われる宗教歌〕と男たちの股間を熱くさせる美しい娘たちとをたっぷり伴って、練り歩いていることとだろう。ある程度言えることだが、もしもこうしたことに自分が関係していなかったなら、翌日新聞で、恥知らずな何者かが〝十字架の道行きのキリスト〟だか〝いとも聖なるマリア〟だかに放火したと伝える見出しを読んだら、僕は笑っただろうし、よくわからないがおそらく拍手を送りさえして、内心で犯人に共感をおぼえたことだろう。もっとも、歯を何本か失うはめにならないよう、喜んでいることはいっさい表に出さずに。だから僕は、僕であることをやめようとした。彼らが何をやろうとしているか、知っているということを考えないようにした。だって、やろうとすることと、やりとげることは違うじゃないか。クロスワードを完成させることに専念して、誰にも会いに行かないようにした。バトゥローネにも（彼はもう始末されているのかもしれなかったが）、アリアドネにも（彼女については、『スモーク』を例の彼、彼女をものにしたのに失おうとしている男に渡しているところを想像することにした）、〈カエル〉の父親にも（彼の遺体は、ズボンをはかずにイギリス人教師――爪楊枝の刺さったオリーブを唇に挟んでいる――の陰部の峡谷と分かちがたく結合した格好で、前妻の墓の上に横たわっているのかもしれない）、精神科医にも。この男は、ペニスにアラジンを閉じ込めていなかったというコンプレックスに悩まされていることだろう。そのせいでマリアは彼を捨てたのだ。ドラッグの一夜のあとで。その夜、二人の寝床を列車が通過したはずだ。あの植物園のすぐそばを。そこではマリアがターザンの夢を見ている。ターザンとアラジン。なんて詩的な子ども時代を、彼女は過ごしたんだろう。

どれくらいの時間をかけてクロスワードを仕上げたのか、正確なところはわからない。確かなことは、時々頭がぼうっとして、そんなとき、詩才を子細にひっかき回しながら、〈道化師たち〉のゲームの物語を思うように書くための出だしや構成や結末を考えていたこと。それに、窓ガラスの向こうで夕暮れが濃くなっていっていたこと。はっとして外を見ると、すでに夜が空を覆っていた。電気をつけると窓のガラスが鏡になった。そこに僕が映っていた。夜のまん中に浮かんでいるその姿は、奇妙で、見覚えがなく、やせこけていて、ほとんど死体のようだった。自分が自分だとわからなかったことに、僕はぞっとした。恐かった。恐くなって電気を消し、少しのあいだ暗がりにたたずんで頭を冷やすと、なんとかものが考えられる状態になってきた。さて、バトゥローネを見つけ出すことにしようか、それともあてどなく街に出ようか。今ごろはきれいな女の子たちがセビリアを歩きまわっているだろうと考えたとき、アリアドネに電話してみることを思いつき、実行した。彼女の番号にかけると、本人の声の録音がメッセージを残すよう要請した。もちろん、そうはしなかった。何を言ったらいいかわからなかったのだ。

それでまた、無益な疑問を並べはじめた。〈カエル〉はどうやって〈道化師たち〉を集めたのか。彼らは何人いるのか。資金はどこから得ているのか。『私と私を包異する状況』のうちどこまでが真実で、どこからがフィクションなのか。どうやって毒ガスを製造したのか。爆発物はどうやって手に入れたのか。マリアはこの件全体のなかで、どんな役割を演じたのか。疑問、疑問、答えの出ない疑問。これらの疑問には、今日に至るまで答えが見つかっていない。事件についての公式見解が醸成されてしまったあとでは、答えを出したりしないほうがいいのかもしれない。

当然ながら僕は、〈アナーキスト〉に親近感を抱いてしまったことで自分を責めた。この親近感の理由は何だろう。彼の闘いが——それは一登場人物としての闘い、つまり真赤な嘘の闘いだったが——非常にセンチメンタルなものだったからか。それとも、彼の例の意見に賛同できたからだろうか。基本的に我々は、瞳の色や身長や多くの欠点とともに先祖から罪業の一部を受け継ぎ、そうした罪業は、自分自身のものではないのに少しずつからだの中に侵入して、ついには生まれる前の過去に由来する血管の中を流れだすようになる、というあの説。僕は〈アナーキスト〉に、基本的にすべて同意していたのかもしれない。ただ一点を例外として。過去の負債に決着をつけるのに暴力に訴えたことが、彼の不敵なまでにロマン主義の発言から、魅力を根こそぎ奪い取っていた。

僕は救いようのない双極性気質の持ち主なのかもしれない。そしてあの日々には、僕の存在のありようや世界の中での居《お》り方を攪乱《かくらん》していた状況の力が、道がカーブを切るたびに僕を押してスリップさせていたのに、なすべきハンドルさばきがまったくできずに、人生を支配していた混乱に流されるままになっていたのだと思う。そして、その時々の勢いだけから反感を持ったり共感を抱いたりしながら、外部で起こっている現実のことなんてどうでもよくなっていたのだ。他人はみんな、こけしか何かみたいになっていた。あるいは、どんなことでも起こりうる芝居のシーンにうようよしている登場人物。途方もなく巨大なスクリーンで映画が展開していて、結末の予想がついてきたのに、それを変えることができなくて、自分の無力を言い訳しながら肩をすくめて目をそらす人にありがちな無気力に陥っている。

いつしか僕は眠っていた。それが言えるのは、玄関のベルに起こされたからだ。時計の長針が短針を隠して、どちらも1を指していた。一時五分だ。でも、夜中の？　それとも昼間の？　街灯の明かりがこの疑問を解消してくれた。ついに警察が来たのか。手錠がかけられるように両手をそろえて差し出して自ら罪を認めるつもりでドアを開けると、やつれはてたバトゥローネが立っていた。ぼろをまとったバトゥローネ。それまでは貫禄を出すためにシークレットブーツでも履いていたのかと思うほど、小さく縮んだバトゥローネ。

「おやおや、バトゥローネ」。僕は嫌味を投げつけた。「大きくなったら百科事典のセールスマンになりたいのかい。びっくりだ」

探偵は、僕が入《はい》れと言うのも待たずに上がり込み、勝手知ったる家だったので、案内なしで僕の部屋にたどりつき、中に落ち着くとこめかみを揉《も》んで、よく聞こえないつぶやき声で何か悪態をついた。

「街の様子はどんなだい？　盲腸の傷跡のうまそうなラリッた雌《めす》がうようよいて、夜を切って進みながら、白い粉が『立って、フェラするんだ』って囁きかけるのを待っていたかい」と尋ねた。衝動的にあんなひどい態度に出てしまったのはなぜだろう。まったくわからない。ただ、やってしまったのだ。

「おまえ、かなりやっかいなことになってるぞ」と、彼は吐き捨てるように言った。「かなりやっかいなことにな。〈道化師たち〉が何をしでかそうとしているか、おまえは知らないんだ。俺にはいっさいを白状したよ。奴らはケネディ暗殺とは何の関係もないが、俺にはわかってるぜ。おまえは奴らの一味で、俺は奴らのゲームの登場人物の一人にすぎないんだ。おまえは自分が、話を盛り上げるために俺という登場人物を作り上げたと信じているんだ。だが、気をつけろ。登場人物が作者を殺すのは、例のないことじゃないんだぜ」

彼の声には力強さも確信している調子もなく、まるで、わけのわからない台本を初めて読んでいるところで、あとでもっとちゃんとした演技をしなければと思っているみたいな言い方だった。

「やめろよ、まったく。僕の友人たちはあんたに何を話したんだい。酔っ払わされたうえに、何か吹き込まれたみたいだけど……」

「それもこれも、あの精神科医のせいだ。なんだって俺たちは、墓地になんか行ったんだろう。

〈カエル〉の父親と母親はな、べろんべろんになって、それから、おまえには想像もつかないだろうが、墓の上でな……。俺はそこで大笑いした。すると精神科医はマリアと行っちまった。あの尻軽め。すべてはおまえがあの場を立ち去ったあとのことだ。俺はもう二晩も、一睡もせずに飲みつづけてるんだ。ぶっ倒れそうだ。酔いはさめてきたようだがな」

こう言ったあとで、黙り込んだ。まるで、それまで視線を据えていた壁の一点の、その向こうに何かを見て、そのせいで気力を失ったとでもいうように。

「それで、これからどうするつもりなんだ」。バトゥローネを物思いから引き出すために、急いで尋ねた。

「事務所に行き、事件の報告書を燃やす」

もし、バトゥローネも〈道化師〉の一人だったら、と考えた。実際には自由意志で彼を雇ったのに、妄想症《パラノイア》のあまり、僕がラリッているときにマリアが催眠術か何かで雇うよう仕向けたのかもしれないと思った。ばかな話だ。わかっている。しかし、この疑いを頭から追い払うことはできなかった。

「ご一緒しますよ。そのあとで街を散歩して、聖母マリアや〝十字架のイエス〟を見物して、少し雰囲気にひたりませんか」と、提案した。

バトゥローネは僕を見た。彼は酔っていたが（といっても、頭痛と吐き気を残してさめかけていたようだ）、僕の提案を聞いて、僕が孤独で、しかも孤独を恐れていることがわかったのだろう。よろよろと立ち上がり、手助けしようとするのを拒みながら言った。

「行こうか」

郵便受けで、さらなる驚きが僕を待っていた。小包だ。臆することなく開いた〈道化師たち〉から小包爆弾を進呈してもらえるほど、自分が価値ある人間とは思えなかったのだ)。中味はゲームの解説書で、『おまえが知りたかったのに聞く勇気をもたなかったこと』という嫌味なサブタイトルがついていた。二十ページにも満たない量だった。バトゥローネに渡した。僕は彼に、今までどこにいたのかとか、〈カエル〉の親父さんと女教師は墓地での一件のあとどうしたのかとか、最後にマリアを見たのはいつか、などと聞きたいとは思わなかった。知りたかったことはひとつだけ。アリアドネは彼の留守電に、僕が伝えるよう頼んだ救援要請を吹き込んでくれたのか。だから、事務所に着いてすぐに、留守電が赤い目で四回ウインクしているのを見て、希望を持った。

最初の吹き込みは、僕らをぎょっとさせた。

「バトゥローネさん。こちらはアラドロス博士です。あなたからのメッセージをうかがいました。どのような目的の調査かよくわかりませんが、今週末はセビリアを留守にし、戻るまでお話しできませんので、ご質問に簡単にお答えしておきます。確かに、私どものラボで少量なら毒ガスを製造することは可能ですが、現実にはどんな形ででも、そのようなことは行なわれていません。ここで実施される作業はすべて、私が自ら管理していますから。他に何かありましたら、来週の月曜日以降にご連絡下さい」

二番目の電話はこうだ。

「バトゥローネさん、管理人です。今月もだめなんでしょうか」

三番目には何の言葉も録音されておらず、チューニングの狂ったラジオか車の激しい往来のような雑音が聞こえるだけだった。

四番目は、勝利の知らせだった。

「こんばんは。バトゥローネさんに、シモン・カルデナスという友人に関することでお電話いたしました。私はアリアドネといいます。後ほどまたおかけします」

僕はこらえきれずに飛び上がった。世界が終焉してもいい。アンダルシアの担ぎ手が全員毒ガスで殺されたっていい。この四半世紀に起こったあらゆる犯罪が僕のせいにされたっていい。警察が僕を、事件が起こった時にはまだ生まれていなかったという立派なアリバイがある犯罪について告発したっていい。〈道化師たち〉のゲームの解説書が僕を共犯者扱いしていたっていい。天国で昼寝をしている僕のじいさんが起き出して、僕のことで恥じ入ってもかまわない。アリアドネは電話をしていた。僕に救いの糸を垂らしてくれた。僕の話を信じてくれていたんだ。彼女は美人で、そのうえポール・オースターが誰だか知っている。これ以上何を望めるっていうんだ。きっとすべては、僕と彼女が知り合うために起きたんだ、と僕は思った。〈カエル〉にだって感謝しなくちゃならない、と思った。ところがバトゥローネが、僕を感慨から引き戻した。彼は白い岩の絶壁——すなわち便器に向かって、魂を吐き出していたのだ。

# 23

ある現実の出来事（ＣＩＡの実験）に着想を得た創作物《フィクション》（イギリス人作家のベストセラー小説）に引き起こされた現実の出来事（東京の地下鉄テロ）に惹起《じゃっき》された創作物《フィクション》（ロールプレイング・ゲームの指示書）から生まれた現実の出来事（セビリアの複数のテロ）が、創作物の中で永遠の存在になろうと切望している。〈道化師たち〉が本当に、僕が彼らの冒険物語を執筆すると信じていたのかは、よくわからない。彼らは僕に何を期待したのだろう。もしかしたら、彼らの冒険物語の別バージョン、彼らがどれだけ僕の人生に影響を与え、変えてしまったのかを表現させたかったのだろうか。当然ながら、〈道化師たち〉のゲームにおける経験を使って僕にできることは、それを書くことだけだ。警察当局への告白の時が来る前に——もっともそんなことは、当局が〈道化師たち〉の陰謀を嗅ぎつけ、かつ僕との関係に気づかない限り、する気はなかったが——あの日々に起こったことを文章にしてしまおうかとも思ったが、結局、この誘惑は退けた。それは、創作物《フィクション》によって現実の出来事を永らえさせることで、あの輪《リング》が交互に並んだ鎖、本当のところ何が現実で何が虚構なのかわからなくなった鎖の、続きを作るという誘惑でもあった。

　時が経つにつれて、僕の確信は強まっていった。〈カエル〉は祖父にオマージュを捧げるという口実で、あのゲーム全体を作り上げたのだ。銃殺された祖父。自分の信念を一冊の本にして、

『セビリアに必要なこと』は何なのかを市民に耳打ちしようとした男。聖母マリア像に発砲し、カトリック信者のアナーキストたちにリンチされた男。その舞台は引き付けを起こしていた〝赤い〟セビリアだったが、この時代は長続きせず、真夜中にラッパの音が響くと街が閉ざされ、恐怖が支配し、子どもがバースデーケーキのキャンドルを吹き消すように家々の明かりが消されていくようになるまでの、ほんの一時《いっとき》のことだった。僕は別に、この説で全てが説明できると言いたいわけではない。ただ、〈カエル〉の発想の核にこの件があったと思うのだ。なぜなら〈カエル〉は、先祖の罪業や闘争は、家具や着物のように受け継がれるものであり、我々はノスタルジーからというより同情から、それを火にくべてしまうことができないという意見の持ち主だった。

もしも〈カエル〉が精神病者だというのなら、同じくらい、ドン・キホーテは遍歴の騎士だったといえるだろう。もっとも、漫画やパロディのやつのことだが。〈カエル〉が生まれた街を、親を憎むときにしかできないようなしかたで憎悪して行なった復讐は、そこに住む人々を震撼《しんかん》させた。あの日の未明に僕は、セビリアらしさ満開の町を歩きまわり、聖週間《セマナサンタ》独特の匂い、特に、ひどく押しつけがましい香《こう》の匂いの混ざった春の香りをかいだ。何百もの人間が同化して、群集というただひとつの塊になっているのを眺めて楽しんだ。目の前を、足をひきずって地面から古来変わらぬ音をたてて神輿が、まだ知らぬ罪の刺《とげ》のためにこめかみから血を流す〝十字架のイエス〟や、過剰なまでの涙に顔を覆われた聖母マリアを運ぶのを、沈黙を守ったまま見送った。あれを聞いたときには鳥肌がたった。バルコニーからでなく、僕らがぎゅうぎゅうづめにされていた歩道から、一人の女性が深く鋭い投げ歌《サエタ》を放ったのだ。それは、いつの時代からか、時間をくぐりぬけて届いたものだった。音楽のなかには驚くほど美しいものもあった。特に、どれだかの神輿に付き随う少年たちが演奏していた、大気に溶け込むようなメランコリックなオーボエの甘美さときたら。ドラムの連打やトランペットのソロも楽しめた。人混みで僕は必ず、パニックとどうしようもなくわくわくする気持ちが入り混じった興奮をおぼえる。五万人の合唱団が国歌を歌えばそれだけで、どこから生じるのかわからない奇妙な電流が僕の肌を粟《あわ》立たせ、こみあげてくる涙を堰《せ》き止めるために目を閉じなければならなくなる。そしてそのあとで、一種の嫌悪感をおぼえる。思うにこれは、五万人のコーラスに対してではなく、興奮を抱かずにはいられなかったことへの嫌悪だろう。あの群衆も僕に、同様の効果をもたらした。その場の光景は当然ながら、限りなく錯乱に近い興奮と熱狂とをかきたてるものだったのだ。

午前四時半ごろ、最初の爆発が聞こえた。聖像神輿の行列はどれも停止し、人々は怯え、何とかいう大臣へのテロがあったという噂が流れはじめた。その大臣はバルコニーから行列を見物していて、隣にはセビリア市長夫人がいたのだという。けれども僕が待っていたニュースが広まるまでに、さほどの時間はかからなかった。〝沈黙のキリスト〟という、十字架を逆さに背負った聖像の顔が、粉々に飛び散ったというニュースだ。卒倒する者あり、信じられずに疑問の声をあげる者あり、呆然自失する者あり。満員だった酒場はあっという間に無人になり、誰もが外に飛び出して、爆発音がした方へと突進した。僕はその情景をテレビで、ずっと後になってから見た。

現場を取り囲む警官。〝沈黙のキリスト〟の神輿がその中で、瀕死《ひんし》の動物のように動きを止めており、周りに担ぎ手たちがびっくりして心臓を縮こまらせながら湧いて出て、地面や花の絨緞《じゅうたん》の上にちらばった木片を見て、ぴりぴりした様子で信じられないとばかりに、悪態をふんだんに交えながら何があったのかと尋ね合った。神輿の上ではカーネーションが何本かまだ炎を上げていたが、他に原形をとどめていたのはキリストを磔《はりつけ》にする十字架の横木の一部だけで、像の顔の部分は、そうとわかる破片が散らばっているばかりだった。この出来事に動揺しなかった担ぎ手が一人、よじ登って残り火を素手で消そうとし、てのひらを火傷したところで水の入ったバケツが手渡され、その水でカーネーションが灰になるのをくいとめた。多くの人が警備隊員と化し、この犯罪をやらかした狼藉者《ろうぜきもの》がいないかと、屋根を見渡した。キリストの顔のかけらを残らず拾い上げようとしている人もいた。一人が鼻はどこだと尋ねると、もう一人がここに髭の一部があると答え、鼻のありかを尋ねた人物が銃撃されたのだと主張すれば、砲撃だったと異論を唱える者がいて、地下鉄と同じ連中のしわざだと老人が決めつけると、ＥＴＡ〔バスクの民族主義のテロ集団「バスク祖国と自由」〕がやったんだと別の誰かが断言し、年老いた女たちは泣き、あたりはすっかり言いようのない悪夢の様相を呈していた。そこに警察隊の一団が登場して、秩序を取り戻そうとしたが、どんな秩序もあの制御不能の大騒ぎのなかで打ち立てられるはずがなく、非常線を張ることも、誰もが何があったか知ろうとやっきになり、全員で飛び散った顔のかけらを集めているあの地帯では、無理な相談だった。僕はそのとき、〈カエル〉が洗い場の汚水をコップで四杯飲んだことを思い出していた。

十分もしないうちに、二体目の顔が破裂した。〝沈黙のキリスト〟の十字架の一部と顔が宙に舞った場所から、わずか二キロの地点でだった。二回目の爆発は一回目より近かったので、僕にも音が聞こえた。白状するが、僕は大きな音がすると、それがどんな音でも、すぐにパニックに陥ってしまう質の人間だ。隣人が壁の向こうで性交《セックス》中に特にがんばったりすると、震源地にいると思い込み、この震度では瓦礫の下に一ヵ月は閉じ込められるぞと青くなる。だから、このときの爆音でもしばらく目と耳がきかなくなり、群集がどっと駆け出したときに出遅れてしまったが、結局僕も爆発が起こった方へと走りだした。到着すると、すでに数百人もの人間が、被災した神輿の周りで人垣をつくっていた。僕の横では年とった女性が、何とか隙間をつくって愛する〝ヘロデ王の前に立つキリスト〟がどうなったのかを見届けようと奮闘していた。この神輿は大西洋横断客船みたいなやつで、周りには福音書のありがちなシーンが、色とりどりの貫頭衣《チュニカ》を着たきわめて控え目な表情という点でそっくりな多数のエキストラ付きで再現されていた。老女の顔が、細胞が火事になったみたいに赤くなっていき、呼吸困難の兆候を示しはじめた。僕はこの人のことでその場に集まっている市民の注意を引こうとしたが、予測不能の群衆の流れのせいで離されてしまい、ただ見ていることしかできないでいるうちに、彼女は自身の苦悩に打たれて地面に倒れ、足を止めて助けようとする人間は一人も見当たらなかった。驚いて、老女が倒れた場所に近づこうとしたのだが、その地点にたどり着いたときにはいなくなっていて、前方に視線をやると、どう力を取り戻したんだか、十メートルくらい先にいるのが目に入った。恐怖が勢力を伸ばすための汚い手口を使いだした。人々が互いに、まもなく別の像の爆発が起こるに違いないという確信を染《うつ》し合っていたのだ。次は〃マカレナのマリア〃だ、とか。この像は、何千人もの熱狂的なファンにもてはやされていて、彼らは〃トリアーナのマリア〃や〃ジプシーのキリスト〃の頑迷な信奉者たちとしょっちゅう諍《いさか》いを起こしていた。ところで、この〃ジプシーのキリスト〃のファンクラブは独特で、社会の上流階級のメンバーと最下層のメンバーとで構成されている。だから、未明の通りを行くこの神輿のあとに、公爵夫人と物乞いの婦人が共に従っているのが見られるのだ。

誓って言えることだが、僕は〈カエル〉と〈アナーキスト〉を思い出して、笑みを浮かべずにはいられなかった。名人芸だ、と思った。僕はろくでなしなのだろう。それは否定しない。しかし、正直者だ。なぜなら、このとおりのことを、あのとき思ったのだから。

名人芸と言っても恐怖の芸なのは確かだが、それでもこれは名人芸で、この時まさにピークを迎えようとしていた。五百メートルも離れていないところに止まっている天蓋《てんがい》つきの神輿があった。異変が起こっていることへの不安の声を耳にして、親方が停止を命じたのだ。この神輿で、その夜三回目と四回目の爆発が起きた。〃受難のマリア〃の頭と胸が破壊跡だけ残して消え去り、像はまるで、頭がなくて破廉恥《はれんち》にも骨組の針金を見せつけている前衛彫刻のような姿になった。瞬く間に豪華な衣装が燃えだし、水をかけることができたときにはすっかりだめになっていた。天蓋には穴があき、その大きさは当の〈カエル〉でも通れるほど。他にも一本のかじ棒が折れてしまったが、これは間違いなく担ぎ手たちの責任だ。聖母のマントは、紫色のベルベットの上にふんだんに金が使ってあるものだったが、恐れおののく通行人の絨毯となり、この通行人たちは、猟犬のように場所を争いあって神輿がどうなったのかを目で確かめようとし、その場の危険に頓着しなかった。

この三番目の襲撃のあとには、四番目と五番目が控えていた。あの未明に通行していた神輿はすべて停止し、恐いもの知らずの担ぎ手たちが大あわてで、運んでいた神輿によじ登って、誰かが何かの装置を隠していたら見つけてやろうと探しまわった。台上に敷きつめられた花の中、ローマ人やユダヤ人の人形の衣装の下、ローマ人の騎馬警官の前でキリストが十字架を担いでいる場面を表している神輿では、馬の中まで捜索された。その方法は、爆発物を探す担ぎ手が、馬——プラスチック製なのか厚紙でできていたのか、僕はとんと知らないが——の腹に耳をつけて、時計がカチカチいう音がしないか調べるというものだった。からだを張って爆発物を探そうという警官がいないので、担ぎ手たちが神輿にあがって、テロリストどもが爆弾をどこに隠したのか調べようとしていたわけだが、この災厄を引き起こしたのが爆弾なのか銃弾なのかはわかっていなかった。結局、爆発物は発見されず、それ以上の破壊は起こらなかった。あの晩僕の記憶に刻まれた映像のなかでもっとも鮮烈なもの、僕の潜在意識に、その後何度も襲ってくるようになった悪夢を植えつけた情景は、〝権能高きキリスト〟の信徒会が原因で発生したものだった。この信徒会は、キリスト像の神輿とそれにつづく頭巾の行列との間に女性の悔悟者が歩くことを固く禁じており、このため、通常は設けられている神輿と頭巾たちとの間隔をあけていなかった。けれども、厳禁されているにもかかわらず、女性信徒のなかには依然として、頭巾たちの強制どおりに神輿から距離をおいて歩くことに満足できずに〝権能高きキリスト〟の真後ろの、頭巾たちが運ぶロウソクから煮えたぎる蠟《ろう》が頭上に降りかかる危険な場所に陣取る者もいた。何人かはビニールをかぶって身を守っていた。あの晩、怒りと恐怖が、発生が宣言されただけで感染していく疫病みたいに広まっていっていたなかで、一人の若い女性の黒髪が蠟にやられてめちゃくちゃになっているのを見た。僕の悪夢のなかでこの女性は、幾人にも増殖し、彼女らの髪から垂れる煮えたぎる蠟がセビリアの街路を流れだし、僕は扉を――脱出口を探して走るのだが、見つけてそこにたどりつく瞬間になると決まって、あの女性が現れる。その髪は蠟で爛《ただ》れ、そのまぶたは蠟にまみれ、蠟に刻まれた顔が地面にぽとりと落ちると、それはどろどろの蠟だまりに変わってぐんぐん大きくなり、川のように流れはじめて僕を追いかけた。

新聞を読んだりテレビを見たりという不用意なことを、あの悲劇の夜につづく日々に僕はしなかったので、何千人という人間が警察署の門前に押し寄せて逮捕者をリンチにかけろと騒ぐほどに（逮捕された者たちは、やがて証拠不十分で釈放されたが、この街から、そしてたぶんこの地方からも、護衛つきで脱出しなければならなかった）セビリアに衝撃を与えたこの悲劇によって、何人の市民が心臓マヒを起こし、何人が鬱《うつ》の闇に入り込んで回復せず、何人が正気を失い、何人が忘却の霧を発生させようとアルコールに浸るようになったのか、正確な数を挙げることはできない。しかし、あの日の未明に目撃したことから統計を出さなければならないとしたら、〈道化師たち〉の獲得した犠牲者――〈カエル〉なら、魂と呼ぶのだろう――の数は、ゆうに十を超えていたに違いない。

街の中心部を離れたのは午前六時ごろ、太陽という時間厳守の照明が、あの悪夢の舞台の上に光線をまき散らしはじめる前のことだった。僕の印象は次のとおり。集団的な悪夢に参加したが、もうすぐ朝が救い出してくれそうだ。ムリーリョ庭園は、帰り道に通らなければならない場所だが、人気《ひとけ》がなかった。遠くのサイレンの歌声が、この無人による沈黙を引き裂いた。ゆっくりと、影の中からさまざまなものが姿を現し、緑の匂いが夜明けの昔ながらのさわやかさと一緒になって、僕にさっき見たことを信じるなとささやきかけた。メネンデス・ペラージョ通りにはタクシー一台走っていなかった。僕はセビリアのその地区にいた唯一の住人で、ひとつの街の何百メートル四方の土地の主《あるじ》だった。史上まれにみるほどの屈辱を経験したばかりの街の。あと数時間もしないうちに何十万もの市民が市役所前広場に集まって、まだ判明していないこのテロの犯人の死刑を要求し、アナーキストだったじいさんの骸骨が、墓の中で笑みを浮かべることだろう。新聞は号外を発行するだろう（たぶん、罹災《りさい》した神輿の切り絵や絵ハガキも売り出すだろう）。だけど僕にとって、そんなことはみんなどうでもよかった。なんだか不思議な喜びが湧いてきて、気分が良くなり、元気が出た。その正体は、〈道化師たち〉のゲームはもう終わったのだという確信だった。これから僕は家に閉じこもって、煙草を吸うように時間を煙に変えていき――灰皿代わりになるのはアンダルシアのウルトライズム〔一九二〇年ごろスペインで起こった詩の改革運動〕の作品群。この詩人たちについて論文を書かなければならなかったのだ——、玄関のベルが鳴ったらすぐにドアを開けに行くだろう。そこには見知らぬ男がいて、僕の名前を尋ねるように発音し、それから自分は警察の者だと、身分を明かすに違いない。

ところが、何日たっても、何週間たっても、何ヵ月たっても、誰一人、逮捕にも話を聞きにも来なかった。ただし、《聖金曜日》の当日には訪問者があった。

玄関に現れたのはバトゥローネだった。目を充血させ、旅行カバンを肩から下げていた。

「あなたも行ってしまうのですね」と僕は言ったが、彼への言葉が丁寧語に戻っていることに、自分でも気づいていなかった。とどめにバトゥローネも〈道化師〉の一人だったと知らされることになるわけだ、と考えた。たぶん彼は、僕にすべてを話して聞かせる役目の〈道化師〉なのだろう、と。

「週末のあいだだけです。七時発の列車なので、コーヒーを飲みながら時間つぶしなどさせてもらえませんか」

「でも、バトゥローネ、どちらへ？　聞いてもよければですが」

「今日、あのお嬢さんと話をしましたよ。あなたがすべてを打ち明けたアリアドネさんと。今朝電話をもらったのですが、混乱していて、おびえてもいました。この未明にあなたの、聖週間期《セマナサンタ》間にセビリアで何か大事件が起こるという予言が現実になったので、あなたの身の上を——どうしているかを心配して、かけてこられたのです。私は彼女をなだめてここの番号を教えましたから、たぶん電話があるんじゃないですかね」

僕は激しく赤面したに違いない。なぜなら、頬と耳が燃えるように熱かった。胸の中で心臓がボクシングの練習をしていた。例の、人の魂を膨らませるはっきりとした抑えようのない喜びの感情で、心がいっぱいになった。ああした時にふさわしい行動は他でもない、跳《は》ねまわるか、叫ぶか、飛び上がって天井にタッチすることだったろう。しかしバトゥローネの目があったので、何とか自分を抑えた。僕たちは、未明の事件をほとんど話題にしなかった。思うにその理由は、沈黙の流砂で覆ってしまいたい出来事がいくつかあったからだろう。その出来事から僕たちは、現実が逃走を許してくれるものならば、大急ぎで遠ざかろうとしていたのだから。バトゥローネが出ていったとき、これでもう二度と会うことはないだろうと思ったが、今度も僕の予感ははずれた。ほどなくして彼はまた、僕の前に現れたのだ。その顔を飾る髭には白髪《しらが》が目立ち、コップで牛乳を無造作に飲んだ人についた跡に近かった。彼は言った。

「あなたには想像がつかないでしょうな、数日前に私が見た、べたべたに抱き合ってスペイン広場を歩いていた人物が誰か」

僕に当ててみる時間もくれずに、彼は続けた。

「精神科医とイギリス人教師です」

「まさか」

「いや、本当に、そうなんです。あの教師は〈カエル〉の父親に不貞をはたらいているのですよ」

「彼がまだ生きているならね。もしかしたら、彼が墓地を気に入ってあそこに残ったんで、奥さんのほうは、命のある、オリーブよりましなものを探しているのかもしれませんよ」

この少し後《のち》、〈カエル〉の父親がまだ生きているかを確かめるためにルットン・ストリートに電話してみたところ、実際、電話に出たのは彼だった。僕は彼に、生きていたというそれだけのことに対して、おめでとうと言いたかった。妻の墓の上でのトラウマチックな経験のあとなのだから。しかし、言葉が喉で凍りつき、それを溶かしてしまうことができなかった。

このほかバトゥローネは、〈道化師たち〉のゲームについて、眠れぬ夜の暗がりで考えつづけているのだと言っていた。すべてを説明できる筋の通った推理を完成させようとしていて、三四年の聖週間《セマナサンタ》にアナーキストたちが引き起こした騒動について調査し、例の説を発展させてアロンソ・キハーノ症候群に関する研究を進めたいのだそうだ。もしかしたらいつの日か彼は、何らかの事実を発見するのかもしれない。例えば、〈カエル〉の祖父はアナーキストたちの中に潜入した信徒会のメンバーで、わざわざ聖母に向かって発砲したのは、聖像を襲うことで人々に革命家たちへの共感を撤回させようとしたのであり、革命を口にしながら信徒会に利する行動をとっていたのだとか。バトゥローネは僕に、〈カエル〉から連絡がありしだい知らせるようにと、口を酸っぱくして要請した。彼によると、いつか必ず連絡があるはずだとか。けれども僕が〈カエル〉から受け取った連絡は、夢を通してのものだけだった。その夢では、あのバスルームで水があふれる音がずっと聞こえていた。〈カエル〉が夢に引き伸ばされた廊下を何百と走りまわりながら捜してきた蛇口から、あふれているのだ。

「こうしていれば、何かつかめますよ、シモン。自信があります。何かつかめますよ」

何かつかめたかどうかは知らないが、やはり彼を見た最後の機会ではなかったその時、僕は彼に、僕の電話へのアリアドネの態度について教えてほしいとしつこくせがんだ。しかし彼は、さあと肩をすくめ、カムフラージュされた強迫観念の話に戻って僕を煩わせつづけるのだった。

彼女の態度の理由がわかったのはずっとあとのこと、ちょうど三度目に彼を見かけたときで、その時には彼の口髭からまた、牛乳のしみがなくなっていた。だが、あの《聖金曜日》に話を戻そう。アパートに一人になるやいなや、僕はアリアドネに電話した。頭の中にはさまざまな計画が渦巻いていた。散歩に誘って戦いの後の風景を観察してみることから、すべてを説明するからそのために家で静かな夜を過ごそうと提案することまで。彼女が出たが、僕は何も言い出すことができなくて、それで、電話を切った。何分間か、そのままでいた。時間の進行はまるで、レールの上で痛々しい軋《きし》みをあげながらのろのろと進む、錆びた荷を乗せた貨物列車のようだった。アリアドネの番号にもう一度電話した。

「もしもし、覚えているかどうかわからないけど、僕はシモン。本をプレゼントした者です。例の、ポール……」

小説家の苗字を言う前に、アリアドネが口をはさんだ。

「もちろん覚えてる。電話をいただけて嬉しいわ。これでやっと、あなたのことを忘れられるもの。今度かけてきたら、警察に通報するわよ。悪ふざけしたいなら、お母さんにでも電話すればいいんだわ」

立て板に水のこの攻撃に、しどろもどろでない反撃を開始しようとしたときには、電話の向こうで僕の話を聞いている人はもういなかった。この態度の理由を知るまでには、何ヵ月も待たなければならなかった。聖週間《セマナサンタ》の聖像への三つのテロが起きたあの未明以降で三度目にバトゥローネを見たとき、彼はアリアドネと歩いていた。もちろん、手をつないでいたわけでも、通行人に二人は恋人同士だと思わせるような態度をとっていたわけでもなかったが、二人は一緒に歩いていて、それがすべてを説明していた。そばに行っておどろかすのはやめておいた。それより、頭の中で事実のつながりを組み立て直してみることにしたのだが、望みの解釈をするために鎖の環を勝手に作り出してしまうことに気をつけねばならなかった。アリアドネは、事実、《聖金曜日》にバトゥローネに電話して、僕が伝えてくれと頼んだメッセージを告げたに違いない。バトゥローネはアリアドネにとぼけてみせ、こんなことを吹き込んだのだ。僕は人をかつぐのが好きで、ポール・オースター好きが嵩じて陰謀話をでっちあげ、そこに知らない女性たちに登場してもらう必要があるため、一風変わったやりかたで近づくのだと。それから――ここから先は間違いなく、僕の頭が作り上げたまったくのフィクションなのだろうが――、彼女に取り入ろうと、自分も小説を書いているのだと話して、何かうまいこと口実をつくって会う約束をとりつけたのかもしれない。これはあまりありそうにないことに思えるが、さんざん騙されたあとだけに、僕が純然たる空想の砂地に足を踏み入れてしまったのもしかたのないことだった。ともあれ、アリアドネとバトゥローネが二人して歩いていた。事件の何ヵ月もあとのことで、そのときすでに警察は、テロの犯人を見つける可能性はもう期待できないものと考えているようだった。そして僕は毎晩、〈カエル〉とマリアが足をひきずる音を聞いていた。彼らはまるい地球の上を、背を向けてあとにした地点に向かって進んでいるのだ。おそらく〈アナーキスト〉が指摘したとおり、すべてはあの二人、バトゥローネとアリアドネが知り合うためだけに起こったのだろう。おそらく、二人の結びつきから美しい女の子が生まれ、これほど残虐な出来事が、美に対していくばくかの貢献を果たしたことになるのだろう。

〈アナーキスト〉のその後についても知ることができた。もっともこの場合、情報を得たのは新聞からだったが。十一月十九日、フランコ将軍死去の記念行事のある前日に、取り扱っていた爆破装置が暴発して、両腕を吹き飛ばされ、胸に穴をあけられたのだ。どうやらこの爆破装置は、懐旧の情を行動で示そうとしていた極右の連中に対して使われる予定だったようだ。果たして〈アナーキスト〉は、何らかのロールプレイング・ゲームの筋書きを展開中だったのだろうか。それとも、頑固にしがみついていたアナーキズムから行動したのだろうか。確かなことは、彼の写真が各紙に掲載され、そのそばには彼の経歴が添えられていたのだが、地下鉄テロのことにも聖週間《セマナサンタ》のことにも言及されてはいなかったということだ。彼の姓名は、苗字のひとつ以外はイニシャルのみに短縮されていた〔スペイン人の姓名は通常、苗字・名前ともに複数ある〕。私生活についての情報は、年齢と、意外にも結婚していたということと、子どもが一人あるということ。僕は空想してみた。その子が二十年後に、爆破装置を用意して、無償の行為の最中に死んだ父親に捧げる復讐を試みるところを。この日は一日じゅう、〈アナーキスト〉のことが頭から離れなかった。それが記憶の罠にすぎず、人の弱さの証となるものだと知っていなかったならば、僕はここで告白していたことだろう。彼のことが懐かしいと。

僕の日々は積もっていった。まるで、借金を返すために膨らんでいく新たな借金のように。ラジオ局に仕事を見つけ、そこで日に十時間、ニュース原稿を書いて過ごしている。その代わりに、同居人がいなくても家賃が払えるようになった。〈カエル〉の部屋は空っぽのままだ。

ひとつの年が燃え尽き、その最後の火によって次の年が点火され、知らないうちに大きくなっていた。街ではかつてないほどの警備の下で、聖週間《セマナサンタ》の一大悲喜劇を上演する準備がまた、行なわれている。僕はメリダに帰るつもりだったが、結局ここに残ることにした。去年破壊された聖像は、修復されるか入れ替えられるかしている。祭りは続く。人々は衣装を新調し、通りで忘れがたいシーンを数多く目にするだろうが、あんまりたくさん見すぎて、結局どれひとつ思い出せなくなることだろう。

僕はここに残る。不条理な希望を胸に。夜ごとに聞こえる足を引きずる音が、ついにこの家の玄関までやってくるのではないか。そして、鍵の回る音が聞こえ、〈カエル〉とマリアが現れるのではないか。二人は世界一周の旅を終えて——いや、もしかしたらこの間ずっと、現実から身を守りながらどこか近くの建物にいて、毎日のようにバトゥローネやアリアドネとお茶をしながら、〈アナーキスト〉を懐かしんでいるのかもしれないが——、背を向けてあとにしてきた地点へと戻ってくるのではないか。その地点ではずっと、僕が二人を待っている。いくつか聞きたいことがあるし、僕は固く信じている。だんだんと不安になってきてはいるが、僕の頭が二人をでっちあげたわけではないのだと。

タスリムについては、今も便りを待ち焦がれている。

（一九九五年一月～十一月、セビリアにて）

# ペーパーバック版への序

ファン・ボニージャ

「人口が過剰なのだ」と彼は思った。「兆単位の人口というのは過剰だ。お互いみんな知らない同士《nobody knows anyone》。知らない人間がおまえの家に入り込み、知らない人間がおまえの心臓をつかみ出し、知らない人間がおまえの血液を抜き取る。ああ神よ、いったい彼らは何者なのか」

レイ・ブラッドベリの『華氏四五一度』のこの一節が、同書をざっと読み返していたとき、私の目に飛び込んできた。『パズルの迷宮』〔原題『Nadie conoce a nadie』、英訳すると「Nobody knows anyone」。以下、初版本〕が出版されて数ヵ月後のことだった。自分の本の冒頭に引用していたらちょうどよかった一節を発見した幻惑以上に私を虜《とりこ》にしたのは、好奇心だった。この段落を結んでいる問いかけは、私の小説の結びに潜在している問いとまったく同じなのだ。いったい彼らは何者なのか。あの、現実に対して自分たちのわけのわからない謎のルールを押しつけながら、フィクションを拡大して現実を汚染している、ロールプレイング・ゲームのプレーヤーたちは。

　初版本を上梓してからのさまざまなインタビューで語った内容を見直したところ、ここで再度述べておきたい一節があった。このようなものだ。「私の小説は、私とは、自我《わたし》とそれを包囲する状況なのではなく、多くの場合我々は、状況がこうあれと定めたものでしかない、ということを示そうとしているのです。ですから自由とは、人が自分でしたいと思うことと、他人がその人にさせたいと思うこととのあいだの小さな隙間にすぎず、この隙間は、前者が規定する欲望から生じるすさまじいフィクションと、後者が我々に強制する現実から生まれるさほどすさまじくないフィクションとを隔てる、不毛地帯にすぎないのです」

なぜロールプレイング・ゲームのプレーヤーなのか。私は、新聞で読んだいくつかの陰惨な事件により自然に、こうした人間たちに強く魅かれるようになった。いったいどうして、朝六時にバスを待っている男を、その男が口髭を生やしており、ゲームの続行上従う必要のある命令書に口髭の男を殺せとあるからといって、殺してしまうことができるのだろう。ある人間がどっぷりと漬かっているフィクションが他の人間の現実に対して、自分の前に屈伏することを強いたり、自分に合わせて現実であることをやめることなく（バス停の男のケースのように）フィクション的特質を備えるよう強制したりしたならば、いったい何が起こるのだろうか。

評論家のカルロス・レイが私の小説に対する書評でこれを手短に説明しているので、ここで私の言葉として引用したい。「フィクションと現実をうまく結びつけたりフィクションを操ったりできることは文学の伝統であるが、一方、このふたつを混同したりフィクションに耽溺《たんでき》したりすることは、精神を病へと導く。この小説にはベースとして、二通りの態度をとる二人の登場人物がおり、彼らはペッソアが発した問い、『何故という疑問と事実との間《はざま》で、自分とはいったい何なのか』を知ることのジレンマを前にしている」。〈カエル〉はその答えをはっきりと持っている。自分とは、自分ではなく、あの、状況なのだと。だから、自分が自分になるために現実の首をねじってやりたいと思っている。これが彼の考え方だ。「日常に甘んじるという愚かさに身を委ねる者が、突然、生きるとはこんなものではない、もっと別のところにあり、何か特別なものの上にしかないのだと気づくことがある。そして、執拗な探索、特別なものの探索を開始し、大博打に出て神秘に賭ける。しかしそのときにはすでに、生は再び居場所を変えていることを知るはめになる」。

一方、語り手であり、作家になれなかった男であるシモンは、恐怖心の擬人化である。クロスワード・パズルを作成して生計を立てているが、文学を避難場所としており、人生を文学と取り替えたと言っていいほどだ。彼は、現実とフィクションを混同することを恐れる必要がない。なぜなら彼は、フィクションの中でモラトリアムに生きており、現実とは、逃避を続けるために避けて通れない手続きにすぎないからだ。宇宙服は、宇宙飛行士が月の上を歩くことを可能にしてくれており、月面に直接触れることを阻んでいるものでもあるとしても、その事実に変わりない。これと同じなのだ。

初版本の初期の読者から、十分に文学的な作品であるが非常に映画的でもあるという意見を聞いてはいたが、実をいうと、セビリア出身のプロデューサー、アントニオ・ペレスから電話があって、この小説の映画化権を買いたいと言われたときには、冗談だろうと思った。けれども今では冗談ごとを遠く離れて、本書は一本の映画となった。この映画は、プロデューサーのアントニオ・ペレスとフェルナンド・ボバイラ、および監督・脚本を担当したマテオ・ヒルが、私の小説に基づいて、彼らのイマジネーションと無数の話し合い――私はそこに参加しないことにした――の上に一から組み立てていったものである。マテオ・ヒルはこの小説を自分のものとし、思う存分ひっくり返し、私の関与よりも彼の関与のほうが深い物語にと変貌させた。映画と小説との関係は、親と子の関係のように必ず物議をかもすもので、産みの苦しみを伴うが、幸いにもこの映画（日本で公開された映画のタイトルは『パズル』）はうまく生み出された。我々が皆、銘記しておかなければならないことだが、たとえ親であろうと、子どもには自分自身の人生があるべきで、自分と同じ苗字を持っていることは奴隷であることを意味するわけでは絶対にない。だから私も映画の制作にいっさい関与しなかったが、熱心に見守ることはした。その熱心さは、父親が息子の成長を物陰から見守りつづけるときのものと同じだった。この父親は息子を誇りに思っているのだが、息子から離れることしか手助けする方法を持たないのだ。今や映画は現実のものとなり、誰かが「マテオ・ヒルの『パズル』」と表現するのを読んだり聞いたりすると私は、内心で満足を覚えることを認めなければならないだろう。この、誰かが創作したものが別の創作物を生むということ、一人の人間が書いた小説の肋骨から、二年間の活動、話し合い、シナリオ、議論、立案、ブレーンストーミングの後《のち》に映画が出現するということが、私にはいまだに奇跡の出来事に思え、この驚きの前では、映画は小説に忠実であってほしいとか（映画的には決まって逆効果となるが）、小説以上の出来になってほしい（この点でももしマテオ・ヒルに望むことがあるとすれば、傑作を作らないでほしかったということだろう。いつでも知ったかぶりする連中に、あの陳腐なせりふをまたも口にする機会を与えてしまったではないか。「偉大な映画は、凡庸な小説からしか作られない」と）と願うことなど問題にならない。

このペーパーバック版のために私は、熟考の末、読書力に関して常に信頼を置いている何人かの良き友人の言葉に素直に従い、いくつかの場面や情景描写を削除した。それらは、筋を追いにくくさせる、極端に展開が遅く、ストーリーを滞らせるものだった。

今や、映画版の出現により、映画を見てから本書を読む人はどうしても物語の登場人物たちに主演俳優らの顔を重ねてしまうだろうと推測する。それは大した問題ではない。私には常々疑問に思っていることがある。一編の小説から、読者の中に何が残るのだろう、ということだ。多くの場合、何年も前に読んだ小説に関して読者の心に残っているのは、瑣末《さまつ》なことや、漠然とした全体の印象、ストーリーの一部のアイデア、印象に残った一節といった、いわゆる小銭にすぎないものばかりだ。初版本を読んでくれた人たちに、時間が経ってから、初版本の何が記憶に残っているかと質問したところ、多様な答えが返ってきた。冒頭の一文と、どうということのない細部や感情表現の何箇所かしか覚えていないと言う人。シモンが川に投げ込まれて、我々の生は死のふたつの大洋のはざまにある未知の小さな陸地なのだという考えにふけるところだと言う人。ある女友達は、私の小説に関して覚えているのは、読みながら食べていた木イチゴの味だけだと言った。……結局、小説によって我々の心に特に残るのは、たいていの場合、その小説を読んでいる我々自身の姿なのだ。あたかも読書中の姿を撮影しているカメラでもあったかのように。初版本の何が、今後に残るだろう。それはわからないが、少なくとも、こう答えることがもう夢でなくなったのは確かだ。「映画が残る」。これはほとんど、詩的な公正さの問題といえる。なぜなら、初版本で私の名前の文字の大きさは、タイトルの文字の十倍もあった。今やこのタイトルは映画の看板に大きな文字で描かれ、私の名前は、もし載るとしたらだが、微細な文字となるだろう。これは私にとって、非常に嬉しく感じることである。

一九九九年六月二三日、バルセロナにて

# 「あとがき」を先に読む方々へ

沢村　凜

クロスワード・パズルを作成して生活している主人公、シモンのもとに、ある日、脅迫電話がかかってくる。翌日のパズルに「道化師たち」という言葉を入れろ。さもないと……。シモンは葛藤を抱きつつも要求に従う。すると、新聞にパズルが掲載されたその日、彼の住む街セビリアで深刻なテロが起こった。自分のパズルがテロ実行の合図に使われたのではないかと悩むシモン。しかも状況から、ルームシェアしている友人が事件に関わっているように思える——。

このように、サスペンスとしてもミステリーとしても申し分ない出だしで、この物語は幕をあける。しかし、「あとがき」を先に読む方のためにお断りしておくが（そして、すでに本書を読み終えられた方には手遅れとなるが）、そこから先に、鮮やかな謎解きや、あっと驚くどんでん返しや、カタストロフィを生む予定調和な結末は用意されていない。

また、サスペンス小説ではよく、行動力のない凡庸な人物だった主人公が、危機に陥ることでしだいに逞しくなっていき、最後には超人的な活躍をする。私自身もその手のよくできたサスペンスの大ファンで、主人公に自分を投影して得られる緊張感や達成感、解放感に、現実に立ち向かう力をもらってきた。

本書に、そうしたパワーは微塵《みじん》もない。主人公は、本人にも理解できない衝動の赴くままに、すべきことをなおざりにしたり、数ページ前の自分と矛盾した行動をとったり、一目惚れ《ひとめぼ》れに現《うつつ》を抜かしてみたりと、あきれるばかりの迷走をつづける。だが、実を言うと私は、あきれながらも心の中でつぶやいていた。私だって、こんなもんだろう、と。

わけのわからない陰謀の渦中に投げこまれたら、狼狽してろくなことができないのが普通ではないだろうか。いや、読者諸賢は違うかもしれないが、私はきっとそうだ。深刻な事態から目をそむけてどうでもいいことにかまけてみたり、反対に、考えすぎて妄想に悩まされたり、勇気を出して実行した解決策を中途半端でやめにして自らぶちこわしたり。

これらはみな、本書でシモンがとった行動だ。ただし彼は、ただの〝ダメ人間〟ではない。彼の奇妙な自尊心や博識や哲学的思索が、無意味なほどに果てしない広がりを本書に与えているのだ。

彼の思索は、ルソーやサルトルから新旧の映画、ポップス音楽、ヒトラーの暗殺者やアニメ・キャラクターまでを引き合いに出しながら放浪するが、肝心の事件とは無関係に通りすぎ、彼を救う役にも、ストーリーを進行させる役にも立っていない。結果としてそうした蘊蓄《うんちく》的エピソードは、星座を構成できない星くずのように、きらめきながらも何者とも結びつかずに物語のまわりに散乱している。星座の代わりに彼の迷走が描き出すのは「無作為の悪意」という、もしかしたら積極的犯罪よりもたちの悪い、心の闇。そう、彼はただのダメ人間ではなく、不条理《ナンセンス》で博識《インテリ》で危険《インモラル》なダメ人間なのだ。

　本書の登場人物たちは、みんな何かを探している。シモンは運命の用意してくれた恋人を探し、〈カエル〉は夢のなかで閉め忘れた蛇口を探し、私立探偵は小説のネタを探し、マリアは性器《ペニス》が魔法のランプになっている男を探すのだが、誰一人探しものを見つけられずに、破壊された現実の中で、みんながみんなさまよっている。現実なんていつでも、いくぶんは破壊されているものかもしれないが。

　読者はこの本を読んで、何を見つけられるだろうか。繰り返すが、ストレス解消になる爽快感や、人生の意味を示唆する教訓や、胸を打つ感動は探しても無駄だ。けれども、これは私に限ったことかもしれないけれど、シモンに最後までつきあうことで、「ダメな自分」に少しだけ寛容になれた気がする。

　少なくとも、「この物語に鮮やかな謎解きは用意されていない」と忠告されて逆に食指が動くあなたには、お勧めできる本だと思う。本書は読む者をもっと深い謎の世界——人間の心の迷宮へと導き入れるのだから。


二〇〇五年八月十五日（聖母マリア被昇天の祝日）

# 監訳者からのひとこと

碇　順治

著者ホアン・ボニージャがこの作品の初版（以下、初版本）を書き終えたのは一九九五年十一月二五日で、私がそれを始めて手にしたのは、かれこれもう四年半も前の春も盛りの頃だった。日西翻訳研究塾（ＩＴＴ）の優秀な塾生たち十六名とネイティブ講師との計十七名で早速チームを組み、まずは下訳に取りかかってもらった。晩秋には完成し入稿を終えていた。翌年二月に渡西し、ボニージャが同書を書き下ろしたというセビリアの家を訪れてみた。小説の中にも頻繁に登場する迷路のようなサンタクルス地区の裏手に位置するムリーリョ庭園の「傍」と言うよりは、それはむしろ公園の一部だった。しかし、初版本で彼自身が「ムリーリョ庭園の傍の木陰に佇《たたず》む巨大な屋敷」と表現した瀟洒《しょうしゃ》で威厳に満ち満ちた歴史を感じさせるその建物を目の当たりにし感慨に浸っていた私は、その旅行に見事に奈落の底に突き落とされた。苦悩がドクドクと沸き上がり、喉元が締めつけられ、辺りの空気が固まり、身動きできなくなった。ありそうにない状況に出くわしてしまったからである。それは、ある書店で本を物色していたときのことだった。本訳本の基となったペーパーバック版（以下、ＰＢ版）を目にしてしまったのである。本書巻末の「ＰＢ版への序」で彼自身が述べているように、多くの部分（結果的には初版本訳から原稿用紙で約二四〇枚分）が省かれ、お詫びのしるしであろうはずもないが、おまけに序文までもが新たに付け加えられていた。ＰＢ版が出版されて数週間も経っていなかった。「すべては私がＰＢ版と出会うためだった」のだろうか。

ボニージャは詩人として文壇デビューし、その後、本書の初版本を上梓するまでに何冊かの短編を出してはいるが、この作品が小説家としてのデビュー作であった。この初版本（ＰＢ版に取って代わられ現在絶版）には彼が得意とするこうした短編が鏤《ちりば》められていた。もっとも、彼の言う「読者に苛立ちを与えるような難解な表現や、ストーリーの展開をややもすると緩慢にしていた」部分以外はＰＢ版にも残された。彼はこの「ＰＢ版への序」で、映画との落差、映画化によって引き起こされた様々な状況について（尖った刺をオブラートに包み）怒りを爆発させる一方で、読者の読後記憶についてもシニカルに語っている。さながら斜面に立てられたスラロームの旗門を颯爽《さっそう》と縫って滑るかのごとく、本筋と本筋の間を紆余曲折しながら語られていたいくつもの短編や小話、初版本からは削除されてしまったそうした珠玉の数々が私の大いなる読後記憶である。

初版本から消え去ったのはそれだけではなかった。初版本の十六章と十七章では主人公のシモンが〈カエル〉と禅問答を繰り広げるのだが、これも完全に消え失せている。ボニージャの実にユーモラスで、実にシニカルで、実に複雑怪奇な作風とは別に、生と死についての彼の哲学が抜けてしまったわけである。もっとも、本書の十六章以降でシモンの言葉の端々にそうした哲学的な死闘の後が見え隠れする。しかしながら、ボニージャの文章の特徴である持って回った表現の数々は本書の全編から十分に読みとれ、また、彼一流の至高のオ・ヤ・ジ・ギ・ャ・グ（言葉遊び）も本書にはまだまだ充満している。本書全体がクロスワードパズルなのであり、ブラックユーモア集であり、回文書なのだ。

スペインの読書率は三十九・六％（二〇〇三年）に過ぎない。しかし、彼らスペイン人はこと書くことに関しては実に堪能である。スペインの筆記試験の大半は記述式で、彼らは小学校からその手法を仕込まれる。回り諄《くど》い表現を得意とするのはボニージャだけでない。統計上、日本人の読書率はスペイン人のそれよりも高い。しかし、〇×式一辺倒で作文が苦手な日本人の読書率は、現在低下の一途を辿っている。更にこの上読書率も追い越されたなら、日本の将来はいったいどうなるのだろう？　しかし、全体的な読書率が下がっている中で、日本の若者のそれが上昇傾向にあるらしい。そこで、本書がロールプレイング・ゲームをテーマにしたサスペンス仕立てであることから、当初、こうした若者を対象にした読み物として本書の出版が計画された。そのため、初版本は非常に意訳的で軟らかい文章形式がとられた。しかし、前述の渡西で、語学の教師やその関係者に、作家ボニージャの印象を尋ねてみたところ、みな異口同音に「あの難解な文章を書く作家」という答えが返ってきたのだ。持って回った表現が得意な彼らの中にあっても、ボニージャの存在は特異な存在というわけだ。日本の若者に受け入れられるような今風の軟らかい文章では、ボニージャの作風は伝えられないことになる。それは、あのムリーリョ庭園の傍の木陰に佇む巨大な屋敷に複雑に絡まるツタを、定規で引いた線で表現しようとするようなものである。

作家沢村凜氏は、決して定規を使わずに、真っ向からの直球勝負という極めて無謀とさえ思われる手法を駆使し、しかも実に丁寧で真摯な態度でボニージャの錯綜した文体の再現に立ち向かわれた。私はといえば、翻訳監修という大仰な役目を仰せつかったものの、文学という特殊な言葉の世界に口を挟むのは、神がミケランジェロにも劣らぬ指先で手を直接お下しにならない限り到底無理な作業だと考えるに至った。もっとも、畏れおおいとは思ったものの私なりの挑戦はしたつもりではあるが、子孫への罪業にならぬことを祈るばかりである。「自分が存在しなくなった後も、その視線が鏡の中でずっと生き続け、罪や恐怖や疑念を増殖させるという確信を深める（初版本第二十五章引用）」子孫がいないとも限らないのだから。

最後にＩＴＴ（日西翻訳研究塾）の翻訳チームのメンバーを紹介しておこう。彼らが訳したのは初版本であった。よって、せっかく訳した多くの部分が闇の彼方に消え失せてしまった。しかし、彼らが下訳を担当してくれたからこそ本訳本が存在するのであり、私も初版本の訳を思い起こしながらこのあとがきを書くことができているわけである。全員が同翻訳塾の「プロ」と「セミプロ」の各クラスに所属していた塾生、もしくは卒業生の有志である。青木薫、阿部賢治、荒川恵子、五十嵐信子、小倉みゆき、尾郷奈々子、軽部睦子、小泉香織、高橋正江、長岡絵里子、西崎典子、前田聖児、松本晶恵、三宅愛子、吉田理加、渡辺香代子であった（五十音順・敬称・人称略）。スペースの関係上全員のコメントはできないが、当時、尾郷は世界一周の船上で通訳をしながら下訳を続け、高橋は六〇〇項目超の情報データベースを作り上げ、五十嵐は最大量の翻訳と下訳調整までしてくれた。三宅は後に自身の訳本を出版し、西崎は西語検定で文部大臣賞を受賞し、小泉はマドリード大学のマスターコースへ、そして軽部は同塾の講師になっている。前田、長岡、荒川、阿部は現役塾生だ。そしてなによりも、全員の西語解釈の疑問を解消する役割を担ってくれた、和西両言語の完璧なネイティブであるルス・マリア＝マエダ講師を忘れてはならない。

二〇〇五年九月九日　地中で朽ち果てる九ヶ月に近いカピクアの狭間にて

# 現実とフィクションの戦い

早稲田大学教授　野谷文昭

本書は『パズル』というタイトルで日本でも公開された、マテオ・ヒル監督のスペイン映画『Nadie conoce a nadie（誰も誰のことも知らない）』の原作小説である。こう書くと、著者のファン・ボニージャの複雑な気持ちを逆撫ですることになるかもしれない。なぜなら真の原作は一九九六年に刊行された長編『誰も誰のことも知らない』（ペーパーバック版の日本語タイトルは『パズルの迷宮』）だからだ。つまり本書は、映画化にともなって一九九九年に著者が手を加えた短縮版の翻訳なのである。したがって正確に言えば、原作ではないということになる。

映画と原作小説のデリケートな関係についてはボニージャ自身が序文に書いている。ひねりを加えた文章からは、映画化を喜ぶと同時に恨むというアンビバレントな心情が透けて見える。しかし、本当に悔しい思いをさせられたのは、完全版からかなりのページを削除しなければならなかったことではあるまいか。それらは文学的遊びに満ちた部分であり、彼の本領が発揮された個所であるからだ。もっとも映画から入り、プロットのみを追って読もうという読者は、本書でも著者の博識や知的アイテムのオンパレードに目がくらむ思いがするかもしれない。

フアン・ボニージャの本格的デビュー作は短編集『明かりを消す者』（一九九四年）である。これが原稿の段階で応募したアルゼンチンの新聞ラ・ナシオン主催の文学賞を受賞し、その結果彼は注目される。だが、その後バレンシアの小さな出版社から刊行された本は、地方レベルでしか流通しないために、入手しにくかった。それに加えて、著者についての情報が、生年と生地、著書に散文集『成功の二十五年』および詩集『戦争の断片』があるという事実のみだったため、ミステリアスな作家の本として回し読みされることでカルト的になったというエピソードが残っている。

収められているのはエッセー風の短編で、多くの引用や暗示に富み、どこかボルヘスの影を感じさせる。実際、当時の彼はボルヘスに心酔していたようだ。そのことは、刊行時に新たに加えられた「盗癖の人ボルヘス」という短編にも現れている。ただしタイトルが示すように、この敬愛する作家へのオマージュにはユーモアとアイロニーがたっぷり染み込んでいる。あるインタビューで彼は、この短編があらかじめ収められていたらきっと授賞できなかっただろうとユーモア交じりに語っているが、まだ無名の作家であったにもかかわらず大作家をパロディの対象にしてしまうあたりに彼らしさがすでに現れていると言えるだろう。さらに短編集の『明かりを消す者』というタイトルはモームから引用されたことになっているが、それを含むエピグラフは実は彼がでっち上げたものなのだ。このあたりはボルヘスとともに、デビュー時の村上春樹との親近性を感じさせる。

一九九四年五月二八日付けのエル・パイース紙が「二十一世紀の作家たち」というタイトルで

五人の若手を紹介した。その一人が同じ年の三月に『明かりを消す者』を出したボニージャだった。二年後、ボニージャの最初の長編が刊行される。それが『誰も誰のことも知らない』である。そして映画化に合わせて短縮されたペーパーバック版が出るのだ。

新聞はともかくテレビに登場することを嫌うボニージャの経歴は必ずしも明らかではないが、一九六六年にヘレス・デ・ラ・フロンテラで生まれ、バルセロナでジャーナリズムを学んだ後、セビリアに住み、糊口をしのぐために当地の新聞の文芸欄を担当するとともに書評、エッセー、短編、詩などを寄稿していたようだ。彼の批評は鋭く辛辣であることで知られていた。その片鱗は本書でもたとえば同国の人気作家に対するシモンの批評に窺える。それに少年時代からの文学好きと博識は、シモンが作るクロスワード・パズルから想像できるだろう。本書が出たとき、ウンベルト・エーコの『薔薇の名前』やアルトゥーロ・ペレス・レベルテの『フランドルの呪い絵』などの知的ミステリーと比較され、ポール・オースターらの影響が取り沙汰された。あるいは事件のゲーム的性格によってボルヘスの「死とコンパス」のような探偵小説を思い浮かべることもできる。

だが、彼自身が明かすところによれば、実はアルゼンチンの作家、ロベルト・アルト（一九〇〇～四二）の書いた長編『七人の狂人』（一九二九年）およびその続編である『火焔放射器』（一九三一年）からヒントを得ているという。アルトの小説の登場人物は秘密結社を作り、都市とそのブルジョワ的秩序を破壊しようとする。そして物語は三日三晩という短い時間の中で展開する。確かにそのあたりは本書の設定と似ていると言えるだろう。

ボニージャがアルトの小説に関心を抱いたのは、常軌を逸した壮大な企てを試みる人物たちが繰り広げる、リアリズム小説から掛け離れたとっぴな物語という性格による。ここで再び村上春樹を持ち出せば、反社会的秘密結社というのはどこか彼の小説に出てくる「ヤミクロ」を思い出させもする。だが、アルトの作中人物が犯す「違反」は革命的なのであり、ボニージャの〈カエル〉や〈アナーキスト〉もまた革命的である。ただしあとの二人は、たとえとっぴでも同時代性を備えた〈七人の狂人〉とは異なり、一九三〇年代回帰というアナクロニズムを纏《まと》っている。〈道化師たち〉の教本を書いたアナーキストの祖父とはすなわち〈七人の狂人〉の世代の人間なのだ。

本書の物語を支える重要なコンセプトに、私立探偵バトゥローネが解説するロールプレイング・ゲームとアロンソ・キハーノ症候群がある。アロンソ・キハーノというのはドン・キホーテの本名のひとつで、この症候群は要するにフィクションを現実と取り違えるところにある。ただし、ドン・キホーテは今わの際に正気に戻る。一般に人は読書を終えればフィクションの世界から現実世界へと帰還する。ところがそうでない場合がある。現実をフィクションに組み込んでしまうのだ。それがロールプレイング・ゲームの危険なケースである。

ボニージャはオウム真理教によるサリン事件をその例として見ているようだ。ただし、この事件については、あらかじめ夢想の世界と現実が別々にあり、突然、夢想が現実化したために起きたというような捉え方に対する批判があることも忘れてはならないだろう。思想家の鵜飼哲が指摘するように、劇画やアニメの世界が現実になったという類の言いかたは表層的で、「現実とフィクションの関係はもっと深いところで、厳しい関係を生きているはず」だからである。とはいえ、驚かされるのは、ボニージャが一九九五年に起きた事件に反応し、ただちにそれを小説に取り込んでいることだ。村上春樹が事件の関係者に行ったインタビューに基づいて書いたノンフィクション『アンダーグラウンド』が出るのが一九九七年であることを考えれば、その反応の速さが分かるだろう。ボニージャ、村上春樹という共通するところのある二人の作家がいずれもオウム真理教による地下鉄サリン事件に強い関心を示していることは注目していいだろう。

小説に戻れば、ロールプレイング・ゲームのなかに「ゲームのルールを受け入れない者や、知らないでいる者を巻き込む」ライブ・ロールがあり、シモンはまさにそれに巻き込まれてしまう。そして危険な目に遭うのだが、〈道化師たち〉が起こす事件の記録者として彼は生かされる。したがって、シモンが回想する物語は、彼がその役割を果たすべく一年後に書いた記録なのかもしれない。ただし、彼はすでに自分の役割を知っている。

ところで、ここでいうライブ・ロールに知らぬ間に巻きこまれているという感覚は、小説だけのものだろうか。我われも普段の生活のなかで薄々感じてはいないだろうか。自分がいつのまにか劇場で演じられる劇の登場人物にさせられているとしたらどうだろう。

ひとつ気になることがある。それは、〈吟遊詩人〉シモンが〈カエル〉や〈アナーキスト〉を完全に否定しないどころか、とりわけ〈アナーキスト〉には親近感を抱いてさえいることである。

その理由はおそらく、シモンも彼らに出会う前から文学というもうひとつのフィクションのなかに住んでいたからではないだろうか。また聖週間《セマナサンタ》のような因習的フィクションに立ち向かうという点でも共感しているようだ。その意味で彼らはシモンの分身でもあるのだ。

このように見るときこの小説は、事件とアクションを描きながら、実は現実とフィクションの関係を論じた壮大な文学論としても読める。いずれにせよ、プロットを追うだけではもったいない。『ドン・キホーテ』のように登場人物たちの薀蓄《うんちく》に耳を傾け、彼らと対話しながら読むというのが本書の正しくかつ幸せな読み方かもしれない。デビュー当時のボニージャは、その頃主流だったリアリズム小説に反抗しようとした。そこにはラテンアメリカ文学の衝撃もあったようだ。ストーリーテリングの上手さに加え、そうした批判精神の持ち主であることでも、彼はセルバンテスの正統な末裔《まつえい》という気がする。

二〇〇五年九月二六日　阿佐谷〈西瓜糖〉にて

プロフィール

著者：フアン・ボニージャ ― Juan Bonilla
1966年スペインのヘレス・デ・ラ・フロンテラ市生まれ。著書に、マテオ・ヒルにより映画化された本書の他、長編小説では2003年度ビブリオテカ・ブレベ賞を受賞した『ヌビアの王子たち』、『死んでいることに疲れて』、短編集では『明かりを消す者』、『独りぼっちたちの会社』、『スカイラブの夜』などがある。

監訳者：碇 順治 ― いかり・じゅんじ
1948年大阪府生まれ。元スペイン大使館、金融・財務参事官補佐。現在、ＩＴＴ（日西翻訳研究塾）を主宰する傍ら、複数の大学にてスペイン現代事情を講義。スペイン史学会会員・日西経済友好会理事兼事務局長。著書に、『スペイン静かなる革命 ― フランコから民主へ』（彩流社）、『現代スペインの歴史　激動の世紀から飛躍の世紀へ』（彩流社）、共編に『現代スペイン情報ハンドブック』（三修社）などがある。

訳者：沢村 凜 ― さわむら・りん
1963年広島県生まれ。1992年『リフレイン』（新潮社）で作家デビュー。中米滞在の体験をつづった『グァテマラゆらゆら滞在記』（新潮社）や訳書『耳を立ててよくおききー ウサギじいさんの知恵』（ホルヘ・ティモシー／学習研究社）の他、第10回日本ファンタジーノベル大賞優秀賞を受賞した『ヤンのいた島』、『瞳の中の大河』（以上、新潮社）、『あやまち』、『カタブツ』（以上、講談社）、児童書『ぼくがぼくになるまで』（学習研究社）の著書がある。

パズルの迷宮

2005年11月30日　初版第1刷発行

著　者　フアン・ボニージャ

監訳者　碇 順治

訳　者　沢村 凜
　　　　ITT（日西翻訳研究塾）

装　丁　浜田武士

編　集　仁藤輝夫
　　　　水島里穂奈

発行者　原 雅久

発行所　株式会社朝日出版社
　　　　〒101-0065 東京都千代田区西神田3-3-5
　　　　電話 03-3263-3321（代表）
　　　　http://www.asahipress.com

印刷・製本　凸版印刷株式会社